バンダビーカー家の
家はここ
アムステルダム通り
コンベント通り
ハミルトン・テラス
セント・ニコラス通り
エッジコム通り
大学
141丁目
ジミー・Lの家
教会と空き地
ヒバ工具店
イロイロ・
デリカテッセン
ハーレム・
コーヒー
アンジー、
スマイリーさん
の家
セント・ニコラス
公園
キャッスルハマンズ・
ベーカリー
図書館
アレグラの家
139丁目
138丁目
137丁目
136丁目
135丁目
134丁目
133丁目
132丁目
131丁目
アダム・クレイトン・パウエル・ジュニア大通り
マルコム・X大通り（レノックス通り）
西
南

バンダビーカー家は五人きょうだい

庭づくりはひみつ！

カリーナ・ヤン・グレーザー 作・絵
田中薫子 訳

ケイラとリナへ

この庭はあなたたちのものです

見返し地図製作：ジェニファー・サーメス

もくじ

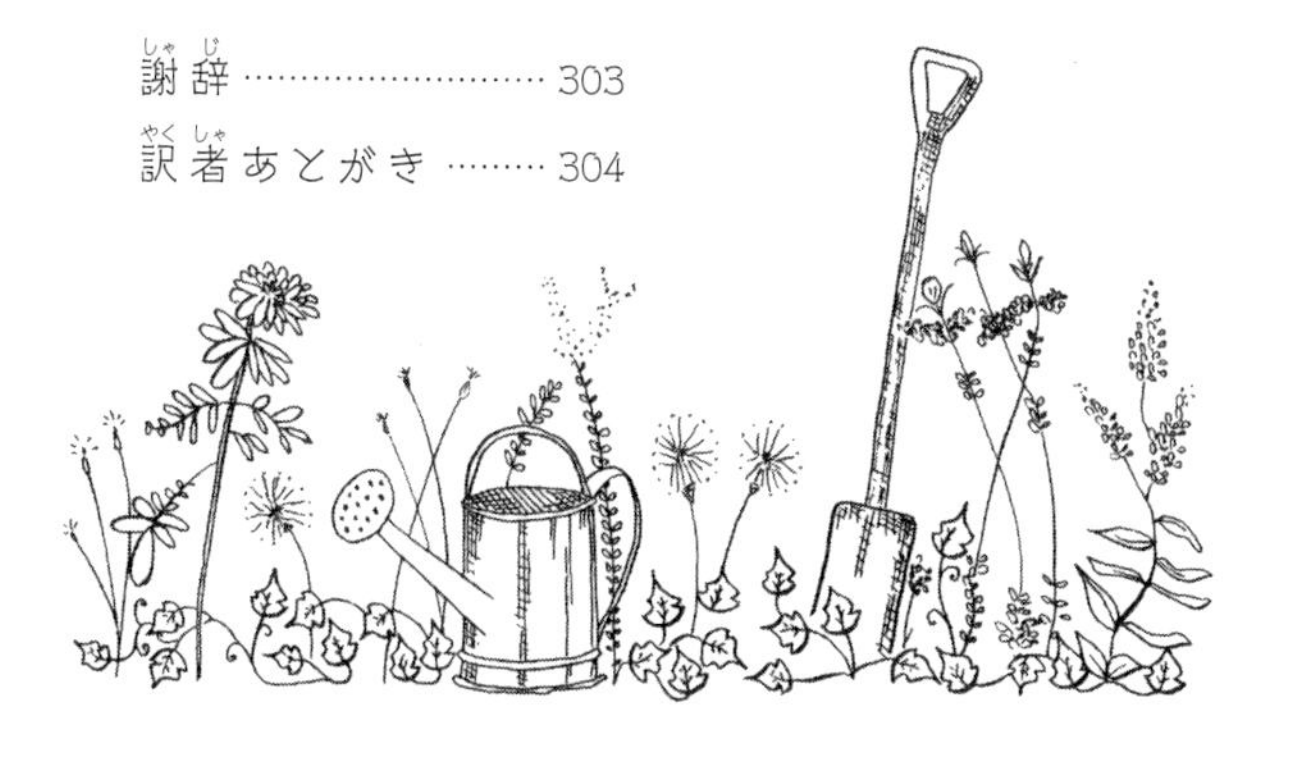

「ちゃんと見れば、世界全体がひとつの花園だって気づくの」

——映画『秘密の花園』(1993年) より

原作：フランシス・ホジソン・バーネット作『秘密の花園』

バンダビーカー家は五人きょうだい

庭づくりはひみつ！

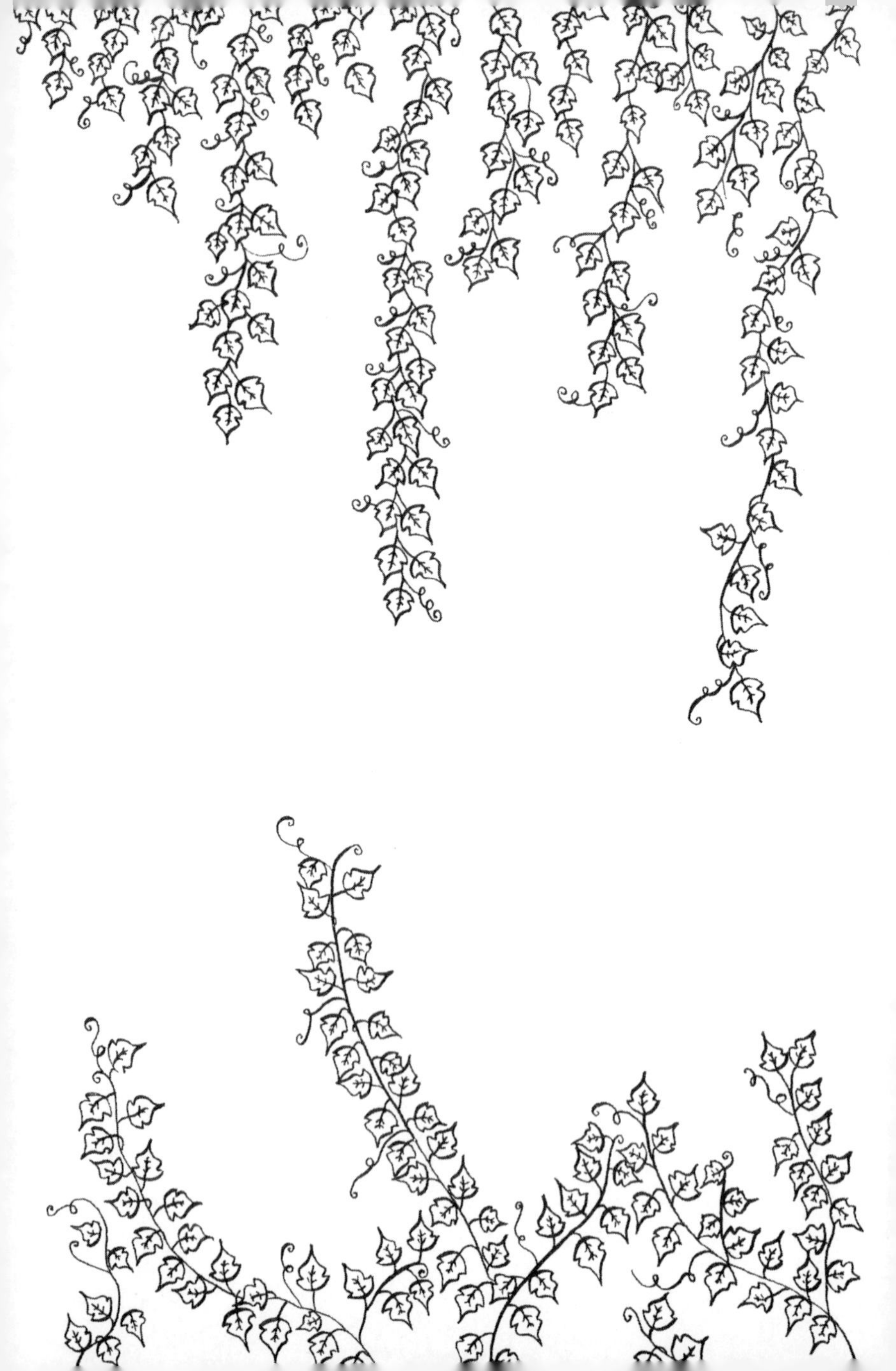

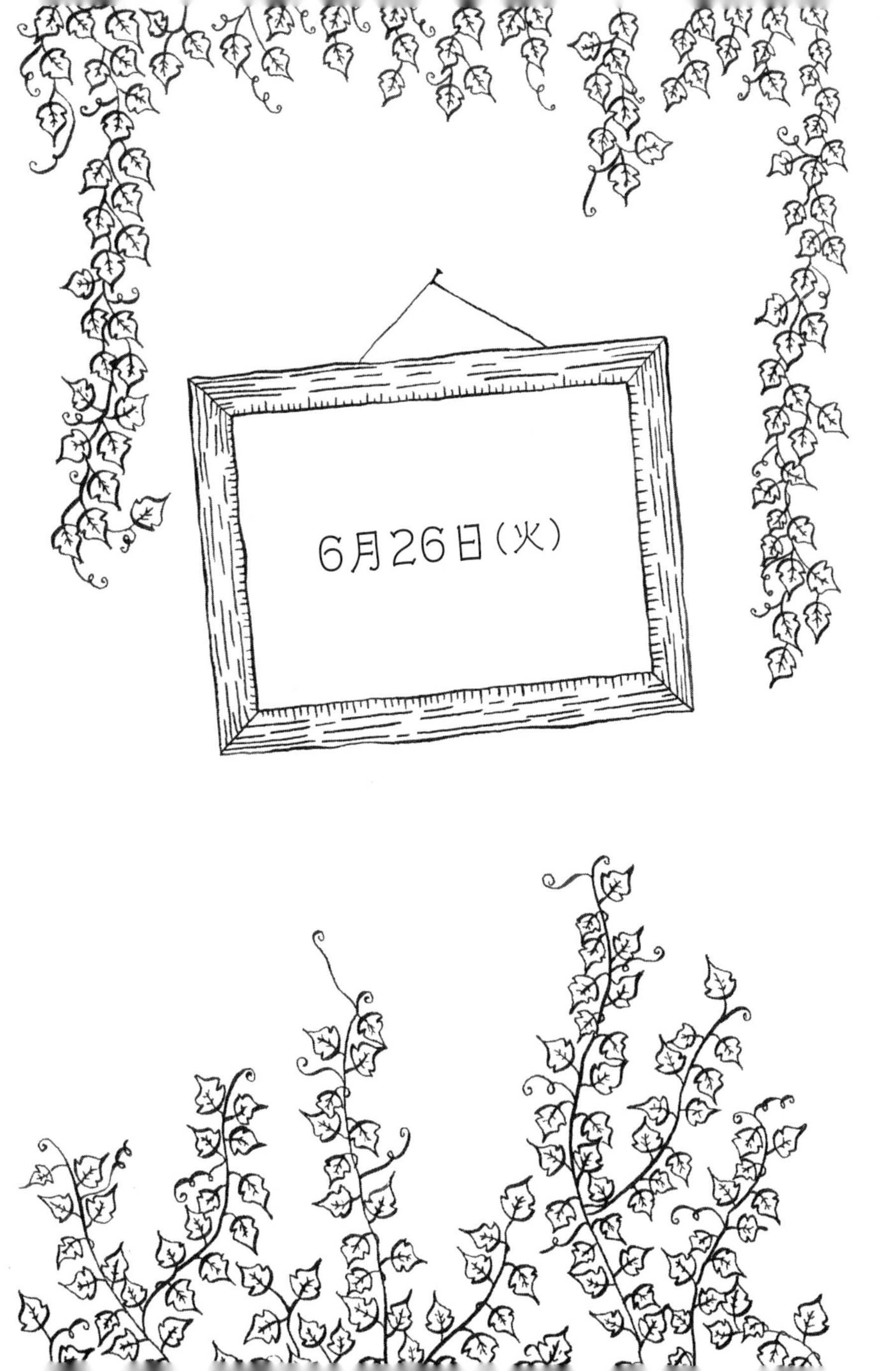
6月26日（火）

1

「今年の夏は、人類史上、いちばんたいくつだな」オリバー・バンダビーカーが声をあげた。オリバーは九歳。バスケットボール用のショートパンツをはき、色あせた青いTシャツを着ている。くせっ毛の髪は、ぼさぼさだった。
「夏休みがはじまって、まだ一週目でしょう」と、バンダビーカー家のひとつ上の階に住む、ジョージーさんがいった。

ここは、ニューヨークのハーレム地区にある、〈ブラウンストーン〉と呼ばれる昔ながらの建物のひとつだ。バンダビーカー家は一階と二階に住んでいて、五人の子どもたちは、お菓子作りを仕事にしているお母さんがお菓子を焼くのにいそがしいときは、よく三階へ遊びに行っていた。

ジョージーさんは髪にカーラーをまいたまま、ダイニングルームのテーブルの上にびっしりならべたたくさんの苗床の苗に水をやっていた。水やりがすむと、窓辺へ行き、プランターの小さな紫色の花をいくつかつんで一輪ざしの花びんに入れ、「ジートさんのところへ持っていってくれないかしら？」といって、レイニーにわたした。

五歳四カ月のレイニーは、オリバーの姉妹四人のうちの最年少だ。レイニーは、自分が飼っているうさぎのパガニーニの耳に、リボンを次々結びつけていたのをやめ、立ち上がった。今日の服は、紫色のTシャツに、ラメが入った銀色のチュールのスカート。キラキラした赤い靴もはいている。靴の底がつるつるしてすべりやすいので、レイニーは花びんの水をこぼさないように、ゆっくりとすり足でジートさんのところへ行った。パガニーニは、頭をしきりにふりながらレイニーについてきた。耳がパタパタゆれ、リボンがちらばって落ちた。

「早くもたいくつとは、どういうわけだね？」ビーダマンさんがきいた。

ビーダマンさんは、この建物の大家で、四階に住んでいる。半年前までは、自分の部屋に六年間こもりっきりだった。

ビーダマンさんはその十二月に、バンダビーカー家の賃貸契約を更新しない、といいだしたのだけれど、バンダビーカー家の五人の子どもたちががんばったおかげで、考えを変え、そのまま住んでいてもいいといってくれたのだった。

それからというもの、五人は、ビーダマンさんをどうやって〈ブラウンストーン〉の建物の外へ連れ出そうかと、考えていた。ビーダマンさんは、バンダビーカー家はもちろん、ジョージーさんとジートさん夫婦の部屋も、今は毎日のように訪ねている。それなのに、建物の外へは、全く出ようとしないのだ。

オリバーは、キッチンの明るい黄色のビニールいすに、ドスン、と腰かけ、金属製のキッチンテーブルの上で、ほおづえをついた。

「することがない。っていうか、やりたいことができない」

オリバーは、ジョージーさんが戸棚の上の方から靴の空き箱をおろし、ふたを開けるのを見ていた。中には薬のびんが一ダース入っていた。ジョージーさんはそのひとつひとつを開けては、薬を出し、カップに入れていった。「やりたいことって、何かしら?」と、ジョージーさん。

「友だちにメール」オリバーはすぐに答えた。「YouTubeでバスケを見たい。マインクラフト（スマートフォンなどで遊ぶゲームのひとつ）もやりたい」

ビーダマンさんは、口をへの字にすると、「今どきの子どもは……」とつぶやいた。それから、ジートさんのために、また声に出して本を読みはじめた。イングランドのバラの歴史についての本だった。

オリバーが見たところ、ジートさんはときどき、目をパチパチさせていた。たぶん、すごくたいくつなのだろう。

6月26日（火）

オリバーの姉のひとりで、来月には十三歳になるジェシー・バンダビーカーは、ジョージーさんたちの部屋の外の非常階段に腰をおろし、有名な物理学者の呉健雄（ウー・チェンシュン。一九一二～九七年。中国系アメリカ人。アメリカ物理学会で初の女性会長になった）の伝記を読んでいたところだったけれど、ふいに、キッチンの窓に頭を突っこんだ。その窓には、ビーダマンさんのプランターのツタが、上の階からカーテンみたいにたれさがっていた。もじゃもじゃの髪にツタがひっかかったジェシーは、まるで感電したみたいに見える。

「オリバー、もういいかげんにして。ハーマン・ハクスリーよりひどいじゃない」ジェシーはいった。

「ハーマン・ハクスリーだって？」オリバーは、たちまちいい返した。

まさか、ハーマン・ハクスリーのやつとくらべられるなんて！　あいつなんか、靴底にはりついたガムと同じだ。それか、いかにも夏らしく晴れた日に、桟橋から湖にとびこもうとしたら、ぷかぷかういていた、クラゲみたいなものだ。

ハーマン・ハクスリーはオリバーと同じクラスの男子で、なんにでも文句をいう。寒いだの、暑いだの。最新のナイキのスポーツシューズにさえ文句をつける。ハーマン以外の子どもならだれでも、自分のいちばん大事なものを売ってでも、ほしいと思う靴なのに……。

「そうだよ」ジェシーは、先週買ってもらったばかりの携帯電話を取り出し、親指で文字を打ちこみはじめた。

携帯を見せびらかされたオリバーは、うらやましくてたまらなくなった。

ジェシーは携帯の画面から目をそらさずに、つづけた。「お母さんとお父さんがこれをわたしに買ってくれたのは、イーサと連絡がとれるようにするためだからね」

ジェシーは、ツタのカーテンの向こうに姿を消した。

オリバーは、ジェシーが消えた方をにらんだ。本当にずるい。ジェシーの双子で、もうひとりの姉であるイーサは、ここから車で四時間もかかるところで、三週間に及ぶオーケストラの特別なサマーキャンプに参加していた。でも、だからといって、イーサとジェシーだけがほしいものをもらえるのは、おかしい。

女ばかりのきょうだいの中で、いちばんましだとオリバーが思っているのは、七歳のハイアシンスだ。

ハイアシンスは、ジートさんのいすのひじかけに腰をおろし、このごろはじめた「指編み」というやりかたで、編みものをしていた。編み針を使わず、指だけを使って編むというものだ。毛糸を自分の指にかけ、少しややこしい手順でわっかを作りつづけると、床に届くほど長い毛糸のロープができていく。

ハイアシンスはジェシーにいった。「イーサに送ってね。大好き、って。すごく、すごーく、会いたいって。それで、最後にユニコーンの絵文字と、ピンクのハートをいっぱいつけて」

となりには、ハイアシンスの犬、バセットハウンドのフランツがいた。フランツは三回くしゃみをしたあと、ハイアシンスの足を鼻先でつついた。

「へーんだ！　そんな折りたたみ式のクソ携帯じゃ、絵文字なんて打てないよ」オリバーは勝ちほこったようにいった。

「言葉がきたないわ」ジョージーさんが注意した。それからオリバーに、薬が入ったカップ（百錠くらいありそうだ！）と、一杯の水をわたした。「ジートさんに持っていってくれる？」

　オリバーはしぶしぶいすから立ち上がり、ジートさんのところへ行った。ジートさんはいつものように、びしっとのりのきいたボタンダウンのシャツを着て、うす紫色の蝶ネクタイをし、折り目のついた灰色のスラックスをはいていた。ジートさんがどうして毎日、こんなきちんとしたかっこうを自分から進んでしているのか、オリバーには理解できなかった。オリバーのふだん着は、ジーンズとTシャツだ。服がよごれていればいるほど、気分があがる。

　オリバーは、ジートさんのいすのそばにあるサイドテーブルの上に、薬を置いた。そのテーブルには、ジートさんの十二歳になる「大おい」のオーランドが、科学コンテストでトロフィーをもらったときの写真が飾ってある。オリバーは、もとのいすへのろのろともどり、どさっと腰をおろした。

「バスケットボールでもしたら？」と、ジョージーさん。

「いっしょにやれるやつがいないんだ。みんな、サマーキャンプへ行ってる。バスケのキャンプだよ」

「アンジーは、バスケットボールのキャンプには、行っていないでしょ」と、ジョージーさん。

アンジーというのは、二軒となりの大きなアパートに住むオリバーの友だちで、オリバーの通う小学校でいちばんといっていいくらい、バスケが上手だった。

「午前中はサマースクールに行ってる。高等数学の課外特別コースとかいうのだって」オリバーは肩をすくめた。

「自分の部屋の片づけでもしたら？　きっとお母さんが喜ぶわよ」と、ジョージーさん。

「片づけなら、先月やったよ」と、オリバー。

「読書は？」

「アーサーおじさんがこないだ来たとき、新しい本を持ってくるのを忘れたんだ」

ジョージーさんは、それは残念ね、という顔で、舌打ちをした。アーサーおじさんが毎月持ってきてくれる本を、オリバーがどれだけ楽しみにしているか、知っていたからだ。おじさんは、小学生ならだれでも読みたくなるような本を、いろいろ持ってきてくれるのだ。

ビーダマンさんがいすから立ち上がった。「プリンセス・キュートのようすを見にいかないと。ときどき、カーテンをよじのぼって、おりられなくなることがあるんだ」

プリンセス・キュートは、ビーダマンさんのねこだ。ハイアシンスがプレゼントし、レイニーが名前をつけた。ビーダマンさんはドアへ向かった。

「編みものを教えてあげようか？」ハイアシンスが、編んでいるロープを持ち上げて見せながら、オリバーにいった。

「ぼくが編みものをはじめるなんて、天地がひっくり返っても、ありえないね」と、オリバー。

「じゃあ、パガニーニといっしょに、タイヤのブランコに乗るから、うしろから押して！」レイニーが、目をかがやかせていった。

オリバーはあくびをした。「暑いから、やだ」

「イーサは、押してくれるのに……」レイニーは不満げだ。

ジョージーさんが自分のあごをつんつんつき、いった。「いいことを思いついた！」

「まさかあの、教会のとなりにある草ぼうぼうの荒れ地を、『みんなの庭』にしましょうっていう、いつもの話？」と、オリバーがいったのと同時に、ジョージーさんはさけんだ。「教会の横の空き地を、地域のみんなが使えるお庭にするのはどう？」

ジョージーさんのこの提案に、反対の声がいっせいにあがった。

「あそこは、お化けがいるの。イーサがいってた」とレイニーがいうと、ハイアシンスもうなずいた。

「あそこの前を通るの、好きじゃない。フェンスをおおってるツタが、通りがかりの人にまきついてくるんだって、イーサがいってた」

「お化けなんていないよ！」ジェシーが声をあげた。「幽霊が本当にいるって、科学的に証明されたことは、ないんだから」

オリバーがいい返した。「どうしてわかるの？　自分で調べてみた？」

ジョージーさんは話をつづけた。「昼間、暑いときに、ひと休みする場所があったら、すてきじゃない？　みんなが土いじりを楽しめるし、野菜を植えてもいいわね！　トリプル・Jさんも、きっと賛成してくださるわ」

トリプル・Jさんというのは、教会の牧師のことだ。

「ねえ、ジョージーさん、植物園ではたらいていたころが、なつかしいですか？」ジェシーが、ツタをかきわけて、中をのぞきながらきいた。ジョージーさんはかつて、ブロンクス地区にあるニューヨーク植物園で、来園者に植物について知ってもらうエデュケーターの仕事をしていた。

「ええ、とても」と、ジョージーさん。「あそこで四十五年間もはたらいていたんですもの。ジートさんとは、そこで出会ったの。ジートさんは管理人をしていて、わたしが行くところ行くところにあらわれて……それからどうなったかは、みんなも知ってのとおりよ」

ジョージーさんは、ジートさんの顔を見て、ほほえんだ。ジートさんは、ハイアシンスに一錠ずつわたされる薬を、水といっしょにゆっくり飲みこむたびに、顔をしかめていた。本当にたくさんの薬を飲まなくてはならないようだ。

「お庭があったら、おいしい野菜を育てて、パガニーニに食べさせてあげられるわよ」ジョージーさんはレイニーにいった。

「わあ、ぜったい喜ぶね！」と、レイニー。自分の名前を聞きつけたパガニーニは、耳をピクッとさせたあと、ゴムノキの陶器の鉢にとびこんだ。パガニーニが土をけって床にまきちらす前に、ジョージーさんがそっとだき上げ、ジートさんのひざの上にうつした。

ジートさんは右手を使って、パガニーニの耳をなでた（左手は二年前に卒中の発作を起こしてから、今でも動かしにくかった）。話しかたはゆっくりだ。「かわいく――て――よかった――なあ」

ジートさんが前かがみになると、パガニーニは体を起こし、おたがいに鼻をちょん、とぶつけ、あいさつした。

オリバーは金属のテーブルに、ぺたんと顔をつけた。ほおがひんやりして、気持ちいい。「庭か……めんどくさそう」

「ハーマン・ハクスリーとオリバー……」ジェシーが窓越しにうたいだした。「なんてそっくりなんだろーう」

オリバーは姉にも、姉のくだらない言葉にも、「クソ携帯」にももう、うんざりだった。「そんなこというなよ！　何も知らないくせに！」

「携帯がうらやましいからって、わたしにあたらないでよ」ジェシーはすかさずいい返し、窓をくぐって中に入ってきた。

ジョージーさんが割って入った。「さあさ、お茶とクッキーでも用意しましょうか……」

でもオリバーは、お茶もクッキーもどうでもいいから、いいたいことをいいきってしまいたかった。「だいたいさ、なんでジェシーに携帯がいるの？　もし科学キャンプに行けることになってたら、お母さんやお父さんと連絡をとるために必要かもしれないけど、そうじゃないだろ。夏じゅうなんにもしないで、ずっとここにいるんじゃないか。それに、イーサはたぶん、ジェシーがいない向こうでも、楽しくやってると思うよ」

「オリバー！」ジートさんが大声を出した。

パガニーニがジートさんのひざからカーペットにとびおり、ひじかけいすの下に逃げこんだ。

ジートさんは、いすから立ち上がろうとした。顔色が真っ青で、ひじかけにつかまった腕は、ぶるぶるふるえている。「オリバー、たのむ――けんかは――やめ――」

でも、ぜんぶいい終わらないうちに、ひざからくずおれ、ハイアシンスにたおれかかった。

「ジョージーさん、助けて！」ハイアシンスが、ジートさんを必死で支えながらさけんだ。

「ジート……！」ジョージーさんがかけよっていく。

ジートさんが床にたおれたちょうどそのとき、ビーダマンさんがドアを開けてとびこんできた。

ハイアシンスはサイドテーブルにたおれこみ、そのひょうしに、薬の入ったカップをたおしてしまった。薬は床にちらばった。

2

それからの一時間のことは、みんな、はっきりとは覚えていない。ただ、ジートさんはほとんど動かなかった。ジョージーさんが体をゆすり、耳もとで大声で呼んでも、だめだった。ジェシーは救急車を呼んだ。オリバーは下の階へかけおりてお母さんを連れてきた。

ビーダマンさんは、ずっと動かないジートさんの体に毛布をかけた。まるで映画みたい、とジェシーは思わずにはいられなかった。映画ではいつも、死んだ人に毛布をかけるんじゃなかった？　体がガクガクし、ひどい寒気もしたけれど、手伝えることはなんでもした。

救急車の到着を待つあいだ、ジェシーはハイアシンス、レイニー、パガニーニとフランツを連れて、ジョージーさんとジートさんの寝室に入った。妹たちはジェシーの腰にだきつき、ジェシーのTシャツを涙でぬらした。いつもなら、きょうだいたちをなぐさめる役をイーサにまかせているジェシーは、ぎこちない手つきで妹たちの背中をさすりながら、「だいじょうぶだよ」とか、「お医者さんたちがみてくださるから、心配ないって」などと、自分でも本当だかわからないことを口走った。

救急車のサイレンが近づいてきた。オリバーが階段を一段とばしにかけおりる足音がしたあと、扉がバーンと開く音がした。救急救命士たちが早足で入ってくると、〈ブラウンストーン〉の建物はうめくようにきしんだ。

「死んじゃうの？」レイニーがすすり泣きながらきいた。パガニーニは、ベッドわきにあったジートさんの室内ばきのあいだにすわりこんだ。

「まさか」と、ジェシー。でも正直なところ、どうだかわからなかった。

救急救命士たちが大急ぎで部屋に入ってくる音がした。それからジョージーさんが、ふるえる声で、ジートさんの年や、体のぐあい、薬について答えるのが聞こえた。

「一、二、三」という声も聞こえた。ジェシーは妹たちから体をはなし、寝室のドアをほんの少し開けた。救急救命士たちがジートさんを担架に乗せているところだった。

レイニーがはってやってきて、すきまからのぞき、またわっと泣きだした。ジェシーはドアを閉め、そこに背をつけてよりかかった。救急救命士たちは小声で話しながら階段をおりていったようだ。それからエントランスの扉が開き、バタンと閉まる音がした。

建物の中がしんとしずかになった。

すると、フランツの低く悲しげなうなり声が、しずまり返った部屋の中にひびいた。きょうだいたちは、遠ざかっていく救急車のサイレンの音に耳をすました。

その晩、オリバーは寝つけなかった。時計を見ると、十一時三分だった。おなかがゴロゴロする。まるで、落ち着きのないタコが、おなかの中にすみついてしまったような感じだ。ジートさんが「オリバー！」とさけび、自分の体の右側をつかむようにしたあと、床にたおれこんだ姿が、何度も頭にうかんだ。お母さんは、まだ病院からもどっていなかった。それって、よくないしるしだよね？

時計がカチッと音をたてた。十一時四分だ。

お母さんは一度だけ電話をかけてきた。まだいろいろな検査をしているけれど、いい先生たちにみてもらっているからだいじょうぶ、とのことだった。何がそんなに時間がかかるのか、オリバーには見当もつかない。

ビーダマンさんは——オリバーはふだん、短くして「ビーさん」と呼んでいた——お父さんが帰ってきた六時ごろに、夕食にと、スパム（主に豚肉を使った缶づめ）のサンドイッチを作って持ってきた。でもお父さんもオリバーたちも、ほとんど手をつけなかった。ビーさんはしまいには、「こんなにおいしい食べものをむだにして、もったいない」と、ぶつぶついいながら帰っていった。

十一時五分。ふだんは楽しげにギシギシと音をたてる〈ブラウンストーン〉の建物が、きみがわるいほどしんとしている。お母さんが帰ってこないか、見守っていられるように、部屋の窓が通りに面していたらよかったのに。でもオリバーの部屋からは、となりの〈ブラウンストーン〉

しか見えないし、そちらの建物の窓は、いつだって日よけがおろされたままだった。

十一時六分だ。お母さんが帰ってきた気配は、まだない。

オリバーはロフトベッドからすばやくおりて、部屋を出た。キッチンとリビングは、ひとつ下の一階にある。寝室はすべて二階にならんでいて、ジェシーとイーサがいっしょに使っている角部屋は、一四一丁目の通りに面している。

オリバーは廊下を右に進み、ジェシーたちの部屋に入った。

ジェシーはいつもどおり、ブルドーザーみたいないびきをかいていた。オリバーはイーサの机からキャスターつきのいすを引き出し、窓辺へ転がしていった。そして腰をおろし、窓台にひじをついて、お母さんの姿をさがした。突き進むような歩きかたをする、まっすぐな黒髪の人なら、きっとお母さんだ。

オリバーは小さいころよく、仕事から帰るお父さんを、窓辺で待っていたことを思い出した。お父さんはお母さんとはちがって、髪はもじゃもじゃでぼさぼさだし、歩きかたも、時間なんていくらでもあるさ、というような、のんびりした感じだ。

両親の人種がちがうので、五人の子どもたちは、どの部分をどちらから受けついだか、とてもわかりやすい見た目をしている。おたがい、そっくりではないけれど（双子は特に、まるっきり、にていなかった）、どこかしら、にかよったところがある。それぞれが個性的でありながら、バンダビーカー家らしさも感じられるのだ。

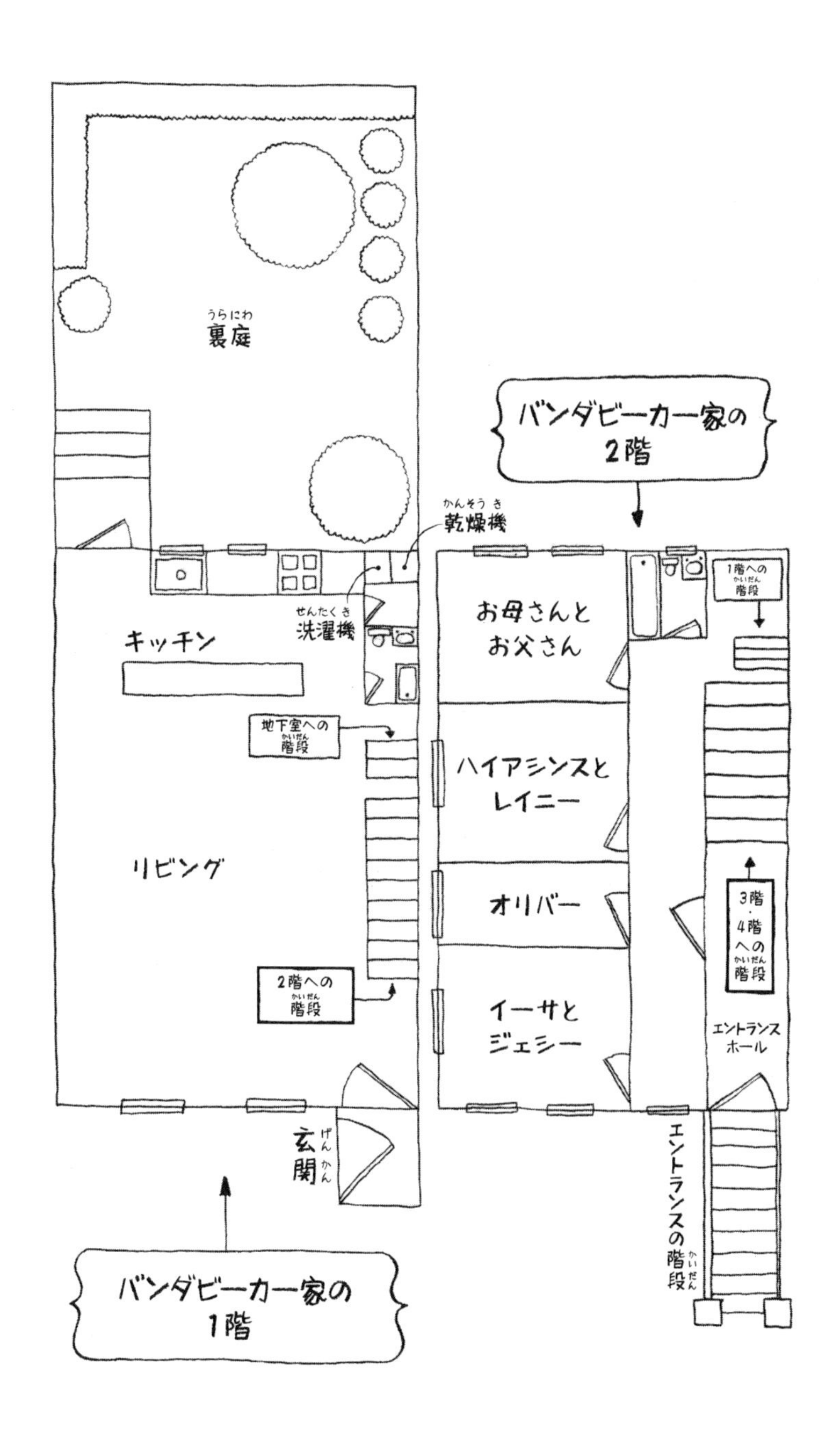

裏庭
乾燥機
洗濯機
キッチン
地下室への階段
リビング
2階への階段
玄関
バンダビーカー家の
1階
バンダビーカー家の
2階
1階への階段
お母さんと
お父さん
ハイアシンスと
レイニー
オリバー
イーサと
ジェシー
3階・4階への階段
エントランスホール
エントランスの階段

外の通りは暗く、しずかだった。いかにもわるいことが起きたという感じだ。たとえば、取り返しのつかない言葉をいってしまったとか、ご近所さんが病院で死にかけている、とか……。あまり長いことそこにすわっていたせいか、通りがぼやけて見えてきた。

部屋の向こうでシーツがガサゴソいい、うれしそうな声があがった。オリバーはびっくりして、いすからすべり落ちてしまい、あごを窓台(まどだい)にぶつけたうえ、床(ゆか)にしりもちをついた。

「イーサ！」へたりこんでいるオリバーに、ジェシーがかけよった。それから相手を見まちがえたのに気づき、声を落とした。「……なんだ、オリバーか」

「心配しなくていいよ、だいじょうぶだから」オリバーはあごをさすりながらいい返した。「引っぱって立たせてくれたりしなくても、平気だよ」

「そう」ジェシーは三回まばたきをしたあと、ふらふらと自分のベッドにもどった。

そこへ、ハイアシンスがレイニーを連れ(つ)てとびこんできて、「どうしたの？」ときいた。うしろからフランツもすべりこんできた。「すごい音がしたんだけど。だれか、けがしなかった？」

「したよ、ぼくが」窓辺(まどべ)にいるオリバーが大声で返事した。

レイニーがぴょんぴょんはねながら近づいた。「痛(いた)いの、どこ？　痛(いた)くなくなるように、ちゅー、したげよっか？」

「ううん、いい」と、オリバー。

ジェシーはベッドで体を起こした。さっきほど寝(ね)ぼけてはいないようだ。

「夜の十一時三十七分に、なんでみんなわたしの部屋にいるの？」

レイニーはイーサのベッドにとびのり、いくつも積まれたふわふわの枕の上を転げまわった。

「レイニー、ねむくない。ずっと起きてたの。サイコロには、点々がいくつあるの？　ニワトリの子どもは、なんで、ひよこっていうの？　ブタのしっぽは、なんで、くるくるしてるの？」

オリバーはレイニーの言葉を聞き流した。「ぼくは、お母さんを待ってる。まだ帰ってきてないから」

ジェシーはオリバーをにらんだ。「みんな、出ていって。わたしは寝たいの」

「でも、ここじゃないと、窓が」オリバーは負けじといった。

「だめ」ジェシーはオリバーの肩をつかみ、ドアの方を向かせた。そして廊下へと押し出すと、同じことをハイアシンスにもした。あとはレイニーだけだ。

「イーサのベッドで寝てもいい？」レイニーはイーサのお気に入りの、毛がふわふわしたウォンバットのぬいぐるみをだきしめ、きいた。

「だめ、だめ、だめ」ジェシーはレイニーからウォンバットを取り上げてイーサのベッドの上に放ると、レイニーをだっこして廊下へ連れていき、オリバーとハイアシンスとフランツのそばにおろした。それからドアをしっかりと閉めた。

ハイアシンスがオリバーを見た。「お母さん、ほんとにまだ帰ってないの？」

「ずっと起きて待ってたんだ。お父さんは一時間前にベッドに行ったよ。電話でお母さんと話してるのが聞こえた。ジートさんは入院になって、今日は帰らないらしい」オリバーは一階への階段まで歩いていき、いちばん上の段に腰かけた。そこからなら、玄関がよく見えた。レイニーとハイアシンスとフランツも、オリバーとならんですわった。いっしょに待つ仲間ができて、オリバーは心強く感じた。オリバーにしてはめずらしく、だれかといっしょの部屋だったらいいのにな、と思う夜だった。部屋で自分以外の人の物音が聞こえるのも、わるくない。

「ジートさん、だいじょうぶかな?」ハイアシンスがオリバーの顔をのぞきこんで、きいた。

「もちろん」オリバーはすばやくいった。「だいじょうぶじゃないわけ、ないだろ?」

「すごく、ぐあいがわるそうだったから」ハイアシンスはフランツに片腕をまわし、耳のうしろをかいてやった。

双子の部屋のドアが開き、ジェシーが出てきた。「おかげでねむれなくなったじゃないの」と、ぼやくと、レイニーのおしりを足でつついた。「つめて」

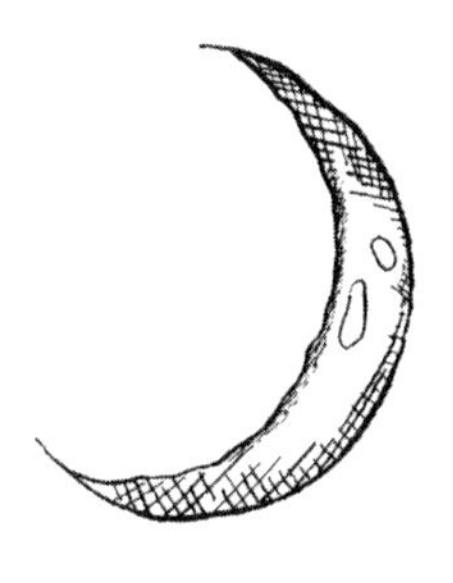

3

レイニーが階段のいちばん上の段にすわったまま、オリバーの方に体をよせると、ジェシーはレイニーと手すりのあいだのすきまにむりやりすわった。リビングから太っちょねこのジョージ・ワシントンが姿をあらわし、階段をかけ上がってきて、オリバーの足もとでまるくなった。

「で、考えてたんだけど……」とジェシーがいったのと同時に、オリバーもいった。「どう思う……？」

「先にどうぞ」ジェシーとオリバーが口をそろえた。

オリバーは急にはずかしくなった。「なんでもない。バカなことを、考えただけ」

「バカにしていい考えなんて、ひとつもないのよ」ハイアシンスが、ジョージーさんがよくいっている言葉を口にした。

オリバーは目をこすった。「あのさ……昼間、ジョージーさんがいったことを、考えてたんだ。どうだろう……ジョージーさんがいったとおりに、やってみるってのは？」

長いあいだ、沈黙がつづいた。

「オリバーの部屋を片づけるって話?」ジェシーがわざといった。

「ううん、聞いて」オリバーは一気にまくしたてた。「『みんなの庭』だよ。ぼくたちがジョージーさんとジートさんのために、してあげられること。ジョージーさんは、何かして、って、人に強くたのんだりしないけど、庭のことは、何年も前から、ときどきいってたよね。それにジートさんは、外に出て友だちに会うような機会が、なかなかなくて、さみしがってた。病院からもどってきたときに、庭ができあがってたら、ちょうどいいと思わないか?」オリバーは、頭からはなれないおそろしい不安については、口にしなかった。思わず、「『もし』病院からもどってきたときに」といってしまうところだったのだけれど……。

オリバーは、すごくいいアイディアだ、と三人がいってくれるとばかり思っていた。

でもハイアシンスは、目を大きく見開き、いった。「あんなお化けが出るとこに、近よりたくない」

「レイニーも」レイニーは、暗い窓の外を見やりながら、ブルッとふるえた。「それに、あそこのフェンスに、『入るな』って札がついてた。中に入ったら、グレムリンになっちゃうんでしょ」

オリバーはあきれた顔をした。「札なんか見たことないぞ。どっちみち、字は読めないだろ?」

「読めるもん! そう書いてあったもん!」と、レイニー。

ジェシーも口を開いた。「あそこのフェンスの扉には、がっちりかぎがかかってるよ。教会が入れてくれるとは思えないな。中に何があるか、わかったもんじゃないし」

「ジョージーさんが話をつけてくれるよ。あの教会に、百年も通ってるんだから」オリバーはあきらめずにいった。

「百年も？」ハイアシンスがさけんだ。

「大げさにいってるだけだよ。でも長いこと通ってるのは、ほんと」ジェシーが教えてやった。

「すぐにとりかかれば、『みんなの庭』で大きなフェスティバルができるよ」オリバーは「フェスティバル」という言葉をいうのが好きだった。図書館が年に一回行っている、リサイクル図書のイベントの名前にも使われていて、その言葉をいってみるだけで、決まってわくわくしてくるのだった。「二週間くらい先の、イーサが帰った次の日に、やろう！」

ジェシーはまだ気乗りしないようすだった。「となると、あと十八日しかない、ってこと。おまけに、わたしたちは庭づくりのことなんか、何ひとつ知らないよ」

「お母さんに『秘密の花園』を読んでもらったろ」と、オリバー。「ガーデニングって、そんなにむずかしくなさそうだし。それに、ジェシーは理科系だろ。庭は、理科の実験にぴったりじゃないの？」

「それは理科の中でも、植物学の分野でしょ。わたしはそっちにはあんまり興味がないんだ」と、ジェシー。

「やろうよ、ジェシー。ジートさんとジョージーさんのために」それからオリバーは、とっておきのセリフをいった。「ハーマン・ハクスリーみたいなことをいうなよな」

「ハーマン・ハクスリー！」ジェシーは大声をあげたあと、声を落とした。「よくもいったね」

オリバーは笑(わら)いをかみ殺(ころ)した。「で？　やるの、やらないの？　ぼくらはオットセイなの、男なの？　オナガドリなの、女なの？　レイブンクロー（J・K・ローリング作「ハリー・ポッター」シリーズに登場する学生寮）なの、ハッフルパフ（こちらも、同シリーズの学生寮）なの？」

ジェシーはため息をついた。「もう、わけがわかんないことばっかいって。いいよ、わかった。やるけど、大好(だいす)きなジョージーさんとジートさんのためだからね」

オリバーは、ハイアシンスとレイニーを見やった。二人は、お化けの出る庭に入るくらいなら、ヴォルデモート（前出「ハリー・ポッター」シリーズに登場する悪の魔法使い）に会う方がまし、とでもいいたげな顔をしていた。「やる？」オリバーはきいた。

「ううん、いや。ぜったいやらない」ハイアシンスはフランツの首に顔をうずめた。

オリバーはため息をつき、レイニーの方を見た。「やろうよ、レイニー。きっと楽しいよ。『秘(ひ)密(みつ)の花園』（フランシス・ホジソン・バーネット作の児童文学）の、メアリーとディコンとコリンみたいになれるんだよ――あの本、好(す)きだろ？　それに、パガニーニが食べられる新鮮(しんせん)な野菜(やさい)がたっぷりとれる庭があったら、いいよな？」

レイニーは、お下げが顔の前を行ったり来たりするくらい、強く首を横にふった。「パガニーニも、グレムリン、きらいなの」

レイニーとハイアシンスが寝つくまで、そんなに時間はかからなかった。二人はそれぞれ、オリバーとジェシーのひざまくらで、すやすやとねむった。しんとしずまりかえった中、オリバーは三回ため息をつき、そのたびにジェシーをちらりと見やった。

ジェシーがオリバーの方を向いた。「なんなの？」

オリバーはためらったあと、とうとういった。「今日、ジェシーにわるいことをいっちゃったな、と思って」

ジェシーはおどろいた。弟があやまるなんてことは、めったになかったからだ。

オリバーは顔をしかめた。「ほら、あれ。イーサが、ジェシーのいない夏休みを、楽しくすごしてるってさ」

ジェシーは眉をつり上げた。「ああ、あれ」

「えっと、わるかったよ。ひどいこといっちゃった。ね？」

ジェシーはふいに、四月のある日のことを思い出した。ジェシーが食卓ですわっていたとき、イーサがオーケストラのサマーキャンプに参加できるという、うれしい知らせを受け取ったのだった。それも、レッスン料は全額奨学金でまかなわれるという。

イーサは許可通知書をふりまわし、興奮したようにぴょんぴょんはねた。ふだんおとなしいイーサにしては、めずらしいうかれようだった。お母さんとお父さんは、残りの書類にしずかに目を通していた。

ジェシーは両親の肩越しに請求書をのぞき見て、レッスン料はたしかにただになるけれど、宿泊費はべつだ、ということに気づいたのを覚えている。その次の週から、お母さんは夜にアルバイトをはじめた。地元のコーヒーショップの経理の仕事だ。

ジェシーはオリバーを見た。「ハーマン・ハクスリーとくらべたりして、ごめん」

オリバーは肩をすくめた。「いいよ」

それから長いあいだ、しずかに待っていると、ようやくお母さんが帰ってきた。お母さんは、ジェシーが今まで見たことがないほどつかれたようすをしていた。服はしわくちゃだし、シャツにはコーヒーのしみがついていて、目の下にはくまができている。

お母さんは階段を見上げ、パジャマ姿の子どもたちがそろっていちばん上の段で身をよせあい、フランツとジョージ・ワシントンもそばにいるのに気づくと、弱々しくほほえんだ。

「だいじょうぶよ」お母さんはだれかが何かいいだす前に、しずかにいった。それから階段を上がってきて、子どもたちひとりひとりのほおにキスをした。「お医者さんたちが、いろいろ調べてくださっているの。ジョージーさんは、今夜はつきそうって。看護師さんがジートさんの病室に簡易ベッドを用意してくれて」

「なんだったの？」オリバーがささやいた。

お母さんは、みんなのひとつ下の段でゴロゴロいっているジョージ・ワシントンのとなりに腰をおろした。「また脳卒中の発作が起きたの」

「また左側が悪くなった？」ジェシーがきいた。

「そう。血栓っていう血のかたまりがね、脳の血管をつまらせたせいで、くらくらしてたおれてしまったの。まだしゃべったりできない状態よ。でもすぐに手当てを受けられたのは、本当によかった」

「原因は？」オリバーがきいた。いつものオリバーらしい、自信たっぷりで、いばったしゃべりかたじゃないな、とジェシーは思った。

「まあ、それはいろいろね」とお母さん。「前に一度発作を起こしているから、もともとだいぶ、危なかったの。退院したら、よく運動して、体にいいものを食べるように、気をつけてあげないとね。新鮮な青菜とか、野菜を食べてもらわなくちゃ。ジートさんは、ジョージーさんが作るフライドチキンが大好きだから、こまっちゃうわ。お母さんも、あんまりしょっちゅうクッキーを持っていくのを、やめた方がいいかも」

　でもお母さんは、本当はやめたくなさそうだった。ご近所じゅうの人にクッキーを配ることが、自分のつとめだと思っているのだ。

「いつ、もどってくるの？」ジェシーがきいた。

「お医者さんの話では、三日つづけて調子がよかったら、退院できるだろうって。入院中にリハビリもしないといけないそうよ」

　オリバーはひざからハイアシンスの頭を持ち上げ、レイニーの方によりかからせた。ジェシーが見ていると、オリバーは立ち上がってお母さんとジョージ・ワシントンのわきをすりぬけ、階段をおり、玄関の横にかかった大きな額縁の前へ行った。額の内側は、特別な塗料がぬってあるので、黒板として使える。一家はここにメモを書いたり、絵を描いたりしていた。

レイニーが描いたパガニーニの絵の右下に、オリバーは表を書いた。

オリバーは階段のてっぺんにもどると、もとの場所にすわり、パジャマのズボンのすそをいじりながらきいた。「ジョージーさんはどうしてる?」

お母さんは力なくほほえんだ。「だいじょうぶ。家に帰って寝るようにすすめたけど、ジートさんのそばをはなれようとしなかったわ」

「電話してもいいの?」ジェシーがきいた。

「明日、ようすを見ましょう」お母さんは答えた。

二階でドアが開く音がして、灰色のスウェットパンツと、古くて穴だらけになった大学のTシャツを着たお父さんが、暗がりから姿を見せた。お父さんは眉をひそめ、きいた。

「みんな、どうして階段にすわってるんだ?」

お母さんが立ち上がった。「わたしの帰りを待っててくれたの。もう寝ましょう」お母さんはねむっているレイニーをだき上げ、廊下を歩きだした。そしてお父さんに、「ハイアシンスをたのめる?」といった。

お父さんは、ハイアシンスをだっこしようと、身を乗り出した。白髪まじりのひげがのびかけ

パガニナナニ
ジートさんのぐあい
よくない日 ー
いい日
ジョージ
ワシントーン
くいーさ
あいたい!

たあごが、ジェシーのほおをかすめた。「もう寝なさい」お父さんはオリバーとジェシーにいい、お母さんにつづいてレイニーとハイアシンスの部屋に入っていった。

長いこと階段のかたい床に腰をおろしていたせいで、ジェシーの体はこわばっていた。立ち上がって寝室に向かうあいだも、早くベッドにとびこみたくてたまらなかった。ドアを閉める前に、ふと廊下をふり返ると、弟の姿がかげになって見えた。

そのとき、一四一丁目の通りを走る車のヘッドライトの明かりが一階の壁で反射し、ほんの一瞬だけれど、オリバーの顔を照らした。オリバーは、ぱっちりと目を開けていた。階段のいちばん上の段に、ずっといるつもりみたいだった。

6月27日（水）
ジートさんが入院して2日目
庭フェスティバルまであと17日

4

イーサ：ジートさんがたおれたって、どうして教えてくれなかったの？
ジェシー：だれから聞いた？
イーサ：すぐ帰るから。
ジェシー：何いってるの、だめだよ。そのままキャンプにいて。ジートさんはだいじょうぶ。
イーサ：入院してるって、レイニーがいってたわよ！　死んじゃうの？
ジェシー：死なないよ！　フェリス・レイクのキャンプ場から帰ってきちゃだめ！　そんなことしたら、ジートさんがよけいつらい思いをするでしょ！

――間――

イーサ：わかった。帰らない。でも、何かあったらすぐ教えるって、約束して。
ジェシー：約束する。
イーサ：「わたしは一四一丁目の〈ブラウンストーン〉で起きることを毎日、イーサに知らせると約束します」って、声に出していってみて。
――間――
ジェシー：いったよ。これでいい？
イーサ：うん。

レイニーは、地下室のふかふかのラグに横になっていた。ビーダマンさんはレイニーにお絵描きを教えに来てくれたはずなのに、今は電話でだれかと話している。とりこわしになりそうな建物を守る話のようだ。ビーダマンさんの首には、子ねこのプリンセス・キュートが、まるでマフラーみたいにからみついていた。

ビーダマンさんは電話でこう話していた。「あれには建築上意味があるし、歴史的にも重要だ。『ダコタ・ステーブルズ』のような失敗は二度としちゃいけない。あれについては、今でも後悔しているんだろう？　知ってるぞ」

ビーダマンさんが電話を切ったとき、レイニーにはききたいことが山ほどあった。「だれと話してたの？　なんの話だったの？　ダコタ・ステーブルズって、なあに？」

ビーダマンさんはプリンセス・キュートに手をのばし、おでこのあたりをなでてやった。「今のは昔の大学の友だちだ。彼女は、歴史的建造物保護委員会というところではたらいているんだが、ある建物が歴史的に価値があるといえるかどうかについて、わたしの意見をきいてきたんだ。

歴史的建造物として認められると、その建物に勝手に手をくわえてはいけなくなる。とりこわしもできなくなるんだよ」

「ステーブルズは？」と、レイニー。

「ダコタ・ステーブルズ（一九世紀末に馬車の置き場と馬屋としてニューヨークに建てられた、三階建ての建物。二〇〇六年にとりこわされた）は、アムステルダム通りの七十五丁目にあった馬屋なんだが、移動の手段として馬が主に使われていた時代が終わると、立体駐車場につくりかえられて、建物の歴史的な部分がぜんぶこわされてしまったものだから、建築上価値がないと見なされたんだ」ビーダマンさんは自分の携帯で昔の馬屋の写真をさがし出し、レイニーに見せてくれた。

「お馬さん、まだここにいたらいいのに。かわいそうだったね、この建物。すごくきれいなのに」と、レイニー。

そこへ、オリバーが地下室の階段をかけおりてきた。「レイニー！　なんでまだパジャマなんだ？　教会へ行かなきゃ！」

レイニーは兄のオリバーを見上げながら、お母さんが朝食にくれた緑色のクッキーをひと口かじった。お母さんが今朝、試作品だといって、ほうれん草をまぜこんで焼いたクッキーが、レイニーのところにたくさん集まったのだった。きょうだいたちがこぞって、自分のぶんをくれたからだ。そんなことは、はじめてだった。

レイニーは緑色のものが大好きだった。クローバーも、パガニーニの鼻みたいにやわらかい手

6月27日（水）

ざわりのラムズイヤーの葉っぱも緑色だし、お父さんはいつも、緑のエムアンドエムズ（色とりどりの砂糖衣がかかった粒状のチョコ）は、幸運のしるしだといっている。だからレイニーは、夏休みがはじまった先週から、緑のエムアンドエムズを小さなびんに集めている。レイニーが「緑のをちょうだい」と家族のだれかにおねだりすると、たいていもらえるのだ。

ジェシーがオリバーのあとから階段をおりてきた。「十時まで待った方がいいと思う」

「レイニー、行かない。グレムリンにされたくないもん」

ついこのあいだ、お父さんがロアルド・ダールという人が書いた『グレムリン』という本を、レイニーに読んでくれた。グレムリンはうしろ脚で立ってもパガニーニくらいしか背丈がなくて、頭には角が二本生えている。わるさばかりする連中だそうだ。レイニーは、ぜったい会いたくなかった。

「グレムリンに変えられたりなんか、しないってば」オリバーがいらいらしたようすでいった。

オリバーが髪の毛をかきむしっているので、かっかしちゃってるんだな、とレイニーにはわかった。前にお母さんが、オリバーのお気に入りのバスケットボール用の白いジャージと、レイニーがハロウィーンで着たフラミンゴのコスチュームをいっしょに洗ったせいで、ジャージがあざやかなピンク色になってしまったときには、髪をひとつかみ、むしりとったのだった。

ハイアシンスも、毛糸のロープを引きずりながら階段(かいだん)をおりてきた。「わたしも行かない。ツタのお化けにつかまりたくないもの」

「あそこにお化けはいない！」オリバーがさけんだ。それから深呼吸(しんこきゅう)をして、また腕時計(うでどけい)を見た。「教会は今、開いたとこだよね？」

ビーダマンさんが割(わ)って入った。「そんなに早く行ってどうするんだね？」

「ジョージーさんがいつも、あの教会のとなりの空き地を、みんなで使う庭にしたらって話してたの、知ってますよね？」と、オリバー。「もう何年もほったらかしになってる空き地だから、どうにかしたらいいんじゃないかなって。でも、教会に許可(きょか)をもらわないと」

ビーダマンさんは急に青ざめ、ぱっと立ち上がると、四人からはなれ、階段(かいだん)を上がっていってしまった。

「ビーダマンさん！　お絵描(えか)きを教えてくれるって、いったでしょ？」レイニーが声をあげた。

きょうだいたちは顔を見あわせた。

「お母さんがネズミを見つけたときとおんなじ顔、してた」レイニーがいった。

ネズミ、と聞いて、フランツが耳をぴんと立てた。

ジェシーがため息をつき、ハイアシンスをにらんだ。「またここでネズミにえさをやってるの？」

ハイアシンスはうつむき、もくもくと指編(ゆびあ)みをしている。

「ビーダマンさん、ネズミがこわいの？」レイニーには、ネズミがこわい人がいるなんて、信じられなかった。あんなにかわいいお鼻と、おひげがあるのに！

「家族のことを思い出して、つらくなったのかも。ときどきそうなることがあるでしょ」と、ハイアシンス。

レイニーはそういわれて、考えた。ビーダマンさんは、家族のことをほとんど話さない。ビーダマンさんの娘のルシアナさんは、七年前、十六歳のときに亡くなったそうだ。ビーダマンさんの奥さんも、同じときに亡くなった。道路をわたっていて、タクシーにひかれたのだという。レイニーがイーサから聞いた話では、奥さんとお嬢さんを亡くしたせいで、ビーダマンさんは何年も、自分の部屋に閉じこもっていたらしい。

ビーダマンさんはときどきとてもつらくなって、夕食を食べにおりてこなかったり、電話に出なかったりすることがある。レイニーがつづけて五回も電話をかけ、留守番電話に毎回「大好き」とメッセージを残しても、だめだった。

お母さんはそっとしておいてあげましょうっていうけれど、ビーダマンさんが何日も部屋から出てこなくなるたびに、レイニーは泣きたい気持ちになった。ビーダマンさんがいっしょに夕食を食べにおりてきてくれたり、寝る前に本を読みに来てくれたりすると、うれしい気持ちになった。

ビーダマンさんがこんなふうに部屋に閉じこもってしまったとき、レイニーはビーダマンさんのために何かしてあげたくなる。レイニーが転ぶと、お父さんやお母さんやお姉さんたちは、痛いところにキスをしてくれる。レイニーは自分の胸に手をあて、心臓がドクドクいっているのを手のひらで感じた。

ビーダマンさんの心を楽にするために、いったい何ができるだろう？

レイニーがパジャマから着かえると、バンダビーカー家のきょうだい四人は外に出て、西の方にある教会へと向かった。一四一丁目の通りに立ちならぶ〈ブラウンストーン〉の建物の前を歩くあいだ、だれも口を開かなかった。

ジェシーはいつも、このあたりを歩くとき、少しかしこまった気持ちになる。このあたりの〈ブラウンストーン〉の建物を百年以上も前に土台から建てた人たちのことや、できあがった建物に住んできた、さまざまな人たちのことを、想像するのが好きだった。

今、近所に住む人たちはみんな、かっこいい仕事についている。ある人は理学療法士で、ブロードウェイのダンサーたちの体のケアをしている。またある人は、地元の高校の用務員だ。三番街の五十五丁目で、巨大なオフィスビルの建設にくわわっている人もいれば、ブロンクス動物園の指導員としてはたらく人もいる。

夜になると、その人たちが家に帰ってくる足音がするし、ご近所の窓からは、夕食のしたくをしたり、食器を洗ったりする音、笑い声、窓台に置かれたラジオの音楽も聞こえてくる。

6月27日（水）

ブロックのはしに、灰色の石づくりの教会が堂々と立っていた。ステンドグラスの窓がキラキラ光っているうえに、どの〈ブラウンストーン〉よりも高くそびえ立つ尖塔が目立っている。

その教会のすぐ横に、金網のフェンスで囲まれた雑草だらけの空き地があった。フェンスはツタにびっしりおおわれ、かかっている看板がほとんど見えなくなっていた。

「見て！」レイニーがつま先立ちしながら、看板を指さした。「入るなって、書いてあるよ」

レイニーのきょうだいたちはおたがいに顔を見あわせた。レイニーは字が読めるんだろうか？

「だから、ここに入ったら、グレムリンになっちゃうんだよ」と、レイニー。

オリバーはレイニーを見やった。「そのグレムリンの話は、何から思いついたの？」

レイニーはにんまりした。「レイニー、知ってる

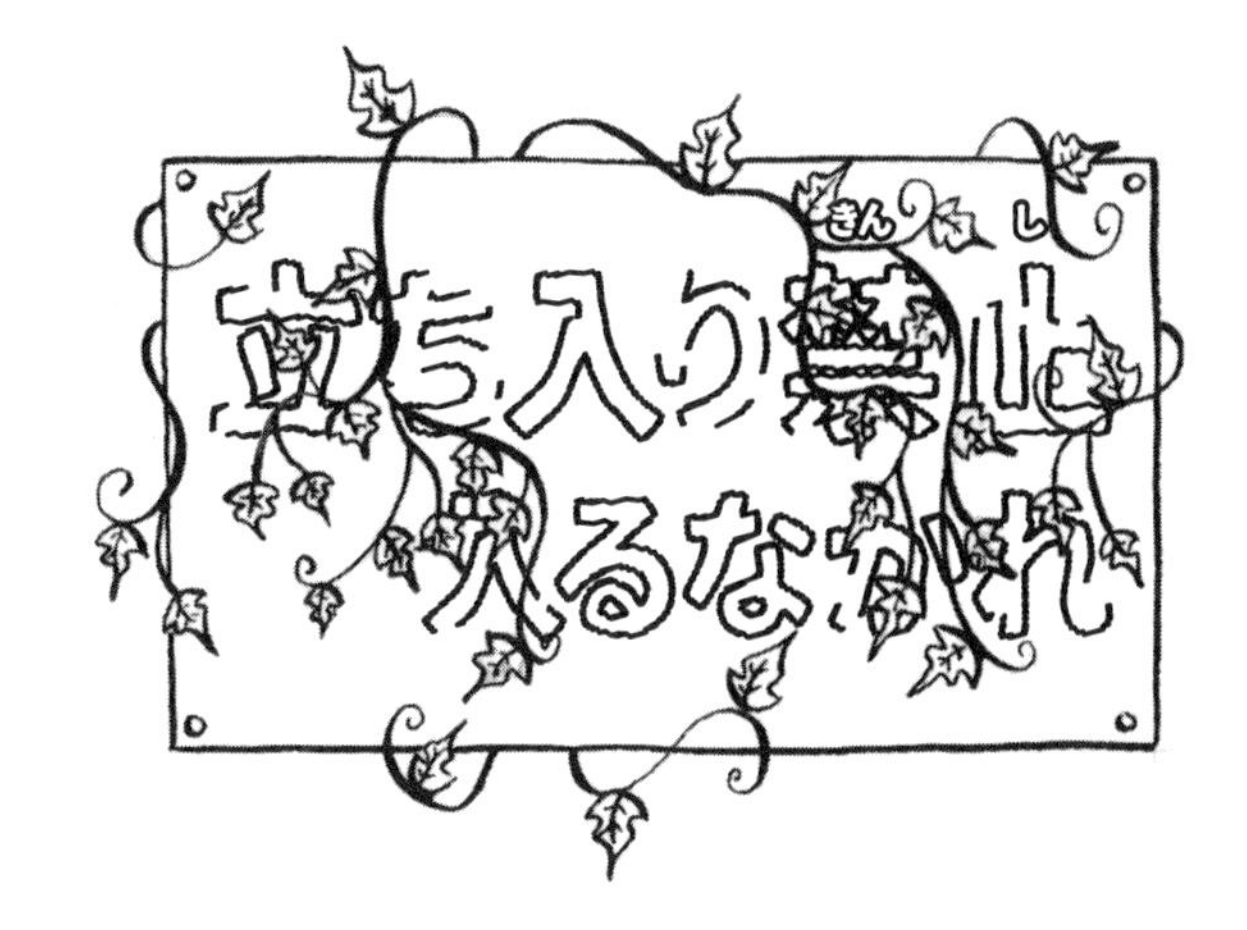

の！」

ジェシーは厚くからまるツタのあいだに指を突っこみ、中をのぞこうとしたけれど、見えなかった。

もともとは、教会の保育園に通っていた子どもたちの遊び場だったところだ。でも保育園が十年前に閉園してからは、手入れをしたり、定期的に使ったりする人がいなくなってしまった。教会はそこにだれも入れないようにしたので、今では、このブロックの中で、目立って荒れた場所になっている。

「本当にやる気？」ハイアシンスがフェンスから大きくあとずさりした。

「どこか、入れるところはないのかな？　門とか、扉とか」ジェシーはフェンスを見わたして、入り口をさがした。

オリバーはからまったツタをはがせないかと引っぱってみたけれど、うまくいかなかった。

「うーん、これはしっかりからまってるなあ……わぁ――！　う、腕が！」オリバーはじたばたともがきはじめた。

ハイアシンスとレイニーが悲鳴をあげ、オリバーの空いている方の腕をつかんで、オリバーをフェンスからはなそうと引っぱった。もう片方の手の指は、今きっと、グレムリンにかじられているにちがいない。

ジェシーも手を貸し、オリバーを強く引っぱったので、みんないっしょに歩道にしりもちをついた。

すると、オリバーが笑いだした。涙が出るほど笑ったあと、だしぬけにいった。「やーい、ひっかかった！」

姉と妹たちはオリバーをにらみつけた。でもオリバーは、腹をかかえて笑っていて、気にもとめない。

ジェシーは立ち上がり、妹たちに手をさし出した。レイニーが自分のひじを指さしたので、ジェシーはそこについた砂利をはらって、キスをしてやった。

ジェシーはオリバーをにらみながらいった。「さあ、行くよ。トリプル・Jさんと話をしないと」

ハイアシンスは歩道にすわりこんでまだ笑っているオリバーをちらっと見て、ジェシーにきいた。「オリバーはどうするの？」

ジェシーはあきれた顔で「ほっとこう」というと、教会に向かって歩きだした。

「トリプル・J」と呼ばれているジェイムズ・ジョセフ・ジャクソンさんは、四十年以上もこの教会の牧師をつとめていた。頭がよくて話がわかる人だ、と近所のだれもが知っていて、この教会に通っていない人たちでさえ、平日に教会に立ちよって、相談をすることがあった。

ジェシーとハイアシンスとレイニーは、教会に近づき、がんじょうな木の扉をノックした。返事がなかったので、ジェシーがもう一度ノックしていると、そこへオリバーもやってきた。まだ返事がなかったので、四人全員でノックした。

トリプル・Jさんがいつもいる教会の事務室は、入り口の扉から遠いところにある。それに、事務の仕事をしているときは、よく補聴器をはずしているのだ。

あきらめずにたたきつづけていると、やっと、重い扉がゆっくりと開き、明るいバリトンの大きな声が子どもたちをむかえてくれた。「こんにちは、バンダビーカーさんたち！　よき日をすごしているかね？」

5

　トリプル・Jさんはまるいめがねをかけ、動物たちの絵が描かれた白いTシャツを着ていた。そのTシャツは数カ月前、日曜学校の子どもたちが、ノアの箱舟の話を学んだときに、絵を描いてプレゼントしたものだった。トリプル・Jさんのうしろから、頭がはげかかった男の人がついてきた。茶色のスーツのたっぷりめのパンツが、足もとでだぶついて、茶色い靴にかかっている。靴の先はすごくとがっている。中の足はさぞ、きゅうくつだろう。

「みんな、変わりないかい？」トリプル・Jさんは、子どもたちひとりひとりとグータッチをしながらきいた。「ハクスリーさんに会ったことは？　いっしょに予算の話をしていたんだ。中断できて、とてもうれしいよ」トリプル・Jさんは、子どもたちにウィンクをした。

　ハクスリー、だって？　オリバーはジェシーをちらっと見た。

　ハクスリー氏は、さっと手をふった。いかにも気のないあいさつだ。

「ハーマンのお父さんですか？」オリバーはきいてみた。

「ああ」と、ハクスリー氏。

「同じクラスなんです」と、オリバー。

「ふうん」ハクスリー氏は携帯を取り出して、文字を打ちこみはじめた。

トリプル・Jさんがきいた。「イーサから連絡はあったかい？　オーケストラのキャンプを楽しんでいるのかな？」

「わたしたちなしで、楽しくやってるみたいです」ジェシーはしかめっつらで答えると、携帯をさし出した。「メッセージを送りますか？」

トリプル・Jさんは携帯を受け取り、めがねを老眼鏡にかえたあと、親指で文字を打ちこみながら、声に出して内容を聞かせてくれた。「やあやあ！　トリプル・Jだ。いのりましょう。野菜を食べましょう。ご両親に、大好きだと伝えましょう」それから送信を押し、ジェシーに携帯を返した。すると、ほとんど間をおかずに、着信があった。ジェシーは画面を見てから、トリプル・Jさんに見えるように、前に突き出した。イーサがもう、返信を送ってきたのだ。


トリプル・Jさん！　メッセージうれしいです。ありがとうございます！

「ジェシーはイーサに、一日に十億回くらい、メッセージを送ってるんだ」オリバーはトリプル・Ｊさんに教えてあげた。

「女きょうだいというのは、じつにありがたいものだ」トリプル・Ｊさんはにこにこしながらいった。そしてオリバーが小声で「うへっ！」といったことにはかまわず、つづけた。「今日はまたどうして教会へ？　わたしに会いに来てくれたのかな？　だったら、うれしいなあ」

「会いに来たのは本当です。ひとつ、相談があって」と、オリバー。

「すごく、いいこと」レイニーがすかさずいった。

トリプル・Ｊさんは、いいよ、話してごらん、というようにうなずいた。

オリバーは大きく息をすい、教会のとなりの荒れほうだいの空き地を指さして、いった。「ええと、ここをどうにかできたらなって、考えてるんです。みんなが使える庭に変えたらいいんじゃないかな……」そのとき、ハクスリー氏が顔をしかめたのが目に入った。「……って、ちょっと、思ってて」

トリプル・Ｊさんの携帯の着信音が鳴った。トリプル・Ｊさんはポケットから携帯を取り出し、目を細くして画面を見た。

ハクスリー氏がうたがうような目つきで、空き地の方をさし、いった。「そこで遊びたいっていうのか？　公園に行った方がいいんじゃないか？」

ジェシーが説明した。「遊び場にするんじゃありません。きれいにして、だれもが楽しめる場所に変えたいんです」

「ふむふむ。それはいい。いい考えだ」トリプル・Jさんがいった。

そのとき、また携帯に着信があった。「ちょっと待っててくれ」トリプル・Jさんは電話に出て、相手に話しはじめた。「どうかしたのか？」それから、子どもたちにもうしわけなさそうに手をふり、「ハクスリーさんにきいておくれ」とささやくと、教会の中へ入っていってしまった。残ったのは、子どもたちとハクスリー氏。でも、ハクスリー氏はもう、自分の携帯をいじっている。

「じゃあ、やっていいですか？」オリバーはハクスリー氏にきいた。

ハクスリー氏は、携帯の画面からしぶしぶ目をはなした。「何をだ？」

「となりの空き地を使うことです」と、ジェシー。

「待ちたまえ」ハクスリー氏は、やれやれという顔でいった。「わたしが知るかぎり、あそこは、入る手だてすらないんだ。もし入れたとしても、あんな広い土地を、子どもの好きにさせるわけにはいかない。何かあったらどうするんだ？　だれかがけがでもしたら？　教会は裁判の費用どころか、新しいボイラーを買うお金もないんだぞ」

「でも、トリプル・Jさんはたった今、使っていいっていいましたよ」オリバーは、自分に都合のいいようにいった。トリプル・Jさんは、どこかうわの空だったから、本当かどうかはあやしいものだ。「『何かあってももうったえません』って書いて、サインしてもいいですよ。ほら、学校の課外活動のときに、お父さんたちがサインしてる、同意書みたいなやつです」

「そうだね」ジェシーが相づちを打った。課外活動の同意書なら、何度も家に持って帰って、親にサインをもらったことがあるから、どういうふうに書けばいいか、よくわかっていた。「同意書をきちんと三通作って、わたしたちでサインしてもいいですよ」

ハクスリー氏は首を横にふった。と、そのとき、ハクスリー氏の携帯の着信音が鳴った。ハクスリー氏はたちまち、急な用事ができたみたいに、「トリプル・Jさんと、予算について話すことがたくさんあるんだ」というと、うしろを向き、教会の中へ入っていった。

オリバーは、ハクスリー氏の背中に向かってさけんだ。「でも、『みんなの庭』の話は、どうなるんですか?」

返事はなく、目の前で、教会の扉が閉まった。

四人は扉をじっと見つめた。

「どうしよう?」オリバーはいった。

四人は、ハクスリー氏が教会を出ていくまで待ってから、あらためてトリプル・Jさんに、空き地を使っていいか、きくことにした。ハクスリー氏がいたのでは、話がまとまりっこない。

ジェシーとオリバーはフェンスの前を行ったり来たりした。ハイアシンスはその二人のようすをながめながら、近くの〈ブラウンストーン〉のエントランス前の階段に、レイニーといっしょにすわっていた。そこならたぶん、もしグレムリンが手をのばしてきても、届かないはずだ。レイニーは、階段のはしに小石をならべている。

ハイアシンスは、学校の合唱で覚えた『カム・セイル・アウェイ』（アメリカの〈スティクス〉というバンドの曲）を、はじめから小声で口ずさみはじめた。空き地の中の大きな木の枝が、フェンスを越えてのびていて、歩道に日かげを作っている。

ハイアシンスは二節目の終わりの、「だけど、できるだけ、がんばるよ」というところまでうたったあたりで、ふと思った——あの木の枝、わたしの歌にぴったり合わせて、ゆれてるんじゃないかしら？

そこで、後半の合唱部分に入る前に、いったんうたうのをやめてみた。すると、枝の動きが止まった。まるで歌のつづきを待っているみたいだ。ハイアシンスがまたうたいはじめると、葉っぱがうれしそうにガサガサ音をたて、枝もまたゆれだした。ハイアシンスは立ち上がって階段からとびおり、フェンスに向かって歩いていった。グレムリンのことも、通行人にからみつくツタのことも、庭にお化けが出る話も、頭から吹きとんでいた。

フェンス越しに歩道の上にのびている木の枝が一本、ハイアシンスの目の前でゆらゆらゆれた。手をのばしてさわろうとしたそのとき、夏風がさっと通りを吹きぬけて、ツタをゆらした。深い緑色の葉っぱの合間に、キラリと日光を反射するものがある。

ハイアシンスは、葉っぱをどけてみた。からみあうつるの中からあらわれたのは、真鍮の南京錠だった。

6

オリバーは、夏休みに入る直前の「情報テクノロジー」の授業(じゅぎょう)で、安全なパスワードの作りかたについて教わっていた。オキキ先生によると、ハッカーに個人情報(こじんじょうほう)をぬすまれたり、メールを読まれたりしないためには、パスワードをしっかりしたものにした方がいいらしい。

オリバーも、親友のジミー・Ｌ(エル)も、自分たちのメールを読みたい人がいるとはとても思えなかった。宿題の相談や、バスケットボールの話、ＹｏｕＴｕｂｅ(ユーチューブ)の映像(えいぞう)のリンクくらいしか書いていないからだ。それでも、数字のキーの上の方に書いてある「!」や「%」などの記号を適当(てきとう)に組みあわせ、自分でもぜったい覚(おぼ)えていられないくらい複雑(ふくざつ)なパスワードを作ってみるのは、楽しかった。

そんなわけで、四つの数字を組みあわせる真鍮(しんちゅう)のダイヤル式南京錠(なんきんじょう)をハイアシンスが見つけて、みんなに知らせたとき、オリバーにはどうすればいいかわかった。

オキキ先生が教えてくれた、「かんたんすぎるから使ってはいけない」という暗証(あんしょう)番号を、かたっぱしからためしていった。十年前にこの空き地の入り口にかぎをかけた人は、暗証番号の安全性なんて、ほとんど気にしていなかったにちがいない。

十年前といったら、オリバーだってまだ生まれていない、大昔だ！　ひょっとしたら、パソコンだって、まだなかったりするかも……。

オリバーは、まず１・１・１・１をためし、またダイヤルを回して２・２・２・２、つづいて３・３・３・３と、同じ番号がならぶ組みあわせを９までやってみた。でも、どれでも開かなかった。

「すぐ開けてくれるって、信じてたのにな……」ジェシーがオリバーのうしろからのぞきながら、いった。

「じろじろ見ないでよ」オリバーはつぶやいた。

となりの教会の木の扉が、ギギーッと開く音がした。

ハイアシンスが教会の方に目をやり、不安そうにいった。「ねえ、オリバー」

オリバーがふり返ると、トリプル・Ｊさんがスーツケースを持って、外に出てくるところだった。ハクスリー氏がうしろにぴったりついている。二人は道路の方を見ていたけれど、横を向けば、オリバーたち四人がばっちり見えてしまうだろう。今、何をしているところか、ハクスリー氏にだけは知られたくなかった。オリバーは必死になって、次に考えられる数字の組みあわせにダイヤルを回していった。ありがたいことに、レイニーはいつになくじっとしていた。歩道にしゃがんで、アリたちがリンゴのかけらを巣に運ぶようすを観察していたのだ。

「もう行かない？」ジェシーがささやいた。

オリバーがダイヤルを回し終わったとき、カチッと音がして、錠がはずれた。オリバーは南京錠を掛け金からぬき、フェンスの扉を押して開けた。「入って！」

「早く！」と、ジェシーが小声でいったとき、教会の前にタクシーが止まった。トリプル・Jさんがスーツケースを持ったまま、タクシーに近づいていく。ハクスリー氏も、まだうしろをついていっている。

オリバーは空き地の中に入ってふり向くなり、レイニーとハイアシンスを引っぱりこんだ。二人があげた声は、タクシーのエンジンの音に、まぎれてくれただろうか……？　最後にジェシーが入ってきて、うしろ手に扉を閉じた。

車が走り去る音が聞こえたあと、ハクスリー氏の先のとがった靴が、カッカッカッと歩道を歩いてくる音がひびいた。

ハクスリー氏は、フェンスの扉のほぼすぐ前で、立ち止まったようだ。ツタにおおわれたフェンスの向こうから、荒い息が聞こえる。オリバーは、耳の中で脈の音がひびくくらい、ドキドキしていた。レイニーはジェシーの胸に顔をうずめているし、ハイアシンスはオリバーのとなりでぴったりと体をよせている。ゴミ収集車が大きな音をたてていたおかげで、レイニーのすすり泣きの声は、ほとんど聞こえなかった。

何時間もたった気がしたあと、ハクスリー氏はようやく、また歩きだした。なんだかうれしそうにハミングをしながら、軽い足どりで去っていった。四人はその足音が聞こえなくなるまで、じっと耳をすましていた。

それからゆっくりとうしろを向き、空き地をはじめてじっくりとながめた。

「うえっ。あれって、便器？」オリバーが顔をしかめた。

ジェシーがオリバーの指さす方を見てみると、そこにはたしかに便器があった。

レイニーが不安そうにいった。「あの中に、グレムリン、すんでるのかも」

「便器の中にか？」オリバーは、そんなわけないだろ、という顔をしている。

「バスタブもある」ハイアシンスがべつの方を指さした。

ジェシーは何もいわずに、ゴミや雑草で荒れほうだいの空き地を見わたしていた。

フェンスのそばには、木が一本生えていた。枝が横に広がっていて、いかにものぼりやすそうだ。空き地の奥の方にも、もう一本、木がある。つるみたいに細くてくねくねした幹が、フェンスにからみつき、空に向かってのびていた。

ツタが、四方のフェンスをおおっているだけでなく、教会の壁の上の方にまで広がっているからか、ここには、にぎやかな街の音があまり入ってこないようだ。葉っぱでかくれて見えないけれど、スズメの群れが木に止まっているらしく、まるでパーティーでも開いているみたいに、さかんにさえずっているのが聞こえる。

　空き地は緑にあふれていてそれなりに美しかったけれど、長いことほったらかしにされていたこともありありとわかる。

　ジェシーはふと、去年、ハドソン川ぞいにあるパリセイズという公園に、家族でハイキングに行ったことを思い出した。巨大な木の下を歩いたり、靴を脱いで冷たい川に足をひたしたり、ツタやコケが生いしげる小道を通ってみたりして、とても楽しい一日をすごしたのだった。

　ジェシーはきょうだいたちに目をやった。ハイアシンスはフェンスの扉のところで、あたふたと掛け金をさがしている。

　一方、オリバーはもう、バスタブのところまで行く道を作ろうと、地面にはびこる雑草やツタを引きぬきはじめていた。

　ハイアシンスが追いかけてきて、オリバーを引っぱった。「奥に行かないで！」

「道を作ろうと思って」と、オリバーはいい、さらに雑草をぬいた。「いてっ」オリバーは、茎にチクチクしたとげが生えた雑草を放り出した。

「気をつけて」と、ジェシー。

　ハイアシンスはオリバーの手をつかんでひっくり返し、けがをたしかめた。

　ジェシーは、ハイアシンスに庭をつくることを賛成してもらうなら、今しかない、と思い、すかさずいった。「ねえ、ジートさんとジョージーさんの、お気に入りの場所を作ってあげられたら、すてきじゃない？　ここをどんなふうに変えたらいいかな？」

　きょうだいの中で、ハイアシンスのことをいちばんよくわかっているオリバーも、いった。

「ジートさんたちへの最高のプレゼントになると思わないか？　きっと、すごくびっくりするだろうし」こういえば、ハイアシンスも、いやとはいわないはずだ。

　ジェシーはハイアシンスが話をのみこむのを待った。ハイアシンスは、プレゼントで人をびっくりさせることが、大好きなのだ。

　とうとう、ハイアシンスは近くの木を見上げ、いった。「うん、ここにグレムリンがいるなんて、ありえないよね。ロアルド・ダールの本では、グレムリンは地上じゃなくて、空の上にいて、飛行機をこわしてたもの」

　オリバーはパチッと指を鳴らした。「そのとおり！　レイニーはどう？　おもしろそうだろ、なあ？」

　レイニーは土をいじりながら、コレクションになりそうな小石をさがしていた。グレムリンのことなんて、これっぽっちも気にしていないようだ。

　ハイアシンスはオリバーの手を見つめながらいった。「ガーデニング用の手袋がいる。スコップとか、熊手とかの道具も。マンディは、スコップを持ってた」

　とたんに、気になったのか、レイニーがきいた。「マンディって、だあれ？」レイニーは、きょうだいの友だちを、全員知っていることが自慢だった。「ハイアシンスのクラスには、マンディなんて人、いないよ」

「うん。マンディは、『マンディ』（ジュリー・アンドリュース作の児童文学）っていう本の主人公のこと。施設でくらしてて、毎日、塀を乗り越えて、だれも住んでない家へ行って、自分だけの庭をつくってるの」ハイアシンスはいいながら、つるや草がのびほうだいの空き地を見まわした。

ジェシーがいった。「園芸道具はまちがいなくいるよ。おこづかいがたまってるのは、だれ？　そうだ、オリバーは、たっぷり持ってるよね！」

オリバーは顔をしかめた。「自転車を買うために、ためてるんだ」

「レイニー、ぜんぶ、出してもいい。四十三ドル、ある」と、レイニー。

「四十三ドル！　うそだろ？」オリバーがさけんだ。

「ブタさんの貯金箱に入ってるよ」

ハイアシンスは三ドルしかなかった。おこづかいをもらうとすぐ、手芸のお店で使ってしまうからだ。ジェシーは十七ドル持っていた。三人はオリバーをじっと見た。

オリバーはいいわけした。「自転車を買うために、トイレのつまりを直すのだって、何回もやったんだよ。それでも、あと八十ドルもためないといけないんだぞ」

オリバーは、お金をかせぐために、二軒先のアパートの管理人をしている（そして友だちのアンジーの父親でもある）スマイリーさんの仕事を、ときどき手伝っていた。床をモップがけしたり、窓をふいたりするだけでなく、トイレのつまりを直すという、いちばんやりたくない仕事もやっていた。戦前からある古い建物だからか、よくつまってしまうのだった。

ジェシーはいった。「でもね、オリバー。レイニーは、ためてたお金をぜんぶ出すって、いってくれたんだよ?」

オリバーはくちびるをかみしめ、ぼそぼそといった。「十五ドル出すよ」

「ありがと」ジェシーは千分の一秒の間をおいて、つづけた。「合計七十八ドルか。けっこうあるね」

四人は空き地をながめた。もちろん、便器はあるし、バスタブもある。ほかのゴミもかき集めたら、特大のゴミ収納庫がいっぱいになるだろう。それでも、目を糸みたいに細くして見ると、どんな場所になりそうか、なんとなく想像できた。ジョージーさんとジートさんの、夢の庭だ……。

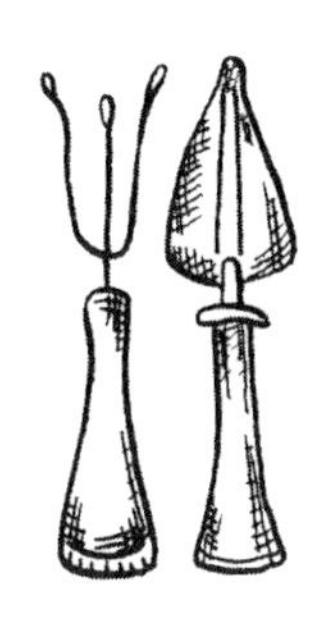

7

レイニーの頭の中は、庭のアイディアでいっぱいだった。すぐにでもはじめたくて、たまらない！

「これはないしょの計画だからね」ジェシーとオリバーは、家に向かうあいだ、レイニーにそういいきかせた。みんなのお金を取りにいったん帰ってから、園芸用品店へ行くつもりだった。

「わかってる、わかってるってば」と、レイニー。秘密を守るのはすごく得意なんだもの。

「ハクスリーさんが、だめっていったのに、中に入っちゃっていいの？」ハイアシンスがきいた。

「いいの！」ジェシーとオリバーが口をそろえた。

ジェシーがくわしく説明した。「ハクスリーさんは、ぜったい使っちゃだめだといったわけじゃないよ。責任がどうとか、教会がうったえられたらこまるとかしか、いってない」

でもハイアシンスは、納得していないようすだ。

ジェシーはいった。「じゃあさ、家に帰ったら、教会にはなんの責任もありませんっていう、同意書を作るよ。それで気がすむ？」

四人はぞろぞろと家の中へ入っていった。犬のフランツは、ハイアシンスが帰ってきたのですっかりうれしくなったらしく、とびついてハイアシンスをたおしたうえ、顔をベロベロなめた。お母さんはリビングを歩きまわりながら、電話で話していた。「控除額」とか「救急車費用（アメリカの救急車は有料）」とか、「既往歴」とかいう言葉が聞こえる。四人は階段を上がり、ジェシーの部屋に入った。いちばんうしろはレイニーだ。ジェシーはそこで、約束どおりに同意書を書いた。みんなでサインもした。

ジェシーは完成した書類を机の引き出しにきちんとしまい、いった。「よし、おしまい。これでもう、あそこに入っちゃいけない『公

以下に署名をした者は、
ハーレムのゴスペル・バプティスト教会の土地に
庭をつくる最中に、いかなるけがを負っても、
トリプル・J牧師と教会、そしてハクスリー氏に対し、
責任をいっさい問わないものとする。
日付：6月27日

ジェシー　オリバー　レイニー
ハイアシンス♡

式』の理由は、なくなったよ」

「トリプル・Jさんに、もう一回きいて、たしかめたほうがいいんじゃない？」ハイアシンスがフランツの耳をかきかき、いった。

ジェシーはため息をつき、携帯を取り出して教会に電話をかけた。「もしもし、トリプル・Jさんをお願いします」

しばらくの間のあと、ジェシーが声をあげた。「ええっ！　だいじょうぶだといいですね……いえ、急いではいません。お帰りになったらで、かまいません」

ジェシーは電話を切り、みんなにいった。「サウス・カロライナ州にいるトリプル・Jさんのお兄さんが、階段から落ちたらしくて、お世話をするためにそっちに向かったんだって。一カ月くらい、帰らないかもしれない。それに、電話に出たサンドラさんは、明日から家族旅行でプエルトリコに行っちゃうから、事務室は二週間お休みになるんだって」サンドラさんは、教会の事務をしっかりやっている人だ。

「あっちこっちで、けがしたり、たおれたり。いったいどうなってるの？」と、オリバー。

「携帯にかけてみた方がいいかな？　どう思う、ハイアシンス？」ジェシーがきいた。

ハイアシンスはくちびるをかんだ。それから、「ううん、今はやめた方ががいいと思う」と、いった。

「だよね！　さて、全員お金を出して、予算をたてよう」

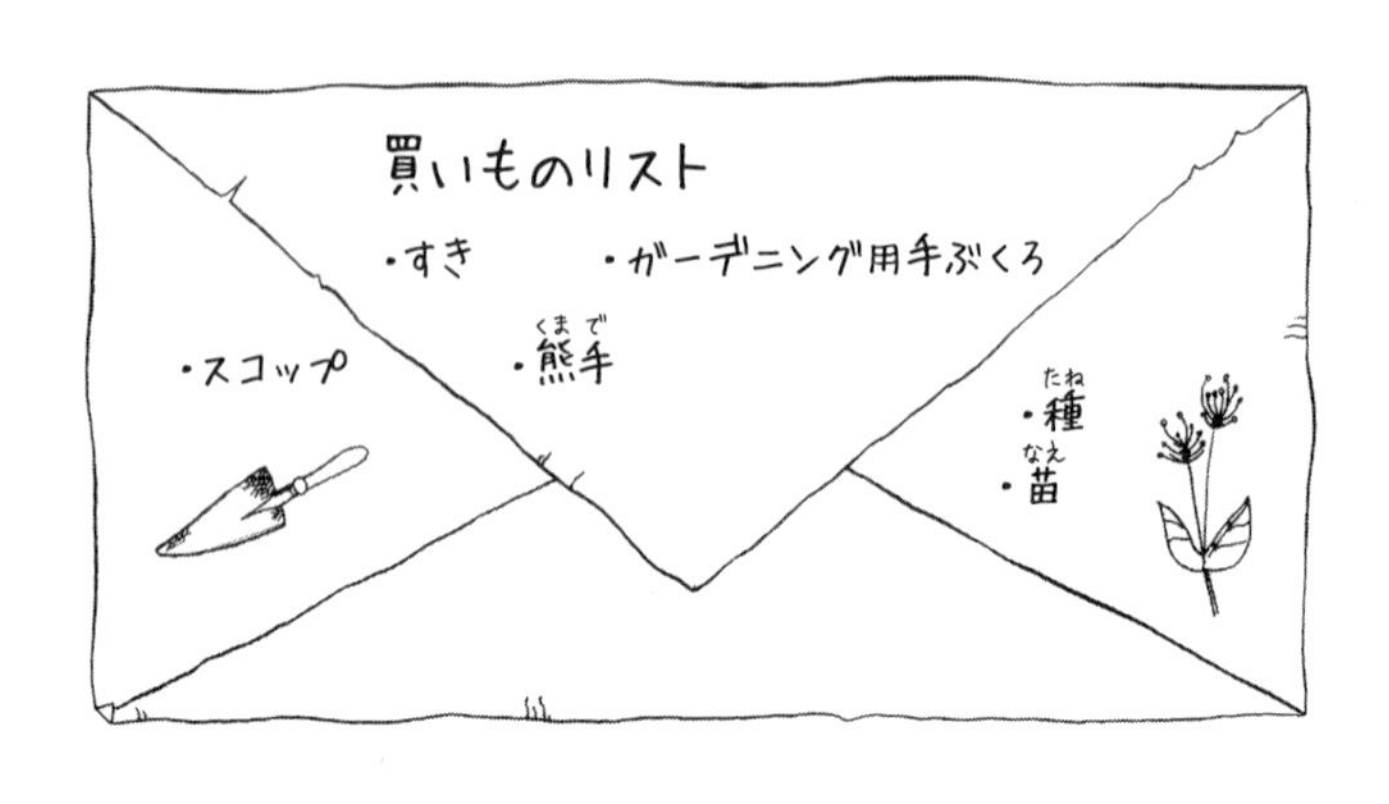

数分後には、ジェシーの机の上に、くしゃくしゃのお札と小銭の山ができていた。ジェシーはお金を入れる封筒を用意して、表に合計金額を書いた。裏側には、庭づくりに必要なもののリストを作った。

それがすむと、レイニーはスキップしながら階段をおり、うさぎのパガニーニの鼻にキスをし、お母さんの鼻の頭にもキスをした（お母さんはまだ電話中で、今は「医療保険の適用」などと話していた）。ねこのジョージ・ワシントンにはキスをしないでおいた。昼寝の最中に起こすと、きげんがわるくなるからだ。

お母さんは、おりてきたジェシーにお金をわたした。食材の買いものに出かけるひまがなかったから、「キャッスルマンズ・ベーカリー」でお昼を食べてきて、ということらしい。

今日は、すっごく、ついてる！　と、レイニーは思った。お庭が見つかって、園芸道具の買いものに行けて、その上キャッスルマンズにも行けるなんて！

6月27日（水）

ヒバ工具店は、五月から九月までのあいだ、夢のような場所になる。店先の歩道が、草花の苗がたくさんのったワゴン、青々と葉が生いしげる苗木の鉢植え、小さな花のポットがならぶ棚でいっぱいになるのだ。歩道にはりだした日よけには、花のバスケットもつるされる。

まわりが明るい感じになるので、ヒバ工具店の両どなりの店主たちは、苗や花が自分たちの店の前にまでいくらかはみ出していても、気にしなかった。

ヒバ工具店は、正確には「園芸用品店」ではないのだけれど、このあたりに住んでいる人が園芸用品店といえば、まずまちがいなく、ヒバさんの店のことだった。

「ハーレム・コーヒー」店をすぎて角をまがると、セント・ニコラス公園の手前に、ヒバさんの店がある。まっ先についたのは、ハイアシンスだ。ハイアシンスはすぐに、お気に入りの苗木のところへ行き、だきついた。その木は幹がしっかりとしていて、だきしめていると、気持ちが落ち着いてくる。ヒバさんの店では、苗にラテン語の学名の札がついていて、これには「ティリア・トメントサ」（和名はギンヨウボダイジュ）と書いてある。

きれいな名前、とハイアシンスは思っていた。だから、この木に「永遠の春のティリア」という名前をつけて呼んでいる。

「永遠の春のティリア」は、今日も元気で、幸せそうに見えた。ハイアシンスは葉っぱと幹のようすをチェックしたあと、いのるように目をつぶってから、値札をひっくり返して見てみた。前と変わらず、四十五ドルだ。ジートさんとジョージーさんのための庭に買うには、高すぎる。

「いつか、きっとよ。待ってて」ハイアシンスは、「永遠の春のティリア」の葉っぱにささやきかけた。

「またその木に話しかけてるのか？」あとからやってきたオリバーが、ハイアシンスに声をかけると、店の扉を開け、中に入っていった。ドアノブにかかった小さなベルが、チリンチリンと楽しげな音をたてた。

ハイアシンスは、大好きな木をもう一度やさしくだきしめてから、ほかのみんなのあとについて中に入った。

ヒバ工具店の中は、せまくてごちゃごちゃしていた。いろいろなものが、積んであったり、大きな箱やコンテナにつめこまれていたりする。お客は、入って正面にあるカウンターの奥には、行けないことになっていた。店主のヒバさんか、店員の人に、ほしいものを伝えると、店の奥から取ってきてもらえるしくみだ。自分でさがすより早く見つかるところがいいな、とハイアシンスは思っていた。

「いらっしゃいませ。今日は何をおさがしですか？」と、ヒバさんがいつもどおりのあいさつをした。カウンターのそばの陳列棚のかげで、ペンキの缶を山のように積み上げているところだった。

「いくつかほしいものがあって」ジェシーはそういって、リストを手わたした。

「園芸用品をお求めのお客さまの、多いこと！　みんな、そちらにありますよ」ヒバさんは、四人のうしろの壁をさした。床から天井までびっしりと、園芸用品がフックにかかっていて、そこだけは、お客が自分で商品を手に取れるようになっていた。

「これがいい！」レイニーが手をのばし、赤いスコップをつかんだ。さらに、「それと、これ！」といって、やはり赤い色の熊手をフックからはずした。

ヒバさんがきいた。「ジョージーさんとジートさんはお元気？　いつもなら、この時期になると、土や鉢を買いに来てくださるんだけど」

四人は顔を見あわせた。

それから、ジェシーが答えた。「きのう、ジートさんがまた発作を起こしたんです。今、入院中で……」

「お気の毒に。心からご無事をいのっているわ」ヒバさんは目に涙をうかべながら、頭をたれ、両手を胸にあてた。

「それで、ジートさんたちのために、きれいなお庭を……」レイニーがいいかけると、オリバーがさえぎってつづけた。「つくるんだ。うちの裏にだよ、もちろん」

ヒバさんはうなずいた。「どうぞ、ごゆっくり。わからないことがあったら、いつでも声をかけてちょうだいね」

四人が買うものを選び終えたころには、お昼近くになっていて、みんなのおなかがグーグー鳴っていた。

　買うことにしたのは、土を起こすための、スコップを四本と、小型の熊手を四本。ガーデニング用の手袋は、手のひらの部分に黒いゴムが引いてある上等なものが、ほしくてたまらなかったけれど、結局はふつうの安い軍手にした。

　それから、リストには入れていなかったものの、必要だね、ということになって、ひとつ六ドルのじょうろをふたつ買った。シャベルと大きな熊手は値段が高く、いちばん安くても二十五ドルしたので、お父さんが使っていないときをねらって、家にあるのをこっそり「借りる」ことにした。

　どの品も、思っていたよりずっと高かった。

「あの木は、買えないね」ハイアシンスはそういって、窓の外の「永遠の春のティリア」を、残念そうにながめた。

　代金を払い、買ったものを包んでもらうと、四人は店から歩道に出て、お昼を食べに歩きだした。そのとき、ヒバさんが出てきた。「ねえ、ちょっと」

　ヒバさんは「永遠の春のティリア」を持ち上げ、ハイアシンスの目の前に持ってきた。「よかったらこれを、あなたたちがつくるお庭に、どうぞ。あなたならきっと、ちゃんと育ててくれるでしょうから」

　ハイアシンスは、言葉が出なかった。「永遠の春のティリア」が大きくりっぱに育った姿が、

領収書

日付 6/27

数量	品目	単価	価格
4	熊手(小)	$3	$12
4	スコップ	$3	$12
4	軍手	$3.50	$14
2	じょうろ	$6	$12

小計	$50
税	$4.44
合計	$54.44

支払い方法

[ ] 現金
[ ] クレジットカード
[ ] 小切手　番号＿＿＿＿
[ ] その他

ぱっと目にうかんだ。大きくなった木のかげで、ジートさんがベンチにすわって「みんなの庭」をながめているようすさえ、想像できた。ジートさんのそばには、ハイアシンスの犬のフランツもいる……。

ハイアシンスは「永遠の春のティリア」のあざやかな緑の葉っぱに手をふれ、小声でいった。

「ありがとうございます。『銀の女王さま』の横に植えようかしら」

「銀の女王さまって?」オリバーがきいた。

「あの空き地にある、大きな銀カエデの木のこと。きっと友だちになれると思う」ハイアシンスが答えた。

オリバーは肩をすくめ、かがんで鉢植えの木をだきかかえ、重そうにうなりながら持ち上げると、ハイアシンスにいった。「ぼくがこれを運ぶんだったら、お昼には、チーズクロワッサンを少なくとも三個、ぼくに買ってよね」

「ハイアシンスの木」（とオリバーがいうたびに、「永遠の春のティリア」と呼んで、とハイアシンスはいった）を一ブロック先のキャッスルマンズ・ベーカリーまで運ぶだけでも、オリバーの腕は痛くなってきた。これでは先が思いやられる。このあと、四ブロックもはなれた空き地まで、運ばないといけないのに……。

腕の筋肉がおとろえているようなのも、気になった。もっと腕立てふせをして、体をきたえないと、バスケットボールのキャンプに行っている友だちに、大きく差をつけられてしまうだろう。

キャッスルマンズ・ベーカリーにつくと、オリバーはうめきながら、入り口のそばに木をおろした。四人はエアコンが効いたすずしい店内に入り、チーズクロワッサンのいいにおいや、スパイスのきいたアップルパイのあまい香りをすいこんだ。

「やあ、みんな」と、ベンジャミンが声をかけてきた。ベンジャミンのお母さんであるキャッスルマンのおばさんは、手をふった。

四人はいっせいに声をあげた。「こんにちは、ベンジャミン。こんにちは、キャッスルマンのおばさん」

「そのジャージ、かっこいいね」オリバーはいった。ベンジャミンはいつも、エプロンの下に、フットボール（アメリカンフットボールのこと）のジャージを着ている。

「イーサはどうしてる？」ベンジャミンがきいたのと同時に、ジェシーも口を開いた。

「イーサは元気だから、心配しないで」

二人は笑いだした。

ベンジャミンはバンダビーカー家のきょうだい全員と仲がよかったけれど、イーサのことを世界じゅうのだれよりも好きなのだ。一月にあった八年生のダンスパーティーも、ベンジャミンはイーサを誘い、二人で行った。

オリバーには、ダンスの何が楽しいのか、わからなかった。音楽を聞きながら踊るだけ？　なんのために？　でも、ほかの家族はみんな、二人がダンスに行くのがすごく特別なことみたいに、大さわぎしたのだった。

レイニーとハイアシンスは、エアコンの方へまっすぐに向かい、吹き出し口の前に立ってすずんだ。ジェシーはガラスケースの前へ行くと、キャッスルマンのおばさんに注文をいった。オリバーは、入り口のそばのカフェテーブルの席にすわりこみ、しびれた腕をふった。

ベンジャミンがレジからはなれ、オリバーのところへやってきた。「あの木はどうしたんだ？」

オリバーは答えた。「いっとくけど、『木』じゃないよ。『永久の春のティリア』っていうんだ。あれ？　『栄光の春のティリア』だっけ？　忘れちゃった」

「なるほど、ハイアシンスはまだ、『赤毛のアン』（L・M・モンゴメリ作の小説。主人公のアンは、木などに名前をつけて呼ぶ）に夢中ってことか？」と、ベンジャミン。

「うん」と、オリバー。二月にむかえた誕生日に、ハリガンおばさんから『赤毛のアン』のオーディオブックをもらってから、ハイアシンスはすでに、少なくとも十三回は聞いていた。いくつかのくだりは、そらでいえるほどだ。

外では、ジョギング姿のやせた女の人が足を止め、木をじろじろと見ていた。手を出してほしくないな、と思ったオリバーは、窓ガラスをコンコンたたいた。すると、女の人は目を上げ、「もらっていっていい？」というようなしぐさをした。オリバーとベンジャミンが首を横にふると、女の人はがっかりしたようすで立ち去った。

「このままだと、通る人みんなに、自由に持っていっていいものだと思われちゃうぞ」ベンジャミンがいった。たしかにそうだ。ニューヨークではふつう、歩道わきにほったらかしにされたものは、だれが持ち帰ってもいいことになっている。バンダビーカー家の地下室の、コンクリートの床にしいてあるきれいなラグも、道で拾ったものだ。

「木を見ててくれ。すぐもどる」ベンジャミンはそういうと、店の奥へ走っていき、一分くらいで自転車用のロックを持って、もどってきた。

オリバーは口をあんぐり開けた。「木にロックをかけるの？」

ベンジャミンがにやりとし、外へ出ていったので、オリバーもあとを追った。ベンジャミンは木の幹に、ロックのワイヤー部分をぐるっとかけ、パン屋の窓のプランターボックスの真下にある、金属の柵に通してロックした。

これでもう、木を持っていかれることはないだろう。ベンジャミンとオリバーは、少し下がってできばえをながめた。

オリバーがベンジャミンに、さすがだね、といおうとしたそのとき、「どいてどいて！」とさけぶ声がし、自転車のキキーッと鳴る音が耳にひびいた。

何がなんだかわからないうちに、オリバーは歩道に横たわっていた。

「だいじょうぶか？」と、声がした。

だれの声か、見なくてもわかるぞ、とオリバーは思った。

キャッスルマンズ
ベーカリー
OPEN

8

　パンを注文し、キャッスルマンのおばさんがレジに打ちこむのを待っていたジェシーが、ふと、窓のほうを向くと、走ってきた自転車が弟にぶつかるのが見えた。すぐに外にとび出して、たおれているオリバーのそばにひざまずいた。オリバーはひざがだいぶすりむけているし、ひじもこすれている。

　ハーマン・ハクスリーが、歩道に自転車をたおしたまま、オリバーの上にかがみこんでいた。「だいじょうぶか？　なあ、だいじょうぶか？」と、しきりにいっている。

　ベンジャミンがハーマンにいった。「前をよく見て走らなきゃだめだろ」

「見てたけど、間にあわなかったんだ！」と、ハーマン。

「ふーん」オリバーは小声でいい、傷のまわりについた砂利をとばそうと、ひざに息を吹きかけた。レイニーとハイアシンスとキャッスルマンのおばさんも出てきて、オリバーのけがを見るなり、大さわぎした。

「救急車、呼ぶ？」レイニーがきいた。

「間にあわなかったんだ」ハーマンがまたいった。でも、だれにも相手にされなかったので、自転車を起こしにかかった。

ハーマンの自転車に目をやったジェシーは、はっとした。オリバーはまさにそれと同じ自転車を買うために、一月からずっとお金をためてきたのだ。何カ月もその話ばかり聞かされつづけたので、家族全員が知っていることだった。オリバーの部屋のドアには、目標額までどのくらいたまったかを示すグラフといっしょに、インターネットにあった自転車の画像がはりつけてあった。


オリバーはぷりぷりしていた。ハーマンが乗っていたのは、そんじょそこらのマウンテンバイクじゃない。黒に青いしまの入ったあの自転車、「イースタン・レーサー５００」だった。

オリバーはそれを買うお金がほしくて、トイレのつまりを直したり、床をモップがけしたり、窓ふきをしたりしてきたのだ。そうやって身を粉にしてはたらいただけではない。まるで大恐慌（一九二九年から長期にわたって起こった世界的な不況）のころの人みたいに、できるだけお金を使わないようにもしてきた。マニーさんの屋台のチュロスを買うのをがまんしたし、図書館の本のセールでは、一冊も買わなかった。バスケットボール用のシューズも、底がすりへってつるつるになっているのに、新しいのを買っていない。

これだけがんばっているのに、自分の「イースタン・レーサー５００」を手に入れるためのお金は、まだ半分しかたまっていなかった。

運命って、ほんと、残酷だ。

オリバーは、ふつふつとわいてくるやっかみの気持ちを、なんとかおさえた。でも、ハーマンをゆるす気には、なれそうにない。この一年のあいだにどれほどいやな思いをさせられたか、本人を目の当たりにして、一気に思い出したのだ。

ハーマンが最新のぴかぴかのスマートフォンを学校に持ってきた日のこと。新作で特別仕様のスニーカーをはいてきた日のこと。冬休み中にスイスのアルプスへ旅行に行ってきたとかで、上着のファスナーにリフトの券をぶらさげたまま登校してきた日もあった。高級チョコのつめあわせを学校に持ってきておいて、だれにも分けようとしなかったこともあった。そんなことするやつ、ふつういるか？

キャッスルマンのおばさんが、持ってきた救急箱の中をあさり、オリバーのひざとひじをおおうのにちょうどいい大きさのばんそうこうをさがしはじめたとき、ようやくハーマンは去っていった。ほかのみんなはオリバーのことばかり心配していて、ほとんど気にもとめていなかったけれど、オリバーはハーマンが角を曲がって姿を消すまで、ずっと目で追っていた。

「これでだいじょうぶ。さて、食べものを今、出すわね」キャッスルマンのおばさんが、救急箱を閉じながら、いった。

オリバーは立ち上がり、よたよたと店内にもどった。ひざがしくしく痛むけれど、チーズクロワッサンを食べるためなら、それくらいがまんできる。

ジェシーたちきょうだいは、オリバーをいすにすわらせると、キャッスルマンのおばさんとベンジャミンを手伝って、パンやデニッシュ、レモネード、カットフルーツを運んできた。ベンジャミンは、エプロンをつけたまま、首にかかったひもだけはずし、上半分を腰からたらした。これは、休憩中という意味だ。そして、店先の窓のそばにあるカフェテーブルの席に、みんなといっしょにすわってお昼を食べた。

ハイアシンスは「永遠の春のティリア」に目を光らせていた。だれかが自転車のロックをこわして、ぬすんでいかないともかぎらないからだ。

「あの木は、どうするつもり？」ベンジャミンがきいた。

四人はジートさんがたおれたこと、そして回復するまでに、ジートさんのために庭をつくってあげようとしていることをうちあけた。

「病院へ見舞いに行ったら？　うちのパンを少し持っていきなよ」と、ベンジャミン。

四人はその申し出を、ありがたく受け入れた。


キャッスルマンズ・ベーカリーからハーレム病院へぞろぞろと向かう四人は、かなり人目を引いた。ジェシーは、キャッスルマンのおばさんが備品庫から見つけてきてくれた古い台車に、「永遠の春のティリア」をのせて運んでいた。オリバーは片足を引きずりながらも、台車にぴったりついて歩き、苗木が転がり落ちないように気をつけた。レイニーは園芸道具の袋を持ち、ハイアシンスはキャッスルマンのおばさんからあずかった大きな箱をかかえていた。箱は二色のよりひもで結わえてあり、中にはデニッシュがどっさり入っている。

ハーレム病院は、マルコムX大通りの一三五丁目から一三七丁目にわたって立っている。キャッスルマンズ・ベーカリーからは、歩いて十分ほどだ。

四人は病院の広々したロビーに入るとすぐ、受付へ向かった。

ジェシーは台車にのせた苗木のかげから、受付の女の人にいった。「ジートさんというかたの、お見舞いに来ました」

『シャナ』と書かれた名札をつけたその女の人は、マニキュアをした長い爪でキーボードをたたいた。ハイアシンスとレイニーは、その爪をよく見ようと、受付デスクの向こう側にまわりこんだ。どの爪も深い紺色にぬってあり、金や銀の星がちりばめられている。

レイニーがいった。「爪、すごくきれい。おねえさんのお母さんが、ぬってくれたの？」

シャナさんは笑い、パソコンの画面を見つめたまま、いった。「ネイルサロンでやってもらったのよ」

「わあ、いいなあ」と、レイニー。

「この近くにある、『ダズル・ネイル』っていうお店よ。ジュピターって女の人にたのむといいわ。腕がたしかだから」

ハイアシンスとレイニーは、あとでお母さんにきけるように、教えてもらった名前をいっしょうけんめい覚えた。

シャナさんはようやく、顔を上げてこっちを見た。「チャールズ・ジートさんのお見舞いですか？」

四人はうなずいた。

「六階の集中治療室においでです。ただ、お子さんは保護者のつきそいがないと、上には行けない決まりなんです。保護者のかたはいらっしゃる？」

ジェシーが苗木のかげから顔を出し、シャナさんにきいた。「わたしではだめですか？」

「年はおいくつ？」

「もうじき十三ですけど」

「それじゃ、だめね」

レイニーは、そのとき急に、トイレに行きたくなった。キャッスルマンズ・ベーカリーで、ラージサイズのレモネードを二杯もがぶ飲みしたせいだろう。ジェシーのそでを引っぱり、いった。「トイレ行きたい！　もれちゃう！」

「トイレはその廊下の奥の、右側よ」シャナさんは指さしながらいうと、ジェシーのうしろにならんでいた人たちに声をかけた。「お次のかた！」

オリバーは廊下を歩きながらぶつぶついった。「今日、会いたいのに。いやな決まりだな！」

ジェシーは、苗木とデニッシュの箱と園芸道具の袋を女性用トイレの前に置き、「木を見てて」とオリバーにたのむと、ハイアシンスとレイニーを連れてトイレに入っていった。

三人がなかなか出てこないので、オリバーは、まわりの人のようすをながめて時間をつぶした。トイレのすぐ横に、エレベーターがあった。

ふと、ジートさんは六階にいる、とシャナさんがいっていたことを思い出した。せっかくここまで来たのに、あいさつもできないなんて、あんまりじゃないか？　ちょっとくらい顔を見たって、いいよね？　たしかに子どもばかりだけど、ジートさんたちの家族といってもいいくらいなんだし、とりあえず上に行ってしまえば、ジートさんとジョージーさんが保護者だということにできるだろう。

オリバーは受付の方をふり返った。シャナさんの前にはまた、面会証を求める人たちが何人も押しよせている。

そこでオリバーは、日あたりのいい窓辺の鉢植えの木の横へ、「永遠の春のティリア」をのせた台車を転がしていった。そこなら、仲間がいてさみしくないし、ひなたぼっこもできるだろう。

オリバーがトイレのそばにもどったとき、ちょうど、三人が出てきた。

ハイアシンスはすぐにきいた。「『永遠の春のティリア』は、どこ？」

「窓のそばで日ざしをあびて、のんびりしてるよ。さあ、ジートさんに会いに行こう」オリバーはいった。

9

集中治療室にしのびこむなんて、ジェシーは賛成できなかったけれど、結局はオリバーにまるめこまれてしまった。

四人はエレベーターに乗りこむ人たちの中にまぎれこんだ。保護者のいない子どもたちがいても、気にする人はいないようだった。

六階につくと、ちょうどおりていった二人連れのあとにくっついて、四人もおりた。四人とも、その二人連れとにたところなんて、これっぽっちもなかった。でも、どっちみちバンダビーカー家は、両親の人種がちがうし、きょうだいどうしもそれほどにてはいない。病院のスタッフの人たちは、この六人でひとつの家族だと思ってくれるかもしれない。

四人は二人連れのあとをついていった。その二人は、前にも来たことがあるのか、迷うそぶりもなく、廊下をいくつも曲がっていった。この人たちについていくことにしてよかった、とジェシーは思った。病院の中は、まるで迷路みたいなのだ！

ところが、「集中治療室はこちら」という案内板を通りすぎ、そろそろかもしれない、というところで、運がつきた。二人連れが病室のひとつに入ってしまい、子ども四人だけで先へ進むしかなくなったのだ。ジェシーは歩きながら、ジートさんの名前がついた部屋をさがしたけれど、角をひとつ曲がったところで、ナースステーションの前についてしまった。

どうかだれにも気づかれませんように、という四人の願いもむなしく、カウンターの向こうにいた三人の看護師がおどろいた顔をし、いっせいに立ち上がった。

「どこへ行くつもり？」「つきそいのかたはどうしたの？」「迷ったの？」三人がそれぞれにいった。

三人とも、青緑色の半袖の医療着を着ていたけれど、顔の表情はばらばらだ。ひとりはこわい顔、ひとりは心配そうな顔、もうひとりは、やさしい笑顔だった。

レイニーはにこにこしながら三人を見上げ、いった。「ジートさんに、会いに来たの！　キャッスルマンさんのお店から、おいしいもの、持ってきたんだよ」

こわい顔の看護師が、舌打ちをした。「ここには集中治療室があるんですよ。子どもがうろちょろしていいところじゃないの」

オリバーがいった。「ジートさんは家族なんです。だいじょうぶかどうか、どうしても会ってたしかめないと」

するとその看護師は、オリバーのひじやひざのばんそうこうをじろりと見て、きいた。「家族って、どういう関係の？」

ジェシーがきちんと説明した。「ご近所さんです。でも、わたしたちのおじいさんみたいなものなんです」

「おじいさんみたい、ってことは、本当のおじいさんではないのね」看護師はきびしい調子でいった。

レイニーが口をとがらせた。「レイニーたちの、おじいさんだもん。大好きなの」

あたたかみのあるやさしい目をした看護師が、こわい顔の看護師の腕に手を置き、いった。

「わたしにまかせて」

こわい顔の看護師は、あきれたように目をぐるんと回し、自分のいすにどさっと腰をおろすと、何かぶつぶついいながら、事務の仕事にもどった。

心配そうな顔をしたもうひとりの看護師は、眉間にしわをよせた。「まだ、人に会えるような容態じゃないのよ。集中治療室からふつうの病室にうつったら、またいらっしゃいな。そのときは、ご両親もいっしょにね」

すると、やさしそうな看護師が、つけくわえた。「でも、あなたたちがお見舞いを持って、会いに来たって知ったら、喜ぶはずよ。かならず伝えておくわね」

ジェシーが必死でたのんだ。「のぞいてあいさつしちゃ、だめですか？　ちょっとだけでいいんですけど。ジートさんも、きっと会いたがってるはずです」

こわい顔の看護師は、それ以上聞いていられなくなったのだろう。また立ち上がり、四人を追いはらうように大きく手をふった。「もう帰りなさい。治療のじゃまになるようなことは、させられないの」

やさしそうな看護師もいった。「ごめんなさいね。力になれなくて」

レイニーがやさしそうな看護師に手まねきをして、小声できいた。「ジートさん、ほんとにだいじょうぶ?」

「できるかぎりのことをしているわ」看護師が小声で返した。

「この箱のデニッシュ、ぜんぶあげるから、もっともっと、ジートさんのこと、お願いね」レイニーはそういって、ハイアシンスの手から箱を取ると、やさしそうな看護師に向かって高くさし上げた。

「まあ、ありがとう。わたしたちみんな、デニッシュが大好きよ。でも、デニッシュとは関係なく、全力をつくすわ」

「ふたつはジョージーさんにあげてくれませんか? ジートさんの奥さんのことです」ジェシーがいった。

「わかりました。ジョージーさんには、あなたたちが来たことも伝えます。とてもすてきなかたよね」看護師は箱を受け取った。

「でも、あの人には、あげないで」レイニーは、こわい顔でまだ四人をにらみつけている看護師を指さし、いった。

やさしそうな看護師は四人にウィンクをした。四人はきびすを返し、エレベーターへ向かった。ところが、案内のとおりに廊下を進んだつもりだったのに、気づいたら迷子になっていた。

オリバーが、「さっきもここを通ったと思うよ。あの絵を見たもん」といって、壁にかかった滝の絵を指さした。「自分を信じて」という言葉が、くるんとした飾りつきの文字で書きそえてある。

ジェシーは廊下の先を見やり、いった。「エレベーターはあっちじゃないかな」

「待って！　見て！」ハイアシンスが声をあげ、指さした。

向かいの病室の、透明なプラスチックの名札入れに、「ジート」と書かれたカードがさしこんであった。

四人はそろそろとドアに近づき、そっと開けてのぞいてみた。

ベッドの上に、ジートさんが横になって、目を閉じていた。まわりには、ピッピッと音をたてたり、チカチカ光ったりしている機械がいくつもある。

ベッドのそばに立つ棒に、液体が入った袋がぶらさがっていて、袋の底から出ている透明な長い管が、ジートさんの腕につながっている。ジートさんはえりぐりが大きく開いた、手術のときに着るような服を着せられている。顔はげっそりしていて、しわだらけ。落ちくぼんだ目は、月のクレーターみたいだ。体はぴくりとも動かなかった。

　お母さんとジョージーさんが、ジートさんの方を向いて、いすに腰かけていた。二人ともがっくりと肩を落とし、ジョージーさんはお母さんにもたれかかっている。

　四人はそっと下がり、ドアを閉めた。

「ほんとにぐあいがわるそう」ハイアシンスがささやいた。

「ジートさん、ぎゅーって、してあげたい」レイニーがいい、ジェシーの手を引っぱった。

　ジェシーはレイニーに腕をまわし、強くだきしめた。「あのね、レイニー、ジートさんはね、いっぱい休まないといけないの」

　オリバーは手の甲で目をこすった。ハイアシンスは、大粒の涙をこぼした。

　四人が廊下で体をよせあっていると、ストレッチャーを運んできた看護師が、こちらを見て首をかしげ、通りすぎていった。

　それでようやく、ジェシーがいった。「やっかいなことになる前に、行かないと」ほかの三人もうなずいた。

　みんなはまた廊下を歩きだした。案内板を注意深く見ながら進んだおかげで、エレベーターが見つかった。一階におり、「永遠の春のティリア」をのせた台車を押して病院を出ると、四人はだまったまま家に帰った。

10

その晩、お母さんは夕食に、大量のサラダを作った。まるでうわの空だったから、「今日は何をしたの？」ときいてくることもなかった。この日は両親に知られたくないようなことを、たくさんしていたので、四人にとってはちょうどよかった。

「ジートさんのぐあいは？」ハイアシンスはきいた。本当は、すでに自分の目で見て、わかっていたのだけれど。

ハイアシンスは、ボウルのほうれん草を少しつまみ、フランツにさし出してみた。フランツは、ハイアシンスの手にのったほうれん草をパクッと口に入れ、少しかんだあと、はき出した。どろっとした緑色のかたまりが、床に落ちた。

お母さんはサラダのドレッシングを作りながら、わざとらしい明るい笑顔でいった。「ああ、だいじょうぶよ。とてもいい調子。ねえ、これをテーブルに置いてくれる？」

ビーダマンさんがスパムの缶づめをたくさんかかえ、階段をドスンドスンおりてきた。「みんなで食べようと思って、持ってきた」

お母さんはビーダマンさんが持ってきたものを目にするなり、顔をこわばらせた。

「ビーダマンさん、そんなものばかり食べていては、いけませんよ！」お母さんは缶(かん)づめをうばうように取り、栄養成分(えいようせいぶん)が書いてあるところを読んだ。「百グラムあたりの脂質(ししつ)が、二十八グラムですって！」

お母さんは、なんておそろしいの、というように、缶(かん)づめをまとめてゴミ箱に放りこんだ。

ビーダマンさんは、すぐにいいわけした。「わたしはすこぶる健康(けんこう)だが」

「さあ、どうだか！　六年も健康診断(けんこうしんだん)を受けてらっしゃらないじゃありませんか！」お母さんは洗濯室(せんたくしつ)の横の壁(かべ)にかかったビーダマンさんの部屋のスペアキーをすばやく手に取り、お父さんに向かって放った。お父さんは片手(かたて)でみごとにキャッチした。

「まかせろ！」お父さんは階段(かいだん)をかけ上がっていく。

「わたしのスパムに手を出すな！」と、ビーダマンさんがさけんだけれど、お父さんは「もうしわけない！　大将(たいしょう)の命令(めいれい)はぜったいですから！」といいのこすと、エントランスホールへ出て、二階の扉(とびら)を閉(し)めた。

お母さんはいちばん大きなボウルを出してきて、サラダをたっぷり盛(も)りつけた。おなかがぺこぺこの植物食恐竜(しょくぶつしょくきょうりゅう)でさえ、満足(まんぞく)しそうな量(りょう)だ。

「夕食はそれだけ？」ジェシーはサラダを横目で見ていった。

「まさか」と、お母さんはいい、オーブンミットを手にはめて、ほどよく焼(や)けた鶏(とり)の胸肉(むねにく)を、トレーごとオーブンから出した。そして鶏肉を大皿にうつすと、オリバーはその重さにびっくりして、よろめいた。

お母さんはフォークやナイフ、スプーンを使い、みんなのお皿にサラダと鶏肉を取り分けた。

四人はいやいや、サラダをつついた。たまに、菜っ葉をつまんで、テーブルの下にいるパガニーニにやった。パガニーニは大喜びで、四人のあいだをとびまわっている。

お父さんが、スパムの缶づめをいっぱい入れた袋をかかえてもどってきた。階段をおりてくるとき、振動で缶がぶつかりあって、ガチャガチャと音がした。「たぶん、これでぜんぶだ！」と、お父さん。

ビーダマンさんはしかめっつらをしている。でも、本当は喜んでるんだ、とハイアシンスにはわかった。かたよった食事をしないように、気にかけてくれる人がいるというのは、うれしいものだ。

お父さんは、食べ過ぎはだめ、とお母さんがいった缶づめがどっさり入った袋をゴミ箱にすててから、席についた。そして、自分のお皿に山盛りにされたサラダを見て、がっかりした顔をしたけれど、決心したようにフォークを手に取り、ひと口ほおばった。

「ジートさんはいつ帰ってくるの？」ハイアシンスがきいた。

お母さんは、口に入れたばかりの鶏肉をのどにつまらせてしまった。時間をかけて水を飲んだあと、やっと、「そうねえ……」といった。

だれもが食べるのをやめて、つづきを待った。レイニーは、ルッコラの葉っぱをパガニーニにやった。

「ちょっと……やっかいなことがあって……」

「やっかいなことって？」オリバーが強い声できいた。

「死んじゃうの？」ハイアシンスもきいた。

「……思ったより、入院が長びきそうなの」お母さんはそういうと、ハイアシンスを見やった。

「だいじょうぶ、死んだりしないから、泣かないで。お医者さんは、ジートさんがちゃんとよくなって、体がもっと動くようになってから、退院するのがいいだろうって。もどってきたときに、自力で部屋まで上がれないと、こまるでしょう？　そこまで回復するのは、かんたんじゃないのよ」

「うちに泊まるんじゃ、だめ？」と、レイニー。

ハイアシンスもいった。「それ、いい！　わたしとレイニーの部屋で、寝てもらうの。食べものはわたしが運んであげる」

するとオリバーが突っこんだ。「それだって、階段を上がらないといけないぞ」

「でも、三階じゃなくて、二階までですむでしょ」ハイアシンスがいい返した。

お父さんがかがみこみ、ハイアシンスのほおにキスをした。「考えておこう」

大人がいう「考えておこう」は、「むり」という意味だということを、ハイアシンスは知っている。それでも、まだあきらめるつもりはなかった。ジートさんとジョージーさんが早く帰ってこられるのなら、なんだってするつもりだ。

ジェシーはちっとも寝つけなかった。病院のベッドに、こわいくらいしずかに横たわるジートさんの姿が、目に焼きついている。

ジェシーは天井のひび割れを見つめた。イーサは東ヨーロッパの地図みたい、というけれど、ジェシーにはトリプトファン（アミノ酸の一種）の分子構造に見える。ジェシーは人さし指を天井に向け、ひび割れの形を宙でなぞったあと、腕をパタンとおろした。

じっとしていられない気分だった。何キロでも平気で走れそうな気がする。ジェシーはベッドをおり、携帯をパジャマのパンツのポケットに入れた。窓を押し上げ、非常階段に出ようとしたそのとき、部屋のドアが勢いよく開いて、弟と妹たちが転がりこんできた。

「ひとりで『ＤＯＪ』に行くなんて、ずるい！」レイニーはふくれっつらをしている。大（Ｄ）屋（Ｏ）上（Ｊ）は、バンダビーカー家の子どもたちが、何か大事なことを話しあいたいときによく行く場所だった。

「そうだよ、ずるいぞ」オリバーもいった。

ハイアシンスも腰に手をあて、めずらしく強気にいった。「わたしたちも行く」

ジェシーは三人をにらみ返した。「いつから部屋の前にいたの？」

「ずーっと、前から」レイニーが答えた。

ジェシーはわざと怒った顔をして見せた。でも内心は、みんなが来てくれて、うれしかった。

イーサがいないと、部屋ががらんとした感じで、さみしかったのだ。「まあいいよ。いっしょに上がろう」

「やった！」レイニーは、たちまち走ってきて、まっ先に窓を乗り越え、そのまま非常階段を先に立ってのぼっていった。でも、三階につくと立ち止まり、ジョージーさんとジートさんの部屋の窓をのぞきこんだ。きのうのあのときのまま、カーテンが開いていて、窓も半分上がっている。

レイニーに追いついたジェシーがいった。「ついきのう、あんなことがあったなんて、信じられない」ジェシーは鼻から息をすいこんだ。ジョージーさんがいつもつけているオールドローズの香水のにおいは、少しもしなかった。

「ジョージーさんの植物たちは、さみしがってるんじゃないかしら？」ハイアシンスがきいた。

ジェシーはいった。「植物に感情はないよ。脳も神経も、ないからね」

「でも、ビーダマンさんがいってた。ルシアナさんが、育ててる植物に、バイオリンを弾いて聞かせてたって」と、ハイアシンス。

「ルシアナさんがそんなことをしてたなんて、はじめて聞いたよ」オリバーがいった。

ハイアシンスはさらにいった。「それに、ジョージーさんは、いつも葉っぱをなでて、うたってあげてるのよ。植物に感情がないなら、どうしてそんなことをするの？」

ジェシーはフン、と鼻を鳴らした。「非科学的な迷信は、山ほどあるからね」

ハイアシンスは部屋の中をじっと見て、いった。「今度の科学コンテストで、このことについて発表したら？　だって、あの植物たち、ほんとにさみしそうだもん」

ジェシーは、そんなわけないよ、というつもりで、暗い部屋の中をのぞきこんだ。

「見て、あの苗！　死にそうだよ！」レイニーがテーブルの上の苗床を指さしてさけんだ。

「そんなことないよ」と、ジェシーはいいながらも、さらに目をこらした。

「死にそうだ」と、オリバー。

「ほらね。ジョージーさんがいなくて、さみしいのよ」ハイアシンスがジェシーにいった。

ジェシーはいった。「ちがう。土がかわいちゃってるだけだよ。おいで、水やりしよう」

オリバーが窓を大きく押し上げ、四人は部屋の中にとびこんだ。

「ここにジートさんも、ジョージさんもいないのって、いや」レイニーがいった。

ハイアシンスはあたりを見まわした。「きみがわるいし、においもちがう感じ。植物も、歌が聞けなくてさみしそう」

「レイニーがうたう！」と、レイニーがいうと、ほかの三人はすかさずいった。「だめ」

ジェシーが指をパチンと鳴らし、「そうだ、音楽の天才を呼び出そう」といって、ポケットから携帯を出した。電話をかけると、スピーカーモードに変えて、みんなで話せるようにした。

すぐに、イーサの声が聞こえてきた。「ジートさんはどう？　どうしよう、すぐに帰った方がいい？」だいぶあわてているようすだ。

「イーサ、落ち着いて。だいじょうぶだから」

ほっとしたようなため息が、スピーカーからもれた。「おどかさないで。ジートさんに何かあったのかと思っちゃった。電話をかけてきたことなんて、これまでなかったでしょ」

レイニーがスピーカーに向かって話しかけた。「イーサ！　ねえ、早く帰ってこない？　会いたいの」

「わたしも会いたい」と、イーサ。

オリバーは携帯に顔を近づけ、こういった。「気づかなかったなあ、いなかったんだね」

「あはは。オリバーにも会いたいわ」

ジェシーがいった。「今、ジョージーさんとジートさんの部屋にいるの。二人がいなくて植物がさみしがってるから、音楽を聞かせてあげたいって、ハイアシンスがいうんだ。ちょっとバイオリンを弾いてもらえないかな？」

「そうしたら、植物がよく育つの」ハイアシンスがつけくわえた。

少しの間があってから、イーサの声がひびいた。「もちろん。バイオリンを出すから、待ってて」

イーサがバイオリンを取ってくると、レイニー、ハイアシンス、オリバーは、教会の空き地を「みんなの庭」にする計画をイーサにうちあけた。そのあいだにジェシーは、キッチンのカウンターからじょうろを取り、水を入れた。

それから苗に水をそっとかけた。でも、茎が弱っているらしく、ほとんどがたおれてしまった。ハイアシンスが起こしても、またすぐにたおれる。まもなく、イーサがボロディン作曲の『ノクターン』（弦楽四重奏曲の第二番）を弾きはじめた。ハイアシンスは携帯を持って、苗床のひとつひとつの苗に近づけていった。そのあいだにレイニーは、ジョージーさんがいつもしているように、大きな植木をなでてやった。

すると、すずしいそよ風が開いた窓から吹きこんできて、カーテンをひらひらと踊らせた。音楽のおかげで〈ブラウンストーン〉の建物がほっとため息をもらしたかのようだ。

演奏が終わって、ジェシーがイーサとの電話を切ったときも、また、そよ風が入ってきた。ジェシーは深呼吸をした。ちょっとだけ、ジョージーさんの腕に包まれたような気分を味わえた。

6月28日（木）
ジートさんが入院して3日目
庭フェスティバルまであと16日

11

バンダビーカー家の子どもたちは、次の日、朝食を食べるとすぐに、新しい園芸道具を持って空き地へ向かった。オリバーは、一家が住む建物の管理人もしているお父さんの備品入れから、ゴミ袋を何枚か持ち出した。みんなは、〈ブラウンストーン〉の横の路地の、ゴミ箱のうしろにかくしておいたギンヨウボダイジュの苗木、「永遠の春のティリア」も忘れなかった。

空き地についたのは九時前だった。でもきのう、フェンスの扉を閉めたあと、入り口がわからないようにていねいにツタをかぶせておいたせいで、また南京錠を見つけるのに何分もかかってしまった。

中に入ると、四人は空き地をよく調べた。

「噴水は、ここがいい」レイニーが、バスタブがあるまん中あたりを指さした。

「噴水を置くなんて、だれがいった？」オリバーがきいた。

「今、思いついたの」レイニーが胸をはった。

ハイアシンスは、「永遠の春のティリア」をどこに植えたいか、オリバーに伝えた。「銀の女王さま」、つまり銀カエデの木のすぐとなりだ。オリバーは台車から苗木をおろし、いわれたところに置いた。

「植えたりする前に、まずゴミをぜんぶ片づけよう」と、ジェシーがいい、軍手とゴミ袋をみんなに配った。そしてレイニーとハイアシンスには、ガラスの破片に気をつけて、変なものがあったらさわらないで、と注意した。「あと、あの便器にはぜったい近づかないで！」

四人は作業にとりかかった。レイニーはポテトチップの袋を拾い、ハイアシンスはコーラのペットボトルのふたを拾って、ゴミ袋に入れた。オリバーとジェシーもゴミを集めながら、雑草を引きぬいた。三十分もたたないうちに、だれもが汗だくになり、ゴミ袋はふくらんできた。

四人が歩道との境にあるフェンスにそって草むしりをしていると、カッカッという足音が聞こえてきた。

オリバーがささやいた。「シーッ！　ハクスリーさんだ！」

みんなはぴたりと動きを止めた。

近づいてきた足音は、フェンスのそばで止まった。

四人は息をひそめた。

それから、カシャ、という音が聞こえた。お母さんやお父さんが携帯で写真をとるときと、同じ音だ。

つづいて、まるで何かをさがすように、フェンスのツタをガサゴソいじる音がした。入り口をさがしているんだろうか？　オリバーは、さっき閉めた扉が、向こう側から見えなくなっていますように、といのった。目の前のフェンスのツタがゆれるのを見て、四人はそっとあとずさりした。ハクスリー氏が、すぐ向こうにいるにちがいない。

ようやく、ツタの動きがやみ、去っていく足音がした。みんなはふしぎに思った。ハクスリー氏はなぜ急に、空き地のことを気にしはじめたのだろう？　自分たちが関心を持ったのと、ほぼ同時なのは、ただの偶然だろうか？

ハクスリー氏がもどってきやしないかと気になって、それから何分かじっとしていたあと、四人はあらためて作業にかかった。

オリバーはペットボトルをまた一本拾い、一メートルほどはなれたゴミ袋をねらって投げた。でも、五センチの差ではずしてしまった。オリバーはがっかりした。こんなんじゃ、バスケットボールチームのコーチに「きみは補欠だ」っていわれるに決まってる。

「まだ終わんない？」銀カエデの木の下で、空の牛乳用コンテナにすわっていたレイニーがきいた。汗で前髪がおでこにはりついている。レイニーはひじの内側をかいた。夏のむし暑い時期になるといつも、そこがすごくかゆくなるのだ。

太陽の日ざしがぎらぎらと照りつけている。オリバーは、日焼け止めをぬりに、いったん家に帰った方がいいかな、と思った。こんなことを思ったのは、生まれてはじめてだった。でもレイニーを見て、やっぱり家に帰った方がいいような気がした。

ジェシーが草むしりの手を止めて立ち上がり、腰をのばした。「当分かかりそうだね」

「きれいになってきてると思う」と、ハイアシンスはいいながら、雑草をつかんで引っぱった。なかなかぬけない。体重をかけて強く引いたら、ぬけたひょうしに、地面にしりもちをついてしまった。ハイアシンスはもう立ち上がることもせず、きいた。「そろそろお昼の時間？」

ジェシーが腕時計を見て、いった。「十一時半だよ。ひと休みしようか」

「やったあ！」オリバーはそでで顔をぬぐった。

みんなは道具を集め、古いペンキバケツに入れ、「永遠の春のティリア」のそばに置いた。オリバーがフェンスの扉をそっと開け、外のようすをうかがった。「だれもいない」

全員が出ると、オリバーがまた扉を閉めた。前の晩に、南京錠の暗証番号を変える方法をインターネットで調べてあったので、レイニーの誕生日をあらわす０３０７に変えた。前ほどすぐにばれないうえに、四人には覚えやすい番号だ。

空き地を出て、何歩も歩かないうちに、ハーマン・ハクスリーが自転車で歩道を走ってきた。オリバーはあわてた。ハーマンのやつ、ぼくたちが空き地を出るところを見ちゃったんじゃないだろうか？

真新しいスニーカーをはいたハーマンは、四人のそばに来ると、「イースタン・レーサー５００」のブレーキをキキーッとかけた。「何してるんだ？」

「べつに」オリバーはいい、きのうすりむいたひじを無意識にこすった。

「そこの扉から出てきただろ。中には何があるの？」

見られてたか！　オリバーはドキッとした。「関係ないだろ」

ハーマンは顔をこわばらせた。「どうせ、有害物質だらけのゴミすて場だろ。べつに入りたくなんかないし」

すると、ジェシーのうしろにかくれていたハイアシンスがいい返した。「ひどいこと、いわないで」

「とにかく、ぼくはこれから、ロボット工学のサマースクールに行くんだ」ハーマンは自転車をこぎ、通りを走っていった。

オリバーはハーマンの背中をにらみつけた。ハーマンは自分がどんなに恵まれてるか、わかってないんだ。かっこいいスニーカーに、最高の自転車、それにロボット工学のサマースクールだって？　ずるすぎる。

オリバーは午前中ずっと空き地にいたことを考えて、ふと、不安になった。ハーマンがいったとおり、もしあそこが有害物質でとんでもなく汚染されていたら、どうしよう？

四人はお昼すぎに家にもどった。

玄関の扉を開けたとたん、フランツがハイアシンスにとびついて、顔をなめまわした。まるで、何年も会えなかったみたいだ。つづいてお母さんがキッチンからやってきて、みんなのようすをひと目見るなり、うるさくいいはじめた。「まあ、ずいぶん日焼けしちゃって！　みんな、腕や足が傷だらけだし。レイニーは腕や首が赤いわね。ずいぶんひっかいた？　しわしわになってるわ。四人とも、朝からいったい何をやってたの？」

「ゴミ拾い！」レイニーが首をかきながらいうと、ジェシーがほかの三人をちらっと見て、いった。

「こ、公園の清掃を、手伝ってたの」

お母さんはいった。「アザミの花畑の中を転げまわりでもしたの？　シャワーをあびてらっしゃい。お昼の用意をしておくから」

オリバーは二階のバスルームを使い、女の子たちは一階のバスルームでシャワーをあびた。みんながきれいになると、お母さんはレイニーのひどい湿疹のかゆみをおさえるために、ローションをぬった。そしてようやく、みんなで席につき、お昼を食べはじめた。

四人はコップの水をがぶがぶ飲みながら、お母さんが作ったラップサンドを食べた。ローストターキーとトマト、レタスを、トルティーヤでまいたものだ。すごくおいしい！

ジェシーはおなかがいっぱいになると、二階に上がって昼寝をしたくなった。

ハイアシンスがお母さんにきいた。「朝、病院に行った？」

「ああ……ええ」

しばらくのあいだ、だれも何もいわなかった。

とうとう、レイニーが口を開いた。「ジートさん、どうだった？」

「いつ帰ってくるの？」オリバーもきいた。

「わからないわ。回復まで、だいぶかかりそうよ」と、お母さん。

「だいぶって、二日ぐらい？」と、レイニー。

「もっとかかるでしょうね」

「じゃあ、一週間？」と、ジェシー。

「それよりもっとかも。なんともいえないわ。すぐにはよくならないの。それより、公園の清掃の話を、もっと聞きたいわ」

オリバーが水の入ったコップでお母さんを指し、いった。「それって、昔ながらの手だね」

お母さんはオリバーを見て、眉をつり上げた。

「なあに、それ？」と、レイニー。

ジェシーが説明した。「つまり、お母さんは、話したくない話題を上手にそらしたってことだよ」

テーブルがしんとなった。ジェシーはラップサンドの最後のひと口をのみこんだ。ジートさんとジョージーさんがいなくなってから、まだ二日しかたっていない。なのにどうして、もっと長く感じるんだろう？

パガンナナニ
ジートさんのぐあい
よくない日 下
いい日
アンケート!
ヘビを
かいたい?
はい!
一
いいえ
正一
ジョージ
ワシリトーツ
ナーサ
だいすき!

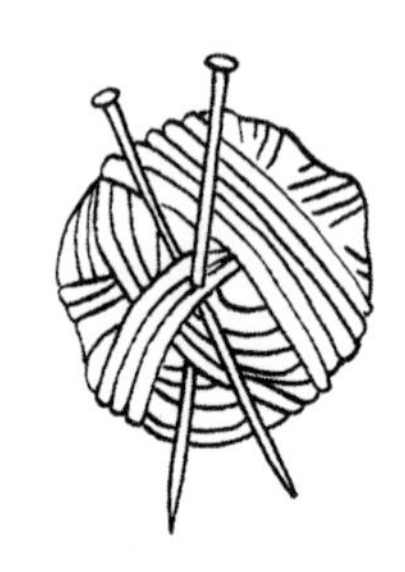

12

　お昼のあと、ハイアシンスは編みものを取りに、二階にかけ上がった。飾りにしようと思ってずっと編んできた毛糸のロープはもう、とてつもなく長くなっていた。自分の部屋のドアノブに片はしを結びつけてのばしていったら、階段をおりてリビングを通り、地下まで行けるくらいだ。色がきれいだし、今まで作った中でいちばんすごいものができるだろう。

　ハイアシンスは編みかけのロープをまとめてリュックにつめこむと、編みもの道具のポーチを腰のベルトに取りつけた。ポーチの中には太さのちがう棒針が二セットと、紫と黄緑の毛糸玉がひとつずつ入っていた。お母さんにもらった毛糸はこれが最後だ。これもぜんぶなくなったらどうしよう、と、ハイアシンスは思った。

　ハイアシンスは自分の部屋を出て、下へおりていった。そのうしろをフランツが、ハイアシンスのかかとに鼻をぶつけながら、ぴったりとついてくる。ほかの三人はすでに玄関に集まって、ハイアシンスのことを待っていた。ハイアシンスがフランツのハーネスにリードをつけ、一同は出発した。

フェンスの扉の前につくと、オリバーが南京錠を開けた。みんなはそっと中に入った。すると、お帰り、というように、鳥のさえずる声がした。そよ風も吹いてきた。よくうれたイチゴと、お日さまみたいなにおいがする。ハイアシンスはリュックを地面におろし、ペンキバケツからスコップを取り出した。手入れがすんだ部分が広くなっていくのがうれしくて、フンフン鼻歌をうたいながら作業をした。まもなく、雑草でいっぱいの袋が、扉のそばにどっさり集まった。

ジェシーは腕時計を見て、いった。「あと一時間くらいで、ゴミ収集車がこのあたりに来るよ。ハイアシンス、このゴミを道路ぎわに置いてくれない？」

ハイアシンスはどっちみち、そろそろ休んで編みものをしようと思っていたところだったので、リュックを背負い、ゴミ袋を持ち上げた。フランツがリードを引きずりながら、あとをついてくる。

ハイアシンスはフェンスの扉をほんの少し開け、通行人がいないのを確認すると、もう少し大きく開けて、袋を持って歩道に出た。教会の前にすでに積み上がっていたゴミの山に袋を放ると、回収のために出されていた牛乳用のプラスチックコンテナを借りて、空き地のフェンスの前にもどった。そしてコンテナをさかさにし、その上にすわった。

フランツはそばで横になるとひっくり返り、おなかを日にあてた。ハイアシンスは毛糸のロープを取り出し、暑い日ざしの中、つづきをまた指で着々と編んでいった。でも、毛糸の色を変えようとしたとき、ふいに声をかけられ、ハイアシンスははっとした。

「何を作ってるの？」

ハイアシンスは顔を上げた。まぶしかったので、目の上に手をかざした。

声の主は、ハーマン・ハクスリーだった。

ハイアシンスは編みものに目をもどしながら、早くどこかへ行ってくれますように、と願った。すると、ハーマンの足音が遠ざかっていく……と思ったら、一分もたたないうちに、ふたたび近づいてきた。牛乳用のコンテナがもうひとつ、ハイアシンスのとなりに置かれたと思ったら、ハーマンが腰をおろし、少しかがんでフランツをなでた。

「ロボット工学のサマースクールに行ったんじゃなかった？」ハイアシンスは眉間にしわをよせ、ハーマンを見た。

「中止になったんだ。いい犬だね」ハーマンはいい、フランツのおなかをかいた。ちょうどそこは、かかれるとすごく気持ちがいいところだったので、フランツは左脚をピクピクさせた。ハーマンはつづけた。「ぼくもよくそうやって指で編んでた。でも今は、棒針で編む方が好きだな」

ハイアシンスは何もいわずに、ポーチを開け、棒針二本と黄緑の毛糸を出し、ハーマンにわたした。

「これで何を作ればいい？」ハーマンがきいた。

ハイアシンスは肩をすくめ、長い長いロープを編みつづけた。

ハーマンはものすごい速さで作り目をはじめた。それを見て、ハイアシンスはびっくりした。わたしみたいに、編みものができる子が、ここにもいたなんて！

ハイアシンスは、オリバーにわざとぶつかったの？　ときいてみたかったけれど、代わりにこういった。「このロープの飾りは、何週間も前から作ってるの。世界一長い毛糸のロープとして、ギネスブックにのせてもらえないか、きいてみようかな」

ハーマンは何もいわなかった。

ハイアシンスはきいた。「編みものは、だれに習ったの？」

「お母さん」

「そんなふうに早く編む方法を、わたしにも教えて、ってたのんでもらえない？」

「たのんでもたぶん、むりだ。国連ではたらいてて、いつもいそがしいし、あちこちの国に仕事で出かけてるんだ。ほとんど家にいない」

「そうなんだ」

「ぼくは五歳のときに教えてもらった。おばあちゃんは、五歳の男の子に編みものを教えるなんて！　っていってたけど、ぼくは好きになった」

「わたしもお母さんに習ったんだけど、うちのお母さんはそんなに上手じゃなくて。わたし、上の階に住んでるジョージーさんのところに行って、いっしょに編んだりもしてるの」

ハーマンは編んだものを持ち上げて見せた。黄緑の毛糸で、四つ葉のクローバーができあがっていた。ハーマンはそれをハイアシンスの手首にくくりつけ、ブレスレットにしてくれた。

ハイアシンスがお礼をいうより早く、ハーマンはいった。「いっしょにゲリラ編みをしてみないか？」

「ゲリラ編み」なんて言葉、ハイアシンスははじめて聞いた。なんだか乱暴なものに思える。

ハイアシンスの不安そうな顔を見て、ハーマンが説明した。「編みもので街に落書きをするんだ。ぼくは、街灯を編みものでくるんだことがある。パーキングメーターも。街なかにある、見た目がさえないものを、少し楽しく見せるってところが、ポイントなんだ」

「いいよ。どうすればいいの？」と、ハイアシンス。

「きみははじめてだから、かんたんなものからやってみよう。あの棒はどう？」ハーマンは、少し先にある、案内板の銀色の支柱を指さした。案内板には、火曜と金曜の午後三時から五時に、道路清掃が行われる、と書いてあった。

ハイアシンスはハーマンを見た。「いいけど、毛糸が足りなくない？」

「ぜんぶをおおわなくたっていいんだ」と、ハーマン。

ハイアシンスは、ハーマンが紫の毛糸を使って新たに作り目をはじめるのを見ていた。そして、思った――ハーマンがいやなやつだなんて、とんでもない！


毛糸があまりなかったので、支柱にだけゲリラ編みをしたあと、ハーマンはさよならをいって帰っていった。ハイアシンスは空き地にもどった。ほかの三人はだれも、ハイアシンスがいなかったことに気づいていなかった。

一時間後には、だいぶ作業がはかどっていたので、四人は家に帰った。ダイニングテーブルの上に、お母さんからのメモがのっていた。

いつもの夕食の時間までまだ一時間ほどあったので、ハイアシンスとレイニーはビーダマンさんのようすを見に行くことにした。

バンダビーカー家の小さな二人は、木の階段を上がっていった。フランツがカチャカチャと爪の音をたて、ハイアシンスにくっついてくる。最上階につくと、ハイアシンスが扉をノックした。

「だれだ?」ビーダマンさんの大声が聞こえた。

「ハイアシンスとレイニーです!」二人は口をそろえた。

「ちょっと待ってくれ！　今……片づけ中だ」

一分後、扉がカチャッと開くなり、子ねこのプリンセス・キュートがすきまからするりと出てきた。フランツ

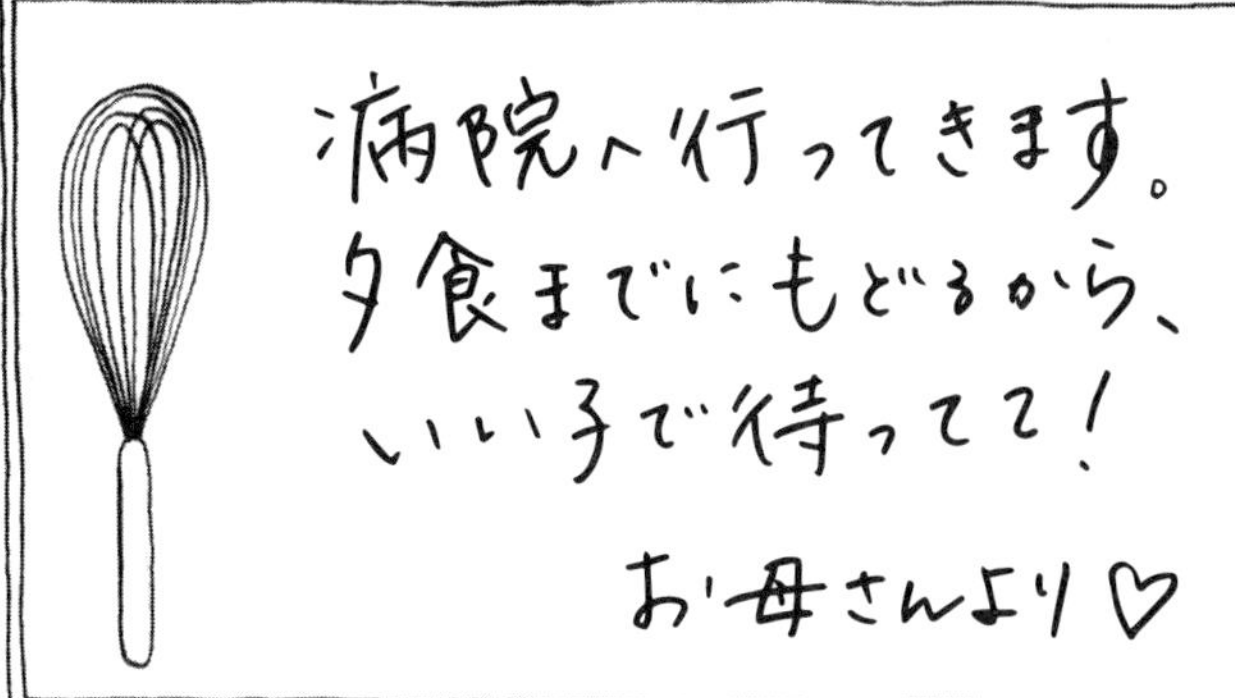

がすぐに顔じゅうをなめてやったので、子ねこの頭のてっぺんの毛がツンと立った。

ビーダマンさんが扉を大きく開けた。レイニーは首をかしげ、クンクンとにおいをかぐと、顔をしかめた。

「缶のお肉のにおいがする」

「えーっ。お母さん、怒っちゃう」ハイアシンスはだめだめ、というように、ビーダマンさんに向かって人さし指をふって見せた。

ビーダマンさんはいい返した。「証拠がないぞ。このにおいは……テレピン油のにおいだ。油絵で使うものだよ」

でも、レイニーは信じない。「ううん。あのお肉のにおい。わかるもん」

レイニーは中へ入り、まっすぐにゴミ箱に向かった。雑誌の下に、空のスパムの缶が見つかった。それから食品棚の下の段を調べたところ、豆の缶づめのうしろにかくされたスパムの缶づめを、いくつも発見した。レイニーはビーダマンさんにいった。「かくすのが上手。ルシアナさんも、そうだった？」

「そう……だな。ものをかくすのが、とても上手だったよ」と、ビーダマンさん。

ハイアシンスとレイニーはだまって聞いていた――ビーダマンさんが話をつづけてくれますように。ビーダマンさんは、亡くなった娘のルシアナさんのことを話したがらないことが多いけれど、レイニーは、いくらでも聞かせてもらいたかった。

今回はめずらしいことに、話はまだ終わらなかった。「ものをうめるのも好きだった。きみたちくらいの年のころに、よく公園の遊び場などへ連れていったが、砂場に何かをうめておきながら、うめたことを忘れてしまったもんだ。まるでリスみたいだった」ビーダマンさんはそういって、食品棚の戸を閉めた。

そのとき、レイニーの首のたくさんのひっかき傷に気づいたらしく、きいた。「その首、どうしたんだ？　日焼けもしているようじゃないか」

レイニーは眉をひそめ、ビーダマンさんを見つめた。「話を変えようとしてるの？」

ビーダマンさんが、むっとした顔になったので、レイニーは急いでいった。「今日はずっと、外にいたの」

「何をしていたんだ？」と、ビーダマンさん。

「えっと、いろいろ」ハイアシンスがいった。

ビーダマンさんが眉をつり上げたけれど、ハイアシンスはちゃんと秘密を守った。

レイニーがスパムの缶をテーブルの上にピラミッドみたいに積み上げながら、いった。「ねえ、教えて。草やお花って、音楽が好き？　『しんけいじゃない』から、そんなことないって、ジェシーはいってた」

「神経がない、でしょ」ハイアシンスが直してやった。

「でもイーサがきのう、バイオリンを弾いてあげたら、ジョージーさんの草や木はみんな、喜んでたんだよ」

すると、ビーダマンさんはいった。「ルシアナは、部屋の窓辺に置いたプランターで、ラベンダーをたくさん育てていて、いつもバイオリンを弾いて聞かせていたよ。そうすると植物がよく育つ、とかいっていたな」

レイニーはきいてみた。「明日、ヒバさんのお店にいっしょに行って、ラベンダー、買わない？」

「それは……むりだ」と、ビーダマンさん。

ハイアシンスは、レイニーがビーダマンさんをむりにでも誘い出す気でいるのに気づいて、口をはさんだ。「だいじょうぶよ、ビーダマンさん。心の傷は、なおるのに時間がかかるって、お母さんがいつもいっているもの」

ビーダマンさんがソファに腰をおろすと、ハイアシンスもとなりにすわってひざをかかえ、二人で向かいの壁を見た。そこには、白と黒だけで描かれた奥さんと娘のルシアナさんの絵が、びっしりと飾ってあった。二人が交通事故で亡くなったあと、ビーダマンさんが何年もかけて描いてきたものだ。

プリンセス・キュートがビーダマンさんのひざの上にぴょんと乗り、ゴロゴロとのどを鳴らしながら、まるくなった。ハイアシンスがビーダマンさんの肩によりかかると、レイニーも反対側からビーダマンさんにくっついた。

ハイアシンスにとって「死」はぴんと来ないものだったけれど、ジートさんがあんなにぐあいがわるいのを見てからは、ビーダマンさんのつらさが、ほんの少しだけわかる気がした。

ビーダマンさんは、少し荒い息をしている。でも、世界でいちばん好きな二人をなくしても、ビーダマンさんの心臓は今も鼓動をつづけ、肺は空気をすいこんでいる……。

13

その晩、オリバーはキヌア（栄養価の高い雑穀）とほうれん草のサラダの夕食を食べながら、三日前までのうちの中のようすを思い出していた——お母さんはバタースコッチのクッキーとか、ずっしりとしたチョコレートブラウニーとか、食べごたえのあるデザートを作ってくれた。三階からは、ジートさんとジョージーさんが歩きまわる足音や、テレビのクイズ番組の音、二人の笑い声が、床や開いた窓を通して聞こえて、建物全体が生き生きとしていた。

今はきみがわるいほどしずかで、オリバーは息がつまりそうだった。外に出ないと。オリバーはフーッと息をはき、いすをうしろに下げた。「アンジーのとこに行っていい？」

お母さんはおどろいてオリバーを見やったけれど、一瞬、心配そうに眉間にしわをよせただけで、だめとはいわなかった。

オリバーは家をとび出して、歩道で立ち止まった。家の中よりひんやりした空気を大きくすうと、アンジーの家には向かわずに〈ブラウンストーン〉のわきに入り、ゴミ箱をよけながら進んで、裏庭に行った。

木からたれたはしご代わりのロープをのぼり、ツリーハウスの土台に上がる。親友のジミー・Lが近くにいれば、トランシーバーを使って話せるのだけど……。

オリバーは裏庭の先の、ジミー・Lが住む〈ブラウンストーン〉の建物を見やった。ジミー・Lの部屋の窓は暗かった。あと三週間は、帰ってこないはずなのだ。

自分の家の方は、見ないようにした。だれもいない三階の窓が、暗いとわかっているからだ。

そこで、ツリーハウスの木の土台であおむけになった。オリバーがけがをしないようにと、アーサーおじさんがていねいにやすりをかけてくれた板の表面をなでながら、上の方の枝をながめた。

風で葉っぱがこすれる音だけでなく、ハーレムの街の音もたくさん耳に入ってくる。通りの先の方の裏庭で、何人かがバーベキューをしているらしく、話し声がかすかに聞こえる。二軒先の犬がバルコニーでほえた。救急車がサイレンの音をひびかせ、通りを走っていった。

そのまま五分、それとも一時間たったかもしれない。ふと気づくと、あたりはだいぶ暗くなっていた。だれか（たぶん、きょうだいのひとりだろう）がロープをのぼって来るようだ。オリバーは腹ばいになり、土台のはしから下の暗がりをのぞき、さけんだ。

「ひとりにしてよ！」

「せっかく来てあげたのに？」友だちのアンジーの声がひびいた。

オリバーは息をのんだ。土台のはしから、アンジーがひょっこりと顔をのぞかせた。

「どうしてた？」アンジーはオリバーのとなりにすわると、ぱんぱんにふくらんだバッグを背中からおろし、二人のあいだに置いた。

「ジートさんのこと、聞いたよ。少しいっしょにいようかなと思って」アンジーはそういって、バッグを開け、グレープソーダの缶を二本と、ストロー状のすっぱいグミを三袋と、クッキーを取り出した。「クッキーは、オリバーのお母さんが作るやつには、負けるけど」アンジーはすまなそうにいった。

オリバーはソーダの缶を開け、ゴクリと飲んだ。「ああ、おいしい！」人工的な風味が口いっぱいに広がるのを、じっくりと味わった。

「お母さんはもう、体によさそうなものしか、食べさせてくれないんだ。ジートさんのことがよっぽどショックだったみたいで、すっかり健康オタクになっちゃった。夕食はキヌアだったんだぞ」オリバーはそういって、身ぶるいした。

「ジートさんは、いつ帰ってこられるの？」アンジーがいい、ストローみたいなグミの袋を開けて、オリバーに一本さし出した。

オリバーは受け取り、ひと口食べた。「お母さんにもわからないんだって。そばにつきっきりのジョージーさんのために、毎日着がえを持っていってあげてるんだ」

「ロマンチックだなあ。五十年いっしょにいても、いつも手をつないでる感じの夫婦だよね」と、アンジー。

オリバーは肩をすくめ、「かもね」といって、またグミをかじった。「ああ、どれもこれも、おいしいなあ」

「残りはその箱に入れておいてもいいよ」と、アンジーがいい、土台に置いてある木箱を指さした。オリバーはその中に、お菓子や懐中電灯、トランシーバーのほかに、ぜったい必要なサバイバル用品を入れている。

しばらくのあいだ、二人ともだまっていた。オリバーは、アンジーには「みんなの庭」の計画を話した方がいいかな、と考えていた。ほかの人にはないしょということになっているけれど、アンジーなら、いいよな？

オリバーはとうとう口を開いた。「ひとつ、教えてあげようか？」

アンジーがうなずいたので、オリバーは、自分ときょうだい三人で、教会のとなりの空き地に入る方法を見つけ、そこをジートさんとジョージーさんの夢の庭にする一大計画をたてたことを話した。お金をかき集めて園芸道具を買ったことや、苗を買うのに足りないお金をどうするか、なやんでいることもうちあけた。

「お金を集める方法くらい、すぐ思いつくよ」アンジーは、両方のこめかみに人さし指の先をあてて考えた。「そうだ！　お菓子を作って、売ろう」

「お母さんが砂糖を使わせてくれないよ。食べると病気になると思ってるんだ」

「じゃあ、洗車（せんしゃ）をして、お駄賃（だちん）をもらうのは？」

「ぼくたちに洗車（せんしゃ）をさせてくれる人なんて、いないだろ？」

「ハイアシンスが犬のおやつを作って売るのは？」

「そんなのだれも……待てよ、それはいい考えだぞ！」

「ほかのものも売れば……あっ！　すごくいいこと考えちゃった！　家の前でガレージセールをするの！　わたし、もう読まなくなった絵本をどっさり持ってる」アンジーがいった。

オリバーは、自分のせまい部屋に何があるか考えた。本を手放すなんてことが、はたしてぼくにできるだろうか？

「明日の朝、数学のサマースクールが終わったら、ここに来るよ。金曜は一時間だけだから、十時十五分には帰ってくる。うちのアパートに、折（お）りたたみ式のテーブルが何台かあるから、その上にならべよう。で？　ほかに心配なことは？」と、アンジー。

オリバーは眉間（みけん）にしわをよせた。「べつに」

アンジーは、わたしの目はごまかせないよ、とでもいうような目つきでいった。「いっちゃいなよ。なんかあるでしょ？　わかるんだから」

「いったからって、どうにかなるわけでもないから」

「だから何？　わたしはただ、知りたいの」

心配なことは、たくさんある。オリバーは話しはじめた。

病室をこっそりのぞいたら、ジートさんが今にも死んでしまいそうに見えたこと。ジートさんのぐあいを毎日記録しているけれど、「よくない」の日がすでに三になっていること。そして、空き地のことをハーマン・ハクスリーに、「有害物質だらけのゴミすて場」だといわれてから、空き地のいやなイメージが頭からはなれないこと。

でも、「みんなの庭」を完成させることが自分にとってなぜ大事なのかについては、いわなかった。

アンジーは聞き上手だったので、話のとちゅうでさえぎったりしなかった。オリバーが気のすむまで話したあとは、二人して木の土台の上で寝そべり、葉っぱ越しに空を見上げた。

都会のニューヨークでは、「光害」のせいで、あまり星が見えない。でもオリバーは、そんな夜空を背景に、葉っぱが影絵のように見えるのが好きだった。

葉っぱが風にそよぐのを見て、オリバーは、「みんなの庭」をつくりたいという自分の願いが、その風に乗ってハーレムじゅうの〈ブラウンストーン〉やほかの建物に広がるのを想像した。きっと、たくさんの住民たちの暮らしや願いが、この町を形づくっているんだろうな……。

その晩もまた寝つけなかったけれど、ジェシーにはなぜなのかわかっていた。この〈ブラウンストーン〉の中がしずかすぎるのだ。となりのベッドから、その日あったことを小声で話しかけてくるイーサはいないし、ジョージーさんとジートさんが歩きまわって寝るしたくをする足音も、上から聞こえてこない。

ジェシーは窓を開け、非常階段に出た。屋上をめざし、階段を上がっていく。ちょうど、ジョージーさんとジートさんの部屋の暗い窓の前を通ろうとしたとき、その窓がいきなり開き、どなり声がした。「待て！　どろぼう！」

ジェシーは思わず足をすべらせ、手すりにつかまった。でも、非常階段のすきまだらけの金属の踏み段は、葉っぱが落ちていてすべりやすかった。「うわっ！」ジェシーは悲鳴をあげ、何段かすべりおちた。このままこのガタガタする階段を転がり落ちて、地面にドスンっていっちゃうのかな、とジェシーは思った。

「おい……立ってくれないか」部屋の中から、声がした。

そういわれてやっと、ジェシーはその声の主に腕をつかまれ、支えてもらっていることに気づいた。ジェシーは窓を乗り越え、ジョージーさんのキッチンの床にどさっとたおれこんだ。

大きな図体の人物が、ジェシーの前に立ちはだかった。

ジェシーはまばたきをして見上げたけれど、部屋の中が暗くて、かげしか見えない。

それからその人物が、少し南部ふうのアクセントで、声をあげた。「ジェシーなのか？」

14

ジェシーは、ジョージーさんとジートさんの部屋の暗さに目がなれてくると、ついさっき非常階段からあやうく落ちるところだった自分を助けてくれた人物を、じっと見つめた。

わたしの名前がジェシーだって、どうして知ってるの？　そういえばこの声、聞いたことがあるかも……。

「ジェシー、ぼくだよ。オーランド」

ジェシーはあたふたと立ち上がった。「オーランド？　ここで何をしてるの？」

オーランドはジートさんの「大おい」だ。三年前に、ジートさんたちの家で、夏休みをすごしたことがあった。オーランドがジェシーと同い年で、科学が大好きだとわかって、その三カ月間はいつもいっしょにいた。オーランドがリトマス試験紙をまるまるひと箱持ってきていたから、二人で近所を歩きまわり、屋台で買った皮むきマンゴーの汁や、雨がふったあとの水たまりの水、暑い日に食べたかき氷の残り汁などをためしてみた。その夏は、酸とアルカりについて、だいぶくわしくなった。

オーランドが明かりをつけた。ジェシーはオーランドをまじまじと見て、いった。「うわあ、びっくり。フットボールの選手みたい！」

最後に会ったときには、背が低くてやせていて、虫めがねをシャツの胸ポケットに入れて持ち歩くような男の子だった。

オーランドは笑った。「いつもおなかがへってるよ。それに、たしかに、フットボールもやってる」

ジェシーはよろよろとあとずさりし、胸に手をあてた。「うそでしょ？　うそっていって」

「どうして？　ジョージアじゃ、大人気のスポーツだぞ」

「まあ、フットボールの選手をしながら科学者になることも、できるか。またジョージーさんとジートさんとこに泊まりに来たの？　入院中だって、聞かなかった？」

「聞いたよ。実は、この近所に引っ越してきたんだ。母さんがモンテフィオーレ病院（ニューヨークにある大学病院）の看護師の職についたから、ジョージア州のアパートをひきはらって、この通りの先にうつってきた。今夜ここに来たのは、まだかぎを持ってたし、母さんが食料を届けとけっていうから。ジェシーたちには明日、あいさつするつもりだった」

「最高のニュースだね！　秋からはどこの学校に通うの？」

オーランドはにやりとした。「たぶん、ジェシーと同じところだ」

「そうしたら、実験のとき、ペアを組めるね！　ああ、見せたいものがあるけど、その前にまず、ジョージーさんの苗に水やりをさせて」

「もう、やったよ」と、オーランド。

ジェシーはかがんで苗を見て、いった。「あれ？　すごく元気になってる！　きのう来たときは、どれもしおれてたのに」

「だいぶ弱ってたやつは、つんでおいた。ジョージーおばさんはいつも、念のために種を二、三粒ずつポットに植えるんだ。育ってきたら、ポットひとつにつき一本だけ、元気な苗を残すのがいいんだ」

ジェシーはオーランドを見やった。「園芸にくわしいの？」

オーランドは肩をすくめた。「ジョージアでは、夏休みに近くの農場の手伝いをしてたからね」

ジェシーはオーランドをまじまじと見ながら考えた。オーランドに手伝ってもらいたいけど、そうしたら、バンダビーカー家の四人以外を、空き地に入れることになってしまう。

オーランドはジェシーに見られているのに気づくと、より目をし、ウシガエルが鳴くときみたいに、ほおをぷくっとふくらませた。

ジェシーは笑いだした。

オーランドがいった。「ちっとも変わってないな。いつも頭が超高速で回転してる」

ジェシーはそれを、ほめ言葉として受け取ることにした。「ねえ、ついてきて」といい、窓のところへ引き返すと、ぴょんととびこえて非常階段に出た。でもオーランドがついてこない。ジェシーは体をかがめて窓をのぞきこみ、きいた。「来ないの？」

オーランドはうたがうようにいった。「これ、ぼくがのってもこわれない？」

ジェシーはぴょんぴょんとびはねてみせた。階段はほんの少しきしんだだけだった。「もちろん。うちのきょうだい全員でのぼるときだって、あるんだよ」

でもオーランドは、動こうとしなかった。「ぼくは高いところが苦手なんだ。ニューヨークの人たちが、地上よりずっと高いところに住みたがるわけが、さっぱりわからないよ」

「ふうん、そう。こわいんだったら、来なくていいけど」ジェシーは階段をのぼりはじめた。すると、思ったとおり、オーランドが窓から出てくる音が聞こえてきた。ふり返って見ると、オーランドは、きゃしゃな手すりに、必死にしがみついている。階段の踏面がせまいので、スニーカーのつま先しかのせられないようだ。

二人はビーダマンさんの部屋の窓を通りすぎ、屋上へ上がった。

てっぺんについて、はじめて高いところからハーレムを見たオーランドは、「うわあ……」と、声をもらした。ジェシーのあとについて、屋上のはしにそってぐるりと歩き、街のようすを見わたした。金属製の枠にじょうごがついた奇妙な装置の前へ来ると、オーランドは手すり壁から身を乗り出し、その下がどうなっているかを見た。

「へえ、これはからくり装置だね？　ルーブ・ゴールドバーグ・マシン（アメリカの漫画家ルーブ・ゴールドバーグは、かんたんにすむ作業

（くり装置を数多く発案した人。簡単なことを手のこんだ手順で行うから）ってやつ。ぼくも科学コンテスト用に、すごいのを作ったことがあるよ。毎朝六時きっかりに、うちのねこにえさをやるんだ」

ジェシーはいった。「それ、見たい」

「ビデオにとってあるよ。実際の装置は、こっちに持ってこられなかったんだ。これはどういうしかけか、見せてよ」

ジェシーは、二リットルの水をつめたペットボトルを何本か、屋上のすみに置いていたので、一本のふたを開け、じょうごに水が流れるようにさかさにしてさしこんだ。すると、水が流れるにしたがって、取りつけてあるウィンドチャイムやレインスティック（木管の中に細かい小石が入った楽器）がきれいな音を鳴らした。まるで音楽を奏でているみたいだ。

「いいね！」と、オーランド。

「イーサのために作ったんだ。イーサは今、三週間のオーケストラのサマーキャンプに行ってる。ほんとはすぐにでも、ジートさんとジョージーさんのそばにもどってきたいっていってるけどね」

「大おじさんが発作を起こしたとき、ジェシーもいたんだってね。たいへんだった？」

ジェシーはハーレムの景色をながめた。街の明かりがチラチラかがやいている。「死んじゃうかと思った」

ジートさんのことを考えると、ゾウに胸を踏みつけられたような気分になる。ジェシーは話題を変える(か)ことにした。「ジョージアに帰りたいって思う？」

オーランドは空を見上げた。「空の広さは、あっちがよかったな。ここだとふつう、ほんのちょっとしか見えないだろ。星が見えないのは、ほんとにいやだよ。頭の上に星がばらばらふってきそうな感じが、好き(す)だったんだ。なのにここじゃ、星なんて存在すらしないみたいだもんな」

携帯(けいたい)が鳴った。オーランドがジーンズのポケットから取り出し、見るなり、ため息をついた。

「母さんだ。返信(へんしん)するから、ちょっと待って」オーランドはそういって、入力しながら大声で読みあげた。「だ、い、じょ、う、ぶ。今、帰る」それから、ジェシーにいった。「行かなきゃ」

「明日、会えるの？」ジェシーがきいた。

「午前中は、母さんが荷ほどきするのを手伝(てつだ)う約束(やくそく)をしてるけど、そのあと、来るよ。番号を教えて」

電話番号を交換(こうかん)したあと、二人は非常階段(ひじょうかいだん)をおりた。オーランドはジョージーさんとジートさんの部屋の窓(まど)から中に入った。ジェシーはその前を通りすぎ、二階にある自分の部屋へと、さらに階段(かいだん)をおりていく。

「ジェシー？」と、オーランド。

「何？」

「また会えて、うれしいよ」

ジェシーはにっこりし、「わたしも」といおうとふり返った。でももう、オーランドは、ジョージーさんたちの部屋の窓を閉めていた。ちょうどそのとき、遠くで車の盗難防止のアラームが、パー、パー、パー……とうるさく鳴りはじめた。まるで、ジェシーの胸のドキドキにぴったり合わせたかのようだった。

6月29日（金）
ジートさんが入院して4日目
庭フェスティバルまであと15日

15

オリバーは午前中に自分の持ちものをチェックし、ガレージセールで売ってもいいと思えるものがないかさがした。

本を手放すのはすごくいやだったけれど、これだったらまあ、売ってもいいかな、というものを、なんとか七冊(さつ)選(えら)び出(だ)した。ほかに、古いキャッチャーミット、スーパーヒーローのアクションフィギュアのセット、そして洋服ダンスにつるされていた、タグがまだついているえりつきのシャツとスラックスも出すことにした。

朝のうちに、オリバーはきょうだいたちの部屋をまわって、ガレージセールの計画を説明(せつめい)してあった。「みんなの庭」のためのお金を集めるにはそれがいちばんいい、と全員がいってくれた。レイニーとジェシーは看板(かんばん)を作り、ハイアシンスは焼(や)いてあった犬やねこのおやつを、袋(ふくろ)に小分けにした。

お母さんは病院へ行った。保険(ほけん)の書類(しょるい)に記入するジョージーさんを手伝(てつだ)うらしい。お父さんは仕事だ。ビーダマンさんがどうしているかは、だれも知らなかった。ビーダマンさんはときどき、まる一日絵を描いてすごすことがある。そんな日には、バンダビーカー家のだれがどれだけ扉をノックしても、いっさい出てこないのだ。

十時十五分きっかりに、玄関のベルが鳴った。オリバーが扉を開けると、アンジーが立っていた。

アンジーがきいた。「用意はできた？　おとなりさんが手伝ってくれたから、折りたたみテーブルはもう、歩道に出てるよ」

オリバーが呼ぶと、ジェシーと妹たちが、いろいろなものをつめこんだ袋と看板をかかえ、階段をかけおりてきた。犬のフランツも、よごれたテニスボールを口にくわえ、ついてきた。

「見て、見て！」レイニーが袋を開け、アンジーとオリバーに見せた。中には石や貝がらをつめた袋と、やたらと大きなリボン結びがついたカチューシャが六つ、それに、ほとんど使っていないノートが数冊入っていた。

「レイニー、このカチューシャつけると、頭が痛くなっちゃうの。だから百ドル（約一万円）で売って、お庭に植えるバラを買うんだ」レイニーは二人にいった。

オリバーが眉をつり上げた。でも、口を開く前に、アンジーがオリバーのわき腹をひじで突いた。

ジェシーがいった。「苗はたしかにいるけど、それよりも重要なのは、いい土だと思うな。ジョージーさんはいつも、土がすごく大事だっていってるよね」

子どもたちは売るものをかかえ、歩道へ運び出した。そしてたちまち、品物をどうやってならべるかで、けんかになった。

レイニーは自分のものを、「一等地」にあたるテーブルのまん中に置きたがった。でもジェシーは、オリバーの本の方がよく売れそうだから、目立つところに置くべきだといって、ゆずらなかった。

オリバー本人は、本を売りたくなくなってきていた。だから、お客をさがすことにジェシーが気をとられているすきに、そっとならべかえて、目につきにくいところにうつした。

でも、本が売れてしまう心配など、しなくてもよかったのだ。その日は、ふしぎなほど、人が通らなかった。金曜の朝十時半だからだろうか?

それにしても、こんなにひっそりしているなんて……。四人とアンジーは、テーブルを前にして、ずっと立っていた。聞こえるのは、フランツがテニスボールをかじる

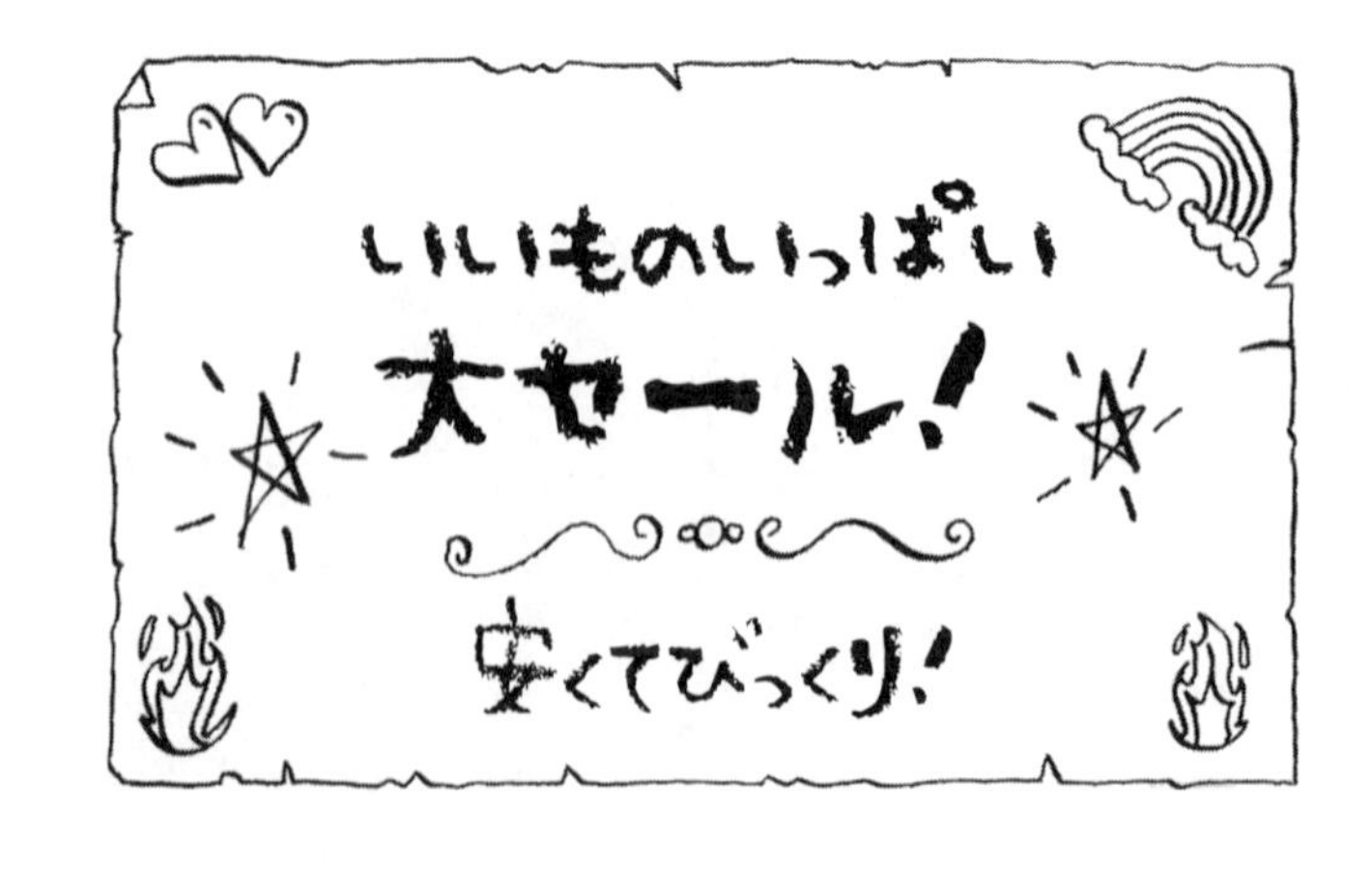

音だけだ。

「もうじきだれか来ると思う」ハイアシンスがきっぱりといい、実際そのとおりになった。郵便配達のジョーンズさんが、みんなに手をふりながら、郵便物を積んだカートを押してやってきた。

「いいものいっぱい大セール、か」ジョーンズさんは看板を読みあげた。それから品物をゆっくりとながめた。「なんのためにお金を集めているんだね？」

「お花を買うの」レイニーがすぐに答えた。

ジェシーはきょうだいたちを見やり、いった。「ええっと……街の美化のためです」

「ああ。街路樹のまわりに花を植えたら、そりゃあ、きれいだろうな」と、ジョーンズさん。

「はい」バンダビーカー家の四人とアンジーが答えた。

ジョーンズさんはまた数分かけて、テーブルの上のものをじっくり見た。それからカチューシャをいったん手にとってから、もどすと、いった。「どうやら、わたしが使えるものは、なさそうだなあ」

「それ、レイニーの」と、レイニー。

「だが、わんこのおやつなら、買ってもいいかもしれないな」ジョーンズさんは、ペットのおやつが入ったかごを見ながら、財布を取り出した。

「ひと袋二ドルです」と、オリバーはいったけれど、ハイアシンスがさえぎった。「犬のおやつは買っちゃだめです。ジョーンズさんは、いつだって、ただです」

「でも……」オリバーとジョーンズさんが、同時にいい返そうとした。

けれども、ハイアシンスの気持ちはかたかった。手を横にふり、「だめです。何袋あげましょうか?」と、いった。

「じゃあ、ひと袋だけ」と、ジョーンズさん。

「五つ、どうぞ。それから、このねこ用のおやつもためしてみて。ピンキー・パイにどうですか?」

ピンキー・パイはジョーンズさんが飼っている十八歳のめすねこだ。ハイアシンスはねこ用のおやつも三袋、ジョーンズさんの郵便かばんに押しこんだ。

「商才ゼロだな」オリバーがつぶやいた。アンジーとジェシーは、まあ、ハイアシンスらしいけどね、というように、肩をすくめた。

「こりゃあ、ありがたい。ピンキー・パイは、きっと喜ぶだろうよ」ジョーンズさんがいった。

ジョーンズさんが、もうこちらの声が聞こえないくらい遠くまでカートを押して行ってしまうと、オリバーがはきすてるようにいった。「ピンキー・パイはもう、歯が一本もないんだぞ! あれをどうやって食べるってんだ?」

ハイアシンスは口をすぼめた。「ジョーンズさんにお金を払わせたくない。いっぱいはたらいてるんだもん」

「わかったよ」と、オリバーはいい、その後もハイアシンスが、何も買わないお客五人に、犬やねこのおやつをただであげるのを見て、「これじゃ、商売にならないや」と、もらした。

いつも前向きなアンジーは、すぐに新しい作戦を思いついた。「訪問販売はどうかな。少し持ってって、うちのアパートの中を一軒一軒まわるの。ぜんぶで七十七戸あるし、住んでる人はだいたいもう、仕事を引退してるから、この時間でも家にいるはずだよ」

オリバーが姉妹たちに相談すると、みんな、やってみてもいいんじゃないか、という意見だった。

オリバーは箱を取り、その中に本を数冊、自分のよそゆきの服、カチューシャを三つ、ハイアシンスが編んだもの（なんなのかはわからない）を二点、冥王星がまだ惑星だとされていたころの古い宇宙の本を二冊、それにジェシーが机の引き出しの奥で見つけたガラス製の小さな動物を五体入れていった。

「行ってきます！」アンジーはいい、オリバーを連れて二軒先のアパートに行った。かぎを開け、いっしょに中に入ると、オリバーにいった。「最上階からはじめて、だんだん下におりてこよう」

エレベーターがないので、階段で六階にたどりついたときには、オリバーは息があがっていた。

アンジーはまず、６Ａの部屋をノックした。が、だれも出てこなかった。次の６Ｂの部屋から出てきたサイードさんというおじいさんは、十分もかけて、箱の中のものをひとつひとつ手に取ってじっくりとながめ、一ドルでオリバーの『ガリバー旅行記』（ジョナサン・スウィフト作の小説）を買った。

６Ｃも６Ｄも応答はなかったけれど、６Ｅではモニークさんという女の人が、三歳の娘のナターシャに、といって、カチューシャを三つ買ってくれた。ナターシャは買ってもらうなり、三ついっぺんに頭につけた。６Ｆでは、ゲレロさんというおばあさんが、八歳の孫のエミリオのために、オリバーのよそゆきの服を買った。

アンジーとオリバーは、売れゆきがいいことで得意になっていたけれど、ちょうど６Ｇの部屋の扉をノックしようと手を上げたとき、向かい側の６Ｈの扉が、バーンと開いた。もじゃもじゃで真っ白な髪の女の人が、姿をあらわしたと思ったら、いかりくるったようすで二人に向けて杖をふり、どなった。

「ごろつきども！」

アンジーがオリバーにいった。「わたしのうしろにかくれて」

オリバーはすぐにしたがい、ささやいた。「逃げた方がいいんじゃない？」

アンジーはちょっとふり返っていった。「まかせて」それからまた女の人の方を向き、おかしなものは持っていません、というように、両手を上げた。

「アーチャーさん、わたしです、アンジーです。管理人の娘の」

「ごろつきども！」アーチャーさんはまたどなり、杖をふった。「おまわりを呼ぶよ。今すぐに、呼んでやる」

「アーチャーさん、安心して。わたしたちはただ、いろいろ買ってもらって、お庭をつくるためのお金を……」

「おまわりを呼ぶよ！」アーチャーさんがわめき、部屋着のポケットから携帯を取り出した。

「オリバーが正しかった！　逃げよう！」アンジーはオリバーにいうなり、だっと階段へかけだした。

一瞬、何が起きたかわからなかったオリバーは、出遅れてしまった。売りものが入った箱をかかえていたので、速く走ることもできず、逃げおおせる前に、アーチャーさんに杖でふくらはぎをたたかれてしまった。

四階までおりたあたりで、アンジーがくすくす笑いだし、オリバーも笑った。やっと中庭にとび出したときにはもう、笑いが止まらず、地面にたおれこんだ。

アンジーはヒイヒイ笑いながらいった。「やだ、杖でやられたの？」

オリバーはふくらはぎをさすりながら答えた。「そうだよ、アンジーがぼくを置いて逃げちゃうからさ！　ああ、ひどい目にあった！　あとであざになるかも」

「うちのアパートを守んなきゃって、思いこんでる人なの。五十年以上もここに住んでて」

オリバーは信じられないというように、頭をふった。「そんなに？　でもさ、ちょっと思ったんだけど、もう、訪問販売はやめた方がいいんじゃないかな」

「そうだね」アンジーは立ち上がると、手をさし出してオリバーを引っぱり上げた。それから、はっとして動きを止めた。

「どうしたの？」オリバーがきいた。

「土がいるんだよね？」

「うん」

アンジーが中庭のすみの方を指さした。そこには園芸用土の袋が、すのこの上にどっさり積んであった。

16

歩道の方では、ちっとも売れていなかった。でもジェシーは、アンジーとオリバーが台車にのせてきたものを目にしたとたん、売れ行きのことなど、頭からふっとんだ。

アンジーが声をあげた。「土だよ！　えんりょなく、どうぞ」

ジェシーは気になって、きいた。「どこで手に入れたの？」

「うちのアパートの、中庭。まだあと八十袋もある」と、アンジー。

ジェシーは眉間にしわをよせた。「わたしたちが使ってもいいもの？」

アンジーは、ぱあっと明るい笑顔をうかべた。「いいんじゃない？　半年も前から外にほったらかしになってたんだもん。管理人をしてるうちのお父さんが、中庭のまわりのコンクリートの地面をこわして、花壇を作るために買ったんだけど、コンクリートをこわすことになっていた会社が倒産しちゃって、アパートのオーナーが、そこ以上に安くやってくれそうな会社を見つけられないからっていって、ストップしちゃったの。土がむだになるより、使った方がいいでしょ？」

ジェシーはくちびるをかんだ。「使っていいか、アンジーのお父さんにきいた方がよくない？」

アンジーは答えた。「ううん、お父さんはどうせ、気づきもしないよ。それに、今日はゴミ圧縮機のメンテナンス方法について特別講習を受けに出かけてて、本当に、どうしてもっていうんじゃないかぎり、電話をかけてくるな、って。お父さんが留守のときは、おとなりのアルバスさんっていうおばあさんがわたしの保護者ってことになってるけど、毎日十時から十二時までは昼寝してるし」

ジェシーは折れた。「わかった、じゃあ、アンジーのお父さんがほんとにかまわないっていうんなら、使わせてもらう。でも、そんなにたくさんあるんだったら、どうやって空き地へ持っていこう？」

そのとき、「やあ、みんな！」と、大きな声がした。ジェシーがくるっとふり向くと、オーランドだった。

「オーランド！」オリバーとアンジーとハイアシンスがさけんだ。レイニーは小さかったので、オーランドを覚えてはいなかったけれど、みんながうれしそうだったので、いっしょに喜んだ。

「この土、どうするんだ？」オーランドがきいた。

バンダビーカー家の四人とアンジーは、無言のまま、目で相談しあった。何人かは眉をひそめ

https://www.tokuma.jp/kodomonohon/

徳間書店

読者と著者と編集部をむすぶ機関紙

子(こ)どもの本(ほん)だより

2020年5月/6月号　第27巻　157号

『ウサギとぼくのこまった毎日』より

扉を開いて

編集部　小島範子

今年は、子どもたちが家で過ごす時間が長い春となってしまいました。友だちといっしょに遊ぶことも難しいなか、どのご家庭も、さまざまな工夫をしていらっしゃることでしょう。

学習、テレビ、ゲームの時間と同じようにぜひ設けてほしいと思うのは、読書の時間です。本好きならだれもが知っているあの感覚――一冊の本の世界に入り込んで、ふと顔を上げたときに自分がどこにいるのかわからなくなる奇妙な感じ、現実の経過とは異なる時間の流れ――。あのちょっぴり不思議な空間と時間の感覚は、読書でこそ味わうことができるもの。子どもたちにもあの感覚を知ってほしいし、現実が厳しいときはとくに、本の中の世界へと逃げこむ術を覚えてほしいとも思います。

表紙を開くと、そこにあるのは別の世界への扉です。どうぞ、扉を開いてください。

本の数だけある別の世界が、極上のものであるよう、私たちは常に丁寧に本を作っていきたいと思っています。

本の中の世界を知ることで、子どもたちの人生が、より豊かなものとなるよう願っています。

なかがわちひろの『おたすけこびととおべんとう』制作日記

五月刊の新作絵本『おたすけこびととおべんとう』。文章を担当された、なかがわちひろさんがブログ「ときたま日記」にアップしていた制作の過程を、改めてまとめてくださいました。

■二〇一九年一月二日

　年末の仕事納めは「おたすけこびと」シリーズの七冊目の物語を考えることでした。今回の主役は「船」。なぜなら、絵担当のコヨセ・ジュンジさんが「船を描きたい」と言ったから。

　そもそも『おたすけこびと』は、重機に並々ならぬ愛着をいだいていた幼児期の息子と、重機に愛のない私の世界をつなごうと考えたお話です。それから十二年。おたすけこびとは、数十万人の重機キッズに届きました。橋渡しをしてくれたのがコヨセさんの絵。

　つまり、コヨセさんの心の組成は幼児期の息子たちに限りなく近いということですよね！　きっと、船も子どもたちの心に届くはず。

■二〇一九年一月三十一日

　筋書きや情景を文章でまとめた「シナリオ」がコヨセさんの手にわたりました。ここまでは私とU編集者とのやりとりです。コヨセさんは「御前会議の勅命がボクに下りてくる」なんて言いますが、いえいえ、コヨセさんの絵に値する内容にすべく努力していたのです。ようやくコヨセさんの登場までこぎつけると、私は踊りだしたいほど嬉しい。あとは月イチペースで開かれる定例「おたすけこびと会議」で、コヨセさんにダメ出しを、いや、叱咤激励のムチを、いえ、夢を託してにこやかに見守るばかり。

■二〇一九年五月九日

　コヨセさんのラフに色がつき、とても楽しい。なかでも、「おたすけ会議」メンバーのみんなが大喜びをしたのが見返しのお弁当の絵でした。口うるさい私とU編集者の口がとまり、若手男性編集者TK氏にいたっては両手の指先を頬にあてて「かわいい…♡」と乙女な笑顔。

■二〇一九年六月八日

　重機のスケッチをびっしり描きこんだノートを指さしてコヨセさんが呟く。

「この機種の右手後方三十度を下から見た写真を入手できないかな」

　しばしメカニカルな話がつづくが、話題は突然かわる。

「三歳児って、お弁当をハンカチで包めるの？」

「四歳児は園で包み方を習うみたいだよ」

　園児のお弁当に関する検証がつづき、話題はまたころっとかわる。

「笛をふいてバッタの交通規制をするのはどう？」「手信号の？　ちょっとやってみて」

　おたすけこびと会議は、こんなことを毎回五、六時間ほどかけて真剣に議論し、物語世界のリアリティ構築に努めます。

■二〇一九年七月十日

　いよいよ本描きに入りました。まずは五月の下絵で我らの心をつかんだお弁当の絵から。

「メニューを考えるの大変だったでしょ」「これ、どんな味？」わいわいキャイキャイさざめく、おたすけチーム。しかし、いちはやく正気に返ったU編集者がクールに言い放つ…。「それはそうとコヨセさん。あわよくば三枚、少なくとも二枚は完璧な原画をしあげてくるお約束ではありませんでしたっけ？」

納得のいくまで時間をかけたいコヨセさんと、その心情を尊重しつつも〆切をゆずれない編集部との熱き闘いがはじまる！

■二〇一九年九月二十八日

本描き作業が進んでいます。まだ色のない輪郭だけの絵は、精密な設計図のよう。

「ここになにかもうひとつ、ほしいですね。テントウムシとか…」と若手編集者TK氏が呟いたとたん、「テントウムシ、いいね！」「いろんな種類がいるよ」「赤に黒？　黒に赤？」四人が口々にしゃべりだし、アイディアの球をぽんぽん打ち合うさまは卓球ダブルスのラリーのごとし。その結果、ヘルメットの上に同じ大きさのナナホシテントウを載せたこびと案が採択されました。物語とはあまり関係のないお遊びですが、一冊の本を何度も読む子どもたちが十回目に気がついてくれればと願う細部を私たちは仕込みます。みなさんもダブルヘルメットのこびとを見つけてくださいね。

■二〇二〇年一月二十四日

構図も文章もほぼ確定。水のゆらぎが夢のように描かれる絵に、一同うっとり…。

しかし、またしてもU編集者の鋭いツッコミにより、こびとのトロンボーンの形の検証およびエア演奏がはじまる。

はたから見れば意味不明の会議なり。

■二〇二〇年三月三日

完成した絵をコヨセさんからもぎとるようにしてスキャン作業にまわす、まるで追い剥ぎのような編集部。その前に、鬼のおたすけチームは、ほんの一瞬、わぁ〜♪と歓声をあげ、手を三回くらい叩いたあと、すぐに沈黙して鋭い目で原画をにらむ。じーっ…。塗り忘れをチェックするためです。無数にいるこびとたちを厳しく検品。こびとの手（直径一ミリ）や髪の毛、靴の裏などに鉛筆でペケをつけて戻すと、コヨセさんが細い絵筆で黙々と色塗り。編集部は家族経営の町工場と化します。

■二〇二〇年三月十日

ゴールが見える直線コースに入ってきました。コヨセさんの絵は、台所の調理器具や食材に愛が感じられます。「生活感があるね」と私が呟いたら「うん、台所生活が長いから」と、さりげないお返事。えへ、かっこいい。もちろん、重機の見せ場もたっぷりですよ〜。

■二〇二〇年四月四日

コヨセさんも私も、それぞれ自宅で小さなお弁当をつくりました。本のうしろにのせる著者近影撮影のためです。コヨセさんのお弁当は、絵本に登場するとおりの献立。

若葉の美しい季節ですが、みなさんの心には新型コロナにまつわる重苦しい不安がうずまいていることでしょう。子どもたちがお弁当をもって戸外でのびのびと遊べる日が早く戻ってきますように。その笑顔の曇る悲しいことが、おこりませんように…。

晴れやかな絵本は、私たちの祈りです。

制作の様子をもっとご覧になりたい方は、なかがわさんのブログをどうぞ。QRコードはこちら↓

著者と話そう　なかがわちひろさんのまき

『おたすけこびととおべんとう』制作日記に続いて、なかがわちひろさんのインタビューをお届けします。

Q　どんなお子さんでしたか。

A　幼稚園に通っていたころは、母が作ってくれたお弁当をあけないまま持って帰ってくることもあるくらい、内弁慶で、こわがりな子でした。運動神経が鈍い上に、そそっかしいので、よく転び、いつも膝をすりむいていました。だから私の物語では、登場人物がよく転びます。

父は新聞記者で、家にはたくさん本がありましたから、私も日常の空気のように本に親しんでいました。

字が書けるようになってからは、毎日、日記を書いていました。母が「字がきれいになったね」など、短い感想を書いてくれるのが楽しみでした。

小学生のころは、五つ下の妹に、私の創作したお話を聞かせていました。主人公が次から次へと悲運に見舞われる、ものすごく辛くてドラマチックなお話だったり、救いの神が現れるお話だったり。妹の表情を見ながら、お話をその場でどんどん変えて作るのが、楽しかったですね。

小学校四年生までは、人付き合いが得意な方ではなく、私の世界はとてもせまかったのですが、四年生の秋に埼玉から仙台に引っ越してから、がらっと変わりました。

Q　何があったのでしょうか。

A　転校した先の仙台の公立小学校で、良い先生に出会いました。

その小学校では、国語教育として、子どもたちに毎日、日記を書かせていました。四年生のときの担任の先生は日記に、検印をぽんぽんとおすだけでしたが、五年生になると、とてもこわいと怖れられていた小野寺とく子先生が、担任になりました。私はクラス替えの前の日記に、「小野寺先生になりませんように」と書いていたのですが、新学期でも同じ日記帳を使うので、なんと初日にその部分を発見されてしまいました。ところが小野寺先生は「そんなに嫌わないでよ、ちひろちゃん」と、のびやかな赤ペンを書いてよこし、私は、ほっとすると同時に、にやりと笑ったものです。

小野寺先生は、休み時間のあいだに四十六人全員の日記に感想を書く、すごい先生でした。はじめのころは、先生がこわくて、体のいいことしか書かなかった私も、先生の赤ペンが心にひびき、ついつい本音を書くようになりました。私が長文日記を書き、先生が「ちひろちゃん、ごめん。日記を家に持ち帰らせて。今日の日記は別の紙に書いてきてね」と言って、次の日にやはり長文の感想を書いて返してくれたこともあります。それがだんだんおもしろくなってきて、私は親の夫婦げんかや、先生への意見まで書くように。

しだいに私は、文章の向こうには読んでくれる人がいることを意識するようになりました。

ある日、日記に、「先生にだけ、ひみつを話します。私は、エンピツで生きていきたいんです」と書いたら、先生は「ちひろちゃんなら、絶対にできる。私はかならず、読者になるよ」と書いてくれました。

子どもって、そ

仙台での小学生時代は、ジュウシマツのブリーダーとして有名だったと話す、なかがわちひろさん。

編集部のこぼれ話

○月×日

「えほん50」リストが発表されました。これは、一年間に刊行された絵本の中から全国学校図書館協議会が厳選し、ぜひ子どもたちに読んでほしいと推薦するもののリストです。徳間書店からは、『エベレスト』と『おおかみのおなかのなかで』が選定されました。

○月×日

絵本『おおかみのおなかのなかで』が「第一回親子で読んでほしい絵本大賞」に入賞、「第25回日本絵本賞」にノミネートされました！

「親子で読みたい絵本大賞」は、司書、読みきかせボランティアなどからなる、JPIC読書アドバイザークラブ会員が、過去一年間の新刊絵本の中から投票で選考したもの、「日本絵本賞」は全国学校図書館協議会が、優れた絵本を顕彰するものです。各方面で評価の高いこの絵本、ぜひみなさんも手にとってお楽しみください。

○月×日

先日、編集部にニューヨークから一通の手紙が届きました。封筒には、パンダや猫のかわいいシールがたくさん貼ってあり、小学生の読者からの感想のお手紙かな…？　と思ったら、差出人は児童文学「バンダビーカー家は五人きょうだい」シリーズの作者カリーナ・ヤン・グレーザーさんでした！　シリーズ第一作『引っ越しなんてしたくない！』ができあがった昨年十一月、翻訳者の田中薫子さんと担当編集からカードを添えて、見本をお送りしたのですが、そのお礼のお手紙だったのです。楽しさいっぱいの手紙をいただき、田中さんとの第二作『(仮)秘密の庭をつくりたい！』の編集作業も、うきうきしながら進めることができました。六月刊の第二作も、ぜひご覧ください（詳細は15ページ）。

グレーザーさんから届いた航空便。手紙が大好きで、特に、自分から出すときにはいつも、封筒にシールをたくさん貼るそうです。

○月×日

六月の新刊絵本『ヒゲタさん』は、黒々とした口ひげをはやしたねこ、ヒゲタさんのお話。この本の帯は、切って遊べる「口ひげ」になっています。どれくらいの大きさにするか、編集部員宅の四歳児で実験（？）をくりかえしました。みなさんもぜひ、「口ひげ」を切り抜いて遊んでみてくださいね（詳細は14ページ）！

■お知らせ

新しい児童書カタログができました！　現在、出版されている徳間書店の児童書すべてがご覧になれます。ご希望の方は、メールまたはハガキでお申し込みください。

※「子どもの本便り」購読者には申込がなくてもお送りします。

＊記入事項　氏名・住所・電話番号・希望部数

＊宛先　〒一四一-八二〇二　東京都品川区上大崎三-一-一　目黒セントラルスクエア（株）徳間書店児童書編集部「カタログ希望」係

＊メールアドレス

children@shoten.tokuma.com

※件名を「カタログ希望」としてください。

メールマガジン配信中！

ご希望の方は、左記アドレスへ空メールを！（件名「メールマガジン希望」）

→tkchild@shoten.tokuma.com

児童書編集部のツイッター！

ツイッターでは、新刊やイベントなどの情報をお知らせしています。

→@TokumaChildren

絵本５月新刊

おたすけこびととおべんとう　５月刊

絵本

なかがわちひろ文
コヨセ・ジュンジ絵
２２cm／３８ページ
３歳から
定価（本体一五〇〇円＋税）

あさ、お父さんがおたすけこびとに電話をかけました。「たんぽぽ島」に遠足にいった子どもに、おべんとうをとどけてほしい、というのです。

こびとたちは、おべんとうと、働く車をフェリーにつみこんで、島をめざして、しゅっぱーつ！　ところが…？

こびとたちが、働く車をつかって、人間にたのまれた仕事をみごとにはたす、累計32万部、ヨーロッパやアジアでも人気のシリーズ、第七弾。

働く車に加えて、今回大活躍するのは、フェリー！　以前から、船を描きたいといっていたコヨセさんが、力をこめて描きました。

コヨセさんは、作画に取りかかる前に、モデルとなるフェリーの魅力を伝えるべく、青森県の津軽半島と下北半島をむすぶカーフェリーをみっちり取材してこられました。

新境地に達したコヨセさんの魅力あふれる絵。ぜひ手にとって、ご覧ください。

■好評既刊　もっと知りたくなる！ノンフィクション絵本

マップス
新・世界図絵
愛蔵版

世界のことを知って、もっと視野を広げよう！　この絵本は、地図とたくさんのイラストで世界各国を紹介した大判絵本です。従来の版より二十か国多い六十二か国が載っている、今しか手に入らない愛蔵版！

食べ物、歴史的な建物、有名な人物、動植物など、さまざまなものをとりあげています！

アレクサンドラ・ミジェリンスカ＆ダニエル・ミジェリンスキ作・絵／３８cm／１４９ページ／小学校低中学年から／定価（本体四五〇〇円＋税）

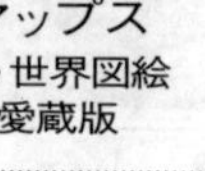

ミツバチの
はなし

ミツバチは、どんなふうにハチミツを作り、人間は、いつごろからミツバチを飼うようになったのでしょう。

恐竜のいた時代から現代まで、昆虫学的、文化的、技術的な側面からミツバチとハチミツに迫り、世界各国で様々な賞を受賞した話題の絵本です！

ヴォイチェフ・グライコフスキ文／ピョトル・ソハ絵／武井摩利訳／日本語版監修原野健一／３８cm／７１ページ／小学校低中学年から／定価（本体二八〇〇円＋税）

んな大人の一言で、はしごを天までかけて登ってしまうことがあるのです。

Q　小学生向けの物語が多いのは、そういう小学校時代の経験も関係していらっしゃるのでしょうか。

A　そうですね。子どもの本に携わる人たちには、それぞれ得意な年齢があるような気がします。作家は、その人がもっとも感受性豊かで、鋭敏に物事をとらえていた時期の自分に向けて書くのかもしれません。

Q　作だけでなく、翻訳もたくさんされていますが、訳す上で大切にしていることは？

A　読みやすさです。児童文学もそうですが、とくに絵本のテキストは短い文章が多く、詩に似ています。声にだして読み、あるいは耳にしたときに心地よいことがとても重要。文化背景のちがいに苦慮することも多いのですが、一字一句を生真面目に日本語にしても、良さが消えてしまうばかりで、子どもの心には届きません。

　まずは原文で私がその作品から感じたことを大切にします。それから、作者の伝えたいものが何かを、あらゆる手段をつかって探ります。資料と検索の鬼になり、作者が存命であれば、メールのやりとりをしてかなり突っ込んだ質問をぶつけるなど。そうして、その作品の正体のようなものを私なりにつかんだら、次はそれにふさわしい日本語をさがすのです。

　言語がちがっても、人は心の根っこを共有できるはずという信念こそが、翻訳の真髄。外国の人がちがう言葉を話すなんて想像すらしない幼い子どもたちが、翻訳絵本や児童文学を読んで笑ってくれたら、最高です。

Q　作家にとって、本の魅力はなんでしょうか。

A　本来でしたら、自分の子や周りにいる子にしか何かを伝えることはできませんが、幸い本というすごい発明があることで、会ったことがない子どもたちにも思いを届けることができます。百年残る古典なんて大それたものは目指しませんが、ちょっとずつ後ろにつないでいくと言うのかな、それだけでじゅうぶん、魔法のようなことなのです。

　それから、これは本だけに限りませんが、こんなおもしろいことがあった、という記憶を増やしていくことは、その子の心のなかに、将来、力になる宝物を増やすことだと思います。心にきらきらの宝物を蓄えた子は、困難な状況に見舞われても、「このおにぎり、うまいな」「あ、花が咲いてる」とか、小さなことをきっかけにして、立ち直れるのではないでしょうか。なぜなら、世界のどこかに良いものがあると信じているから。そういう感覚を開いていく訓練が、本を通じてできるとも思っています。

『おたすけこびととおべんとう』
なかがわちひろ 文
コヨセ・ジュンジ 絵

Q　今後の抱負をひと言、お願いします。

A　私のちょっと後の時代を生きる子どもたちに残すのにふさわしいものってなんだろう、としょっちゅう考えています。

　子どもの本であれば、ジャンルはなんでもいいのですが、いい笑顔をひきだす本を、子どもたちと共有できたら、それが一番かな。

ありがとうございました！

なかがわちひろ（中川千尋）　翻訳家として『すてきなあまやどり』『ふしぎをのせたアリエル号』『おすのつぼにすんでいたおばあさん』（徳間書店）など多くの絵本・児童文学を手がける一方、著書に『おえかきウォッチング―子どもの絵を10倍たのしむ方法』（理論社）、創作絵本や童話に『のはらひめ』『きょうりゅうのたまご』（徳間書店）、「おたすけこびと」シリーズ（コヨセ・ジュンジ絵／徳間書店）、『かりんちゃんと十五人のおひなさま』（偕成社）、『天使のかいかた』（理論社）、『ハンカチともだち』（アリス館）などがある。

絵本の魅力にせまる!

絵本、むかしも、いまも…

第136回「そんなに怒るとふくらんじゃうよ!」

児島なおみ『テツコ・プー ふうせんになったおんなのこ』

文:竹迫祐子(たけさこゆうこ)
ちひろ美術館主席学芸員、同財団事務局長。主な著書に、『ちひろの昭和』ほか。

誰でも、虫の居所が悪く、腹立たしい思いの持っていき場所に困ることはあるもの。それは、子どもとて同様です。その日の朝のテツコ・プーはまさに、それ。「プーっとした気持ちでいっぱい」で、朝ごはんのとき弟をつねって、お母さんにおこられます。が、謝る気持ちにはなれません。プーの気持ちはおさまらず、体の中でふつふつと膨らんで、体もどんどん膨らんで、ついには、風船のようになって宙に浮きあがり、窓から飛んでいってしまいます。

児島なおみ(一九五〇年~)、久々の絵本。児島といえば、『うたうしじみ』などで知られ、多くのファンがいますが、実は寡作の人。本書は待望の新作です。

神奈川県葉山市生まれ。父親の仕事の関係で、三歳から八歳までをニューヨーク市北西部に位置するハドソン川畔の街、リバーデールで過ごしました。日本とは異なる生活環境、文化環境が、児島に大きな影響を与えたことは言うまでもありません。その頃、両親の本棚にあった雑誌「ザ・ニューヨーカー」の漫画を楽しんでいたという児島の夢は、将来、子どもの本の作家になること。当時の「ザ・ニューヨーカー」では、ウィリアム・スタイグ、ソール・スタインバーグ、ジャン・ジャック・サンペなどのイラストレーターが筆を揮っていました。

八歳で帰国してのち、彫刻を学んだ大学時代と結婚してからの一時期、アメリカで生活を送りました。三度目に暮らしたのは、マサチューセッツ州アマースト。のちにエリック・カール美術館が設立された同地では、地元の児童書作家グループ(Society of Children's Books Writers and Illustrators/SCBWI)と出会い、近隣在住の作家や画家が毎月開く勉強会に参加して子どもの本作りを学びました。デビュー作は、大学時代から手掛けていた『Mr. and Mrs. Thief』(一九八〇年/邦題『どろぼう夫婦』)。しかし、実際の出版にいたるまでは、編集者による「特訓」がつづいたといいます。これらのエピソードから、アメリカという国の次世代を育てる風土が伺えます。

この人の絵本の魅力は、子どもの肢体と動きを伸びやかに、しなやかに捉えるシンプルな線描。媚びない愛らしさ。そして、たっぷりと取られた余白。それらが独特の清潔感を感じさせ、読者の想像を掻き立てます。また、柔らかなユーモアを含んで、子どもの内なる心情を捉える物語と言葉も魅力です。『どろぼう夫婦』の、お隣さんが「どろぼう」と思い込んで見張りをつづける男の子然り。そして、弟に手がかかるお母さんにこちらを向いてもらいたい気持ちを素直に出せず、プーと膨らむテツコちゃん然りです。

現在、日本でもSCBWIジャパンを立ち上げ、日本とアジアの若い作家へのサポートにも力を入れつつ、創作を行う日々。この人はこうして絵本の文化を未来につなげていっています。

『テツコ・プー ふうせんになったおんなのこ』
児島なおみ 作
初版2020年
偕成社 刊

上大崎発　読書案内

『ことばの力』

編集部おすすめの本をご紹介します。

新型コロナウイルスが世界じゅうに広まり、国内でも暗いニュースが続いていますが、こんな時期こそ、ことばが大切だと思います。ことばは、心の要。人を暗い気持ちにさせることも、前向きな気持ちへと導くこともできるからです。

今回は、ことばについて考えるきっかけになる『ぼくがゆびをぱちんとならして、きみがおとなになるまえの詩集』（福音館書店）をご紹介します。

十章からなる詩をモチーフにしたこの本では、毎章、主人公の男性（ぼく）の家に、知りあいの小学生の男の子（きみ）がやってきます。ぼくはきみに、詩人が書いた詩を紹介し、きみは、その詩をめぐってぼくと対話をしていくうちに、ことばや詩について、理解を深めていきます。

たとえば、あるとき、ぼくが家で枝豆をゆでようとしていると、きみがやってきて、童謡「我は海の子」を歌いました。でも、歌詞のなかで、「白波の―」を「しーらないの―」と、間違えてしまいます。

ぼくは、海の神様ポセイドンの子が、我を知らぬのか、といってるすがたを想像して笑ったあと、ことばは、ことばになる前は、ただの音で、知っていることばに当てはめて、はじめて意味になり、それが当たり前になりすぎると、本来、音であることも忘れてしまう、ときみに伝えます。「それぞれのことばには、それぞれの、ひびきやリズムがある。あたまのなかで、ぱっともじにおきかえて、いみにしてしまうから、きこえなくなるんだよ」とも。

そして、ぼくが紹介した「きりん　きりん　だれがつけたの？　すずがなるような　ほしがなるような　日曜の朝があけたような名まえを（以下、省略）」という、まど・みちおの詩「きりん」を読んだきみは、「きりんは、きりんになる前に、きりん、ていう、おと、なんだね」と言うのです。

物語のなかで紹介されるそのほかの詩は、藤富保男の「あの」や、松井啓子の「うしろで何か」、石原吉郎の「じゃがいものそうだん」、高階杞一の「人生が1時間だとしたら」、山崎るり子の「ねむり」、長田弘の「海をみにゆこう」、石垣りんの「崖」など、表現方法もさまざま。

そんな多様な詩を通して、ことばってなんだろう？　同じことばをくりかえす意味は？　「オノマトペ」って？　「ひゆ」って？　と、二人の対話にのって、読み手の心も軽やかに、どこまでも、とんでいきます。

この本を通して、詩は、単純なようでいて奥深く、読み手の数だけ、いろいろな解釈ができるのだ、ということが伝わります。

私の心に残ったのは、いい詩は、ほんとうのことのように感じられる、という二人のやりとり。

たとえ、現実に起きたことではなくても、詩には、なにか読み手にとって真実だと思えるようなことが、ささやかでも宿っていて、それが読者の心に力を与えてくれる、と私は思うのです。

物語の終わりには、ぼくときみの意外な事実が明らかに。

この本を読んで、ことばや詩を楽しむ足がかりにしていていただければと思います。特に、中高生に、おすすめの一冊です。

（高尾）

『ぼくがゆびをぱちんとならして、きみがおとなになるまえの詩集』
斎藤倫 作
高野文子 画
福音館書店

徳間のゴホン！

第130回
「シリーズものにチャレンジ！」

キャラクターや世界観が気に入ると、どんどん次の巻を読みたくなるシリーズもの。2ページで「制作日記」をご紹介した「おたすけこびと」のほかにも、シリーズで楽しめる本がいろいろあります。

こざるのジョジョくんがひとりで森の中を散歩しているうちに、ほかの動物たちみんなが「ぎゅっ」としているのを見て、ママが恋しくなってしまうのは、絵本**『ぎゅっ』**。ほかにも**『たかいたかい』『やだ！』『あそぶ！』**があります。ママに愛されてすくすく育つジョジョくんの成長が伝わる連作です。

『ペニーさん』は、絵本作家エッツのデビュー作。貧乏でも動物たちとなかよく幸せに暮らしているペニーさんの絵本は、三冊あり、どの巻でも動物たちが次々と事件を起こすのですが…？　ゆかいなお話が好きな人におすすめ。

ひとりで本を読み始めた子どもたちには、**『ふたりでおるすばん』『ふたりでまいご』『ふたりでおかいもの』**の三部作を。「世界一のおねえちゃん」と弟が体験するちょっと変わったできごとが、ユーモラスなイラストといっしょに楽しめます。

「ものだま探偵団」（既四巻）シリーズは、ものに宿った魂＝「ものだま」の声を聞くことができる五年生の女の子が、ふしぎな事件を解決していくシリーズ。気が強い鳥羽（とば）と、転校生七子のコンビが自分たちの力でふしぎな事件の謎を解いていく姿が魅力です。

映画「スター・ウォーズ」のキャラクター、ヨーダの折り紙が子どもたちの悩みを解決するシリーズ**「オリガミ・ヨーダの事件簿」（全五巻）**。主人公トミーが、オリガミ・ヨーダのアドバイスを信じていいのかどうか悩み、クラスメイトにレポートを書いてもらうという形のシリーズは、やがて子どもたちが学校の教育システムに立ち向かっていくという展開に！　読み応えたっぷりです。

魔法の出てくる物語が好きな人には**「大魔法使いクレストマンシー」（全七巻）**シリーズがお薦め。物語は一冊ごとに完結（外伝は短編集）しているので、一冊だけでも満足でき、どの巻からでも読み始められますが、全巻読むと多層に構築された世界観に圧倒されます。多彩で魅力的な登場人物たち、さまざまな魔法、シニカルなユーモア、謎解き、と読書の醍醐味を満喫できます。

ぜひ、お気に入りのシリーズを見つけてください。（小島）

絵本◆『ぎゅっ』『たかいたかい』『やだ！』『あそぶ！』（ジェズ・オールバラ作・絵）◆『ペニーさん』『ペニーさんと動物家族』『ペニーさんのサーカス』（マリー・ホール・エッツ作・絵／松岡享子訳）
児童文学◆『ふたりでまいご』『ふたりでおるすばん』『ふたりでおかいもの』（いとうひろし作）◆ものだま探偵団『ふしぎな声のする町で』『駅のふしぎな伝言板』『ルークとふしぎな歌』『わたしが、もうひとり？』（ほしおさなえ作／くまおり純絵）◆オリガミ・ヨーダの事件簿『オリガミ・ヨーダの研究レポート』『ダース・ベーパーの逆襲』『オリガミ・チューバッカの占いのナゾ』『ジャバ・ザ・パペットの奇襲』『オリガミ・レイア姫あらわる！』（トム・アングルバーガー作／相良倫子訳）◆大魔法使いクレストマンシー『魔法使いはだれだ』『クリストファーの魔法の旅』『魔女と暮らせば』『トニーノの歌う魔法』『魔法の館にやとわれて』『キャットと魔法の卵』外伝『魔法がいっぱい』（ダイアナ・ウィン・ジョーンズ作／田中薫子・野口絵美訳／佐竹美保絵）

私と子どもの本

第131回「お世話になっています!」

『ふしぎなナイフ』

文:オスターグレン晴子
新聞社勤務を経て、フリーランスの通訳・翻訳業に。主な訳書に『キムとふしぎなかさのたび』『ムーミントロールと小さな竜』(徳間書店)ほか。

　絵本の読みきかせに月に二回、保育園へ通っている。二つの園で合計八クラス。通い始めた頃の年中、年長さんたちは今、中学生。近隣の園ではないし、卒園児とどこかですれ違っても、絶対にわからないだろう。

　初めて子どもたちに会うときのドキドキ感は、毎年かなりのものだ。一歳にもならない子たちからじっと見つめられると、なぜか「わたしが悪うございました。」と、両手をついて謝りたくなるし、年少さんに初めて会うときも、子どもたちの目力に圧倒される。

　あいさつの後、さっそく読みはじめると、子どもたちも最初は緊張しているのか、黙って食い入るように見つめるだけ。けれども間もなく、どんどん表情が変わり、声も出てくる。読み終わったときの笑顔は、カラフルなかわいいお花がいっぺんに開いたみたいだ。

　三ヶ月くらい過ぎると、絵本を読む時間を通して、よそ者のわたしにも、クラス特有の色合いといったものが感じられてくる。同じ年齢の子どもたちでも、クラスによって、同じ絵本に対する「食いつき方」は驚くほど違う。当然、読んでほしい本のリクエストも、クラスによって違ってくる。三年間の半分ちかく、毎月同じ絵本を読んだクラスもあった。

　そんな中、ほぼ全部のクラスから、読んでほしいと何度も声のあがる絵本が、『ふしぎなナイフ』だ。

　読み終わったすぐ後に、「もういっかい! もういっかい!」とアンコールがかかったのも、部屋全体がゴオーッと鳴っているような盛り上がりを体感したのも、『ふしぎなナイフ』が初めてだった。

　ふしぎなナイフが　まがる　ねじれる　おれる　われる　とける　きれる　ほどける　ちぎれる　ちらばる(本文より)

　写真と錯覚するような、見開きいっぱいに描かれたナイフが登場、その形が変化していくうち、クラス全員が興奮し、笑いが止まらなくなる。ページをめくるやいなや、絵にふさわしい表現を、だれよりも先に言おうとする子が、かならずいる。もちろん、先に文字を読んでしまう子もいるが、それよりも、ことば探しを楽しむ様子が伝わってくる。びよーん、ぐにゃ、スルスルなど、絵に合った擬態語も、自然に言いたくなるらしく、時に大騒ぎになる。

「ふしぎ」から、いったん「ふつう」の形に戻ったナイフは、思いっきりのびた後、劇的にちぢむ。ここで、こどもたちの興奮は、ほぼ最高潮に達する。最後のページにはテキストがないが、子どもたちほぼ全員の口は、ふくらんだ後、破裂したナイフの絵にふさわしく、ぽかんと開き、わあと声が上がる。

　今日はちょっと長いお話を読もうかな? という日、『ふしぎなナイフ』を導入にして、子どもたちを本の世界へひきこむお手伝いをしてもらうこともある。蒸し暑さや行事の練習の疲れなどで、ちょっと元気がなさそうなとき、登場してもらうこともある。

　聞く側も読む側も、全身で楽しめる『ふしぎなナイフ』、本当にお世話になってます!

『ふしぎなナイフ』
中村牧江・林建造 作
福田隆義 絵
1997年
福音館書店 刊

野上暁の児童文学講座

「もう一度読みたい！ '80年代の日本の傑作」

第65回 工藤直子『ともだちは緑のにおい』（一九八八年／理論社）

文：野上 暁
児童文学研究家。著書に『子ども文化の現代史～遊び・メディア・サブカルチャーの奔流』（大月書店）ほか。

夜の海で出会った、いるかとくじらの、ほのぼのとした友情をユーモラスに描いた『ともだちは海のにおい』（一九八四年）の姉妹編です。このお話も、最初からほのぼの感がいっぱい。

いきなり、太陽が緑の地球に向かって光の指を伸ばし、「いっしょにあそぶもの　このゆび　とまれ」と、この物語は始まります。遊びたがり屋の太陽は、こうやって友だちを呼んで遊ぶのです。これに答えたのが川の流れ。光を跳ね散らしてそれを鳥たちに伝え、鳥たちは「このゆびとまれ」を歌にします。このように、みんな太陽の光の指のあいだで友だちを見つけて遊ぶから、太陽は退屈しないのです。

朝の光が降り注ぐ草原を散歩していたライオンは、渦巻き模様の石ころを見つけ、ちょっとなめてみました。すると石ころが「なんだなんだ」と叫び、目玉が二つ飛び出しました。「とびだす目玉なんて、かっこいいな」とライオンが言い、自己紹介すると、その石ころは「おれ、ひるねのとちゅうの、かたつむりです」。それで二人は友だちになります。

かたつむりがライオンのおでこに乗せてもらい、広い草原を進んでいくと、茂みの中から細長くて茶色いものが二本突き出ていました。それは、ろばの耳。「風になりたいとき、茂みの中でうとうとするんだ」と、ろばはいいます。三人は友だちになって、風になろうと茂みにもぐります。とってもいい気持ちで、風に抱かれて、風の赤ちゃんになったみたい。そして、「風は／いろんなものを／だっこする」と始まる「だっこ」という詩に続きます。

かたつむりは、感激した時など殻の中から辞書と日記帳を取り出し、辞書で字を調べながら日記を書きます。昔の日記も、殻の渦巻きの奥の方に積み重ねてあって、うれしい気持ちになりたいときは「♡」のついたページを読むのです。

満月の夜、みんなでお月見。かたつむりは、この日のために作った「おーい満月」を透きとおった声で歌い、ろばは「まいごのカバ子」というパントマイムを演じます。ライオンが練習した手品を色々披露すると月も拍手したみたい。最後にライオンは、月に向かっておじぎをし、たてがみの中から、ヒゲの先から、おへそから、尻尾の先から、つぎつぎと花束を出し、月に手を伸ばして差し出します。月も思わず笑って、ますます輝きます。

かたつむりが太めのろばに頼まれてスリムになるように考えた「ろばのための体操プラン」は、長新太のユーモラスな絵で図解されていて、もう笑ってしまいます。

ライオンが三つ編みに夢中になり、ろばも、たてがみと尻尾を三つ編みにしてもらったり、かたつむりが空を飛んだり…。緑の地球の生き物たちが、太陽の恵みを受けてくり広げる、ちょっと不思議で幸せ感いっぱいの自然賛歌であり、幼児から大人まで楽しめる、心がほかほかする生命賛歌です。

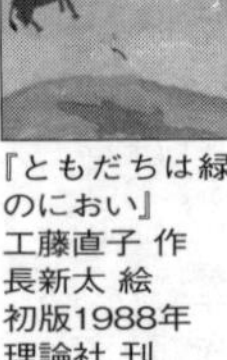

『ともだちは緑のにおい』
工藤直子 作
長新太 絵
初版1988年
理論社 刊

絵本5月新刊

アニメ ムーミン谷のなかまたち ハンドブック　5月刊　絵本

テレビアニメーション「ムーミン谷のなかまたち」のエピソードをとりあげながら、キャラクターたちについてやムーミンの世界観を伝えるハンドブック。

アニメーションの画像はもちろん、アニメのもとになったデッサンも多数使用し、ムーミンの原作を知らない人、アニメをまだ見ていない人にも、くわしく、わかりやすくムーミンの世界を紹介する豪華な絵本です。

ムーミンの物語が生まれるまでの背景、ムーミン一家をはじめとする登場人物たちの解説、ムーミン屋敷はどんな家か、ムーミン谷で、どんなふしぎな事件が起こったか、などを、アニメのエピソードにからめて紹介していきます。

今年はムーミン童話の第一作『小さなトロールと大きな洪水』が刊行されてから75年、つまり四分の三世紀が過ぎた記念の年です。物語、絵本、アニメ、さまざまなものにふれて、ムーミンに詳しくなってください！

トーベ・ヤンソン原案
当麻ゆか訳
25cm／128ページ
十代から
定価（本体二二〇〇円＋税）

■好評既刊　引きこまれる物語の世界

やさしい大おとこ

山の上にすむ大おとこは、ふもとの村の人たちと友だちになりたい、と思っていました。でも、声が大きすぎて、村人たちには聞きとれません。ところがある日、ひとりの女の子がぐうぜん、大おとこは本当は心がやさしいと知り…？　世代を越えて愛されつづけている、コールデコット賞受賞作家による、挿絵いっぱいの楽しい幼年童話。

ルイス・スロボドキン作・絵／こみやゆう訳／A5判／64ページ／小学校低中学年から／定価（本体一七〇〇円＋税）

大魔法使いクレストマンシー
魔法使いはだれだ

「クラスに魔法使いがいる」謎のメモに寄宿学校は大騒ぎ。魔法は厳しく禁じられ、見つかれば火あぶりなのに！　続いて、さまざまな魔法が学校を襲う。魔法使いだと疑われた少女ナンたちは、古くから伝わる、助けを呼ぶ呪文を唱えた。「クレストマンシー！」すると、現れたのは…？

ダイアナ・ウィン・ジョーンズ作／野口絵美訳／佐竹美保絵／B6判／304ページ／小学校中高学年から／定価（一七〇〇円＋税）

絵本6月新刊

ヒゲタさん

6月刊　絵本

山西ゲンイチ作・絵
27㎝/32ページ　3歳から
定価(本体一六〇〇円+税)

あめのよる、チカちゃんが窓の外を見ると、口ひげをはやしたねこがのぞきこんでいました。チカちゃんがねこを部屋にいれて、タオルでふいてあげると、ねこはそのままねむってしまいました。

よくあさ、「きのうは　ありがとうございました」という声。ねこがお礼をいっていたのです。チカちゃんは、名前がないというそのねこに、「ヒゲタさん」という名をつけてあげました。

ヒゲタさんは、あまやどりのお礼に、チカちゃんをひげの国へつれていってくれる、といいます。

つけひげをつけて、ひげの国へいくことになったチカちゃんですが…?

ひげの国からやってきた、話ができるねこ、ヒゲタさんと女の子がくりひろげる、ちょっと奇妙で楽しい絵本です。

■好評既刊　雨の日だって楽しい!

すてきなあまやどり

ざあざあぶりのにわかあめ。ブタくんは大きな木の下であまやどりしたはずなのに、なぜかびしょぬれ。どうしてかっていうとね…。

あまやどりの説明をするうちに、どんどんエスカレートしていくブタくんのお話にページをめくる手がとまらなくなる、「雨の絵本」決定版です!

バレリー・ゴルバチョフ作・絵/なかがわちひろ訳/31㎝/40ページ/3歳から/定価(本体一六〇〇円+税)

あめのひ

朝、目がさめると、雨がふっていた。ぼくは、外に行って、雨の中で遊びたい。でも、おじいちゃんは、雨がやむのをまとうって言う。雨、やまないかな…。

雨を楽しむ気持ちをファンタジックに描いた作品。英国で活躍する絵本作家による、雨の季節にぴったりの絵本。

サム・アッシャー作・絵/吉上恭太訳/31㎝/32ページ/5歳から/定価(本体一六〇〇円+税)

児童文学6月新刊

ウサギとぼくのこまった毎日　6月刊　文学

もうすぐ、クリスマス。少年トミーは、お父さんとお母さんに新しい自転車を買ってもらうのを楽しみにしていました。

そんなある日、学校の先生が飼っている、雪みたいに真っ白でふわふわのウサギを、うちであずかることになりました。

でもその日から、トミーのうちでは、わるいことがつづけて起こって大さわぎ！　このウサギは、「のろわれたウサギ」なのでしょうか？　それとも…？

さわぎをまき起こすウサギをめぐって、少年の家族とまわりの親しい人たちとのあたたかな交流を描きます。

絵本『おちゃのじかんにきたとら』（童話館出版）、児童文学『アルバートさんと赤ちゃんアザラシ』（徳間書店）で知られる作家が最後に遺した、ほのぼのした物語。たっぷり入った魅力的な挿絵も必見です！

ジュディス・カー作・絵
こだまともこ訳
A5判／104ページ
小学校中学年から
定価（本体一四〇〇円＋税）

バンダービーカー家は五人きょうだい
(仮)秘密の庭をつくりたい！　6月刊　文学

原書表紙

バンダビーカー家は、両親と、きょうだい五人の七人家族。ニューヨークの歴史ある住宅街で暮らしています。アパートのすぐ上の階にすむ老夫婦ジートさんとジョージーさんや、最上階の大家のビーダマンさん、四本先の通りのパン屋さんなど、ご近所さんたちとも仲よしです。

夏休みに入ってすぐのこと。ジートさんが、卒中で倒れて、救急車で運ばれてしまいました。お母さんはジョージーさんを手伝うため病院に通っているけれど、面会を許されない子どもたちは、心配でたまりません。せめて自分たちにも何かできることはないかな？

ジートさんが退院したときに散歩で立ち寄れるような場所を作ることを思いついた子どもたちは、大人には内緒で教会の隣の荒れ放題の土地を整えて、花壇やベンチのある庭を作ることに。ところが次々にトラブルが起きて…？

にぎやかな大家族と大都会のご近所づきあいを描く、心あたたまる児童文学。米国で各誌絶賛の、シリーズ第二弾！

カリーナ・ヤン・グレーザー作・絵
田中薫子訳
B6判／336ページ
小学校高学年から
定価（本体一八〇〇円＋税）

◆読者のみなさまへ◆

「子どもの本だより」を定期購読しませんか？

徳間書店の児童書をご愛読いただきありがとうございます。編集部では「子どもの本だより」の定期購読を受けつけています。お申し込みされますと二カ月に一度「子どもの本だより」をお送りする他、絵本から場面をとった絵葉書（非売品）などもお届けします。ご希望の方は、六百円（送料を含む一年分の定期購読料）を郵便振替（加入者名・㈱徳間書店／口座番号・00130・3・110665番）でお振り込みください（尚、郵便振替手数料は皆様のご負担となりますので、ご了承ください）。

　ご入金を確認後、一、二カ月以内に第一回目を、その後隔月で「子どもの本だより」（全部で六回）をお届けします（お申し込みの時期により、多少、お待ちいただく場合があります）。

　また、皆様からいただくご意見や、ご感想は、著者や訳者の方々も、たいへん楽しみにしていらっしゃいます。どうぞ、編集部までお寄せ下さいませ。

読者からのおたより

●このコーナーでは編集部にお寄せいただいたお手紙や、愛読者カードの中からいくつかを、ご紹介しています。

●児童文学『花の魔法、白のドラゴン』

　作者ダイアナ・W・ジョーンズにハマって、かたっぱしから図書館でその作者の本を読みあさっていたときに読みました。佐竹美保さんの奇妙なイラストにひかれて借りてみました。素晴らしいお話でした！　魔法使いの娘ロディと人間界の男の子ニックの二人の視点で描かれたファンタジーです。本の帯に書いてあるように本当に厚い本でしたが、ジョーンズの「最後まで読ませるのろい」にかかったようで、あっという間に終わりました。イギリスのパラレルワールドみたいな国ブレストを舞台に、個性的なキャラクターがぞくぞくとあらわれて、謎もどんどん深まっていきます。そして、最後にすべての謎がパッと解決するシーンは見どころです。

　こんなに長い話をこんなに面白く書くのはやっぱりジョーンズさんの才能なんだな、と思います。

　今回もまた素敵な作品を私たちに届けてくださってありがとうございました。

（鳥取県・秋本沙耶さん・十二歳）

●絵本『ぼうけんにいこうよ、ムーミントロール』

　ムーミントロールが海でしんじゅを見つけ、フローレンにあげたお話は、読者にほのぼのとした、いい気分を与えます。幼い子どもには、なおさらです。そして、次に起こる出来事に、大きな期待を持たせます。絵の色合いが、とてもいいです。

（京都府・村上宣明さん）

●絵本『知ってた？　世界のスポーツ　ルールと歴史』

　アダム・スキナーの文もすばらしいが、マーク・ロングの絵のすばらしさは目がうばわれる。鮮やかな原色。オリンピックがコロナウイルスの影響で延期か中止か分からなくなってきているが、この一冊でスポーツ観戦をしているかのよう。どこから読んでも楽しめます。（福井県・Y・Rさん）

●アニメ絵本『となりのトトロ』

　何度かアニメを見て、図書館でこの本を借りて読んでいました。改めて、おじいちゃんから孫へ誕生日プレゼントとしていただきました。これからも大切に読んでいきたいです。

（長野県・O・Mさん）

たりもしたけれど、やがてみんなの気持ちがまとまった。ジェシーがオーランドにきいた。

「ねえ、ひみつを守れる？」

オリバーとアンジーは、台車を使って土を運ぶことにした。ハイアシンスも、ラジオフライヤー社の赤いワゴン（実用性があるおもちゃのワゴン）を家から持ってきたので、オーランドが土の袋をのせた。

レイニーはワゴンのその袋の上にすわりたがったけれど、だれもがよした方がいいといった。

結局、ワゴンはジェシーが引っぱり、ハイアシンスとレイニーは、うしろから押すことになった。

ジェシーはレイニーに、空き地で土をおろしたあと、残りの土を取りにもどるときには、空のワゴンに乗ってもいいよ、といった。

オーランドが土の袋を左右にひとつずつ、わきにかかえて歩きだしたので、みんなはびっくりした。

ありがたいことに、一四一丁目の通りで土の袋を運ぶ子どもたちに、目をとめる人はいなかった。ここニューヨークでは、もっとふしぎな光景がしょっちゅう見られるのだ。

土をぜんぶ運び終えるころには、台車やワゴンを引っぱったオリバー、アンジー、ジェシーの手には、まめができていた。そこへ、ベンジャミンが、通りの角を曲がって姿をあらわした。

「キャッスルマンズ・ベーカリー」と印刷された大きな袋をかかえ、口笛を吹いている。

「ねえ、それ、ぼくたちにくれるんだよね？　チーズクロワッサンは入ってる？」オリバーがさけんだ。両手が痛くてたまらなかった。

「当たりだよ。チーズクロワッサンも入ってる！」ベンジャミンが大声で返した。

「ベニー、だあいすき！」レイニーがいった。

空き地のフェンスの前に、土の袋が山積みになっているのを見て、ベンジャミンはきいた。

「なんだ、これ？」

バンダビーカー家の四人は顔を見あわせた。

「だれにもいわない？」と、オリバー。

「もちろん」

「じゃあ、まず、これを中に運ぶのを手伝って。人目につかないうちに」

「中って、どこの……？」ベンジャミンが、しまいまでいわないうちに、オリバーは南京錠をはずし、扉を開いた。

「うわあ」ベンジャミン、アンジー、オーランドが同時に声をあげた。

「妖精の庭か、魔法の森みたい」と、アンジー。

「バスタブと便器があるのは、どういうわけだ？」と、ベンジャミン。

「雑草だらけだな」オーランドもいった。

みんなは土の袋を中へ引きずっていき、フェンスぞいにならべて積んだ。これがとてもすわりやすかったので、みんなで腰をおろし、パンの袋を開けた。クロワッサンやシナモンロール、アップルパイのいいにおいが広がった。めいめいが好きなものに手をのばした。五分間くらいは、「おいしい！」とつぶやく声や、満足そうなため息しか聞こえなかった。それから、みんなが思ったとおり、ベンジャミンがイーサのことをきいた。

ジェシーはチーズクロワッサンをモグモグ食べながら答えた。「元気だし、オーケストラのキャンプでかっこいい男の子に出会ったりとかは、してないみたいだよ」

ベンジャミンは真っ赤になり、アップルパイをもうひとつ手に取ると、話題を変えた。「それで、ここをどうするつもりなんだ？」

「すてきなお庭にするの」レイニーがいった。

「もう、大きな袋ふたつぶんも、ゴミを片づけたよ」オリバーがつけくわえた。

「すばらしい庭になると思う」と、ジェシー。

レイニーが土の袋の山に立ち、空に向かって手をのばした。「ジートさんとジョージーさんの、夢のお庭になるの！」

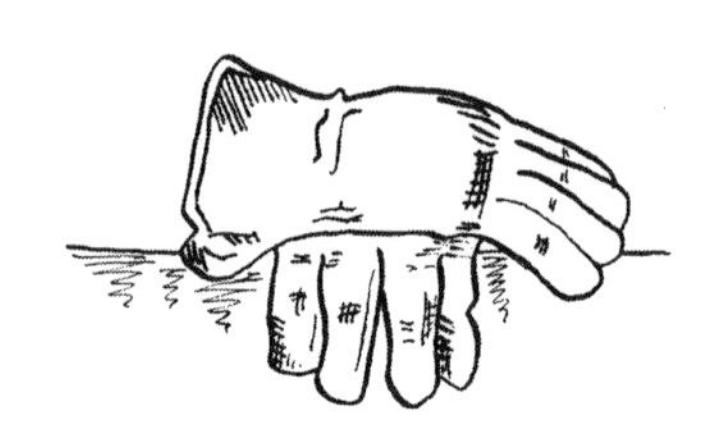

17

　みんなでパンをひとつ残らずたいらげると、ベンジャミンは午後からまた店番をするために、パン屋にもどっていった。

　アンジーは、アルバスさんのようすを見に行ってから、数学の宿題をするために家に帰り、オーランドは、母親にたのまれた用事をすませに行った。

　三人とも、翌日の土曜にはまた来て、土を袋から出すのを手伝うと約束してくれた。

　バンダビーカー家の四人は、あらためて昼食を食べに、家に向かった。ジートさんの今朝のようすも、お母さんから聞けるかもしれない。

　ところが、家についたら、お父さんがソファに横になって、うんうんうなっていたので、四人はびっくりした。

「ビーダマンさんがもう使わない電化製品を十年ぶん部屋にためこんでいてね、それを運び出そうとして、腰をいためてしまったよ」と、お父さんは説明した。

「すごく痛い？」ハイアシンスがかがみこみ、お父さんのほおにキスをした。

「ああ」と、お父さん。

「お父さんをあまやかさないで！　たいしたことないんだから！」お母さんがキッチンからさけんだ。

「いいや、救急治療が必要だ」と、お父さんはいい返したけれど、ハイアシンスにはウィンクをした。

昼食はもう、お母さんがテーブルに出していたので、四人はさっそく食べはじめた。犬のフランツは食べこぼしがないかと床をかぎまわり、ねこのジョージ・ワシントンはテーブルの上にとびのって、チーズをひと切れくすねようとした。

「ジートさんはどうだった？」オリバーはお母さんにたずねると、デリカテッセンの特大サンドイッチにかじりついた。

「元気よ！　問題なし！」お母さんは、作ったような笑顔で答えた。

四人は顔を見あわせた。オリバーはため息をつき、黒板のところへ記録をつけに行った。

　お昼がすみ、四人がまた出かけようとすると、お母さんがきいてきた。

「一日じゅう、どこへ行っているの？」お母さんは、乾燥機からかわいた洗濯物を次々に引っぱり出しているところだった。このところ毎日、ジョージーさんのために洗濯をして、着がえを持っていってあげている。

「公園とか、遊び場とか……いろいろ」ジェシーが返事をぼやかすと、お母さんはお父さんをちらりと見て、いった。「いっしょに行って、外の空気をすってきたら？　とてもいい天気よ」

四人はドキッとした。お父さんがついてくるのなら、空き地じゃなくて、本当に遊び場へ行くしかなくなってしまう。

「腰が痛いんだぞ！」お父さんは、ソファから全く動こうとしない。

「イブプロフェン（痛み止めの薬）を飲んで、休まないと」ハイアシンスはそういうと、バスルームへ走っていき、薬を持って五秒でもどってきた。

「ありがとう、ハイアシンスはやさしいね。お父さんのつらさをわかってくれて、うれしいよ」

ハイアシンスはフランツにリードをつけた。するとフランツは、毎分百五十回くらいの速さでしっぽをふった。

ハイアシンスとほかの三人が外に出ると、オーランドももう、エントランスの階段に来ていて、四階の窓から身を乗り出したビーダマンさんと話をしていた。

「どこへ行くんだ？」ビーダマンさんが、オーランドに向かってさけんだ。

オーランドは大声で返事した。「そのへんを散歩するだけです！」

「こんにちは、ビーダマンさん！」ハイアシンスも声をはりあげた。

「もうだれもひざをすりむいたりするんじゃないぞ！　念のため、この手袋を持っていきなさい！」ビーダマンさんはいった。みんながきょとんとしていると、園芸用の手袋、それも、片面がゴム引きしてあって、手首まわりにゴムひもが入っているすごく上等なものが、いくつもふってきた。ビーダマンさんが四階から投げてよこしたのだ。

「わあ！　ビーダマンさん、ありがとうございます！」みんなは口をそろえていいながらも、おたがいを見やって、首をひねった。

　これはただの偶然だろうか？　ハイアシンスは、自分たちが庭仕事をしていることがどうしてわかったのか、ビーダマンさんにききたいと思った。

　でも、見上げるともう、姿が見えなくなっていて、窓がピシャンと閉まる音がした。ハイアシンスはみんなを見て肩をすくめ、いっしょに教会の方へ歩きだした。

「庭はいつごろ完成させるつもりなの？」オーランドがきいた。

　ジェシーは肩をすくめた。「二週間後、イーサが帰ってくるまでに。でも、それまでにジートさんがもどってこられるのか、わからなくなってきた」

「もどってくるよ。来ないはずない」オリバーがきっぱりといった。

「二週間あれば、主な部分はできあがるんじゃないかな。でも、かなりの大仕事だぞ」オーランドがいうと、ハイアシンスが声をあげた。

「『永遠の春のティリア』を、早く植えてあげたいな」

「パガニーニの野菜も」レイニーもすかさずいい、ぴょんぴょんはねた。

「まずは、雑草をぜんぶぬいちゃわなくちゃ。何を植えるかは、そのあとの話だよ」といったのは、ジェシーだ。

オリバーがフェンスの扉を開け、みんなを中に入れた。それから全員で作業にかかった。

ハイアシンスは、ビーダマンさんの上等な園芸用の手袋をつけていると、草をむしるのもゴミを拾うのもずっと楽にできることに気づいた。それにしてもビーダマンさんは、わたしたちにこれが必要だって、どうしてわかったの？

ハイアシンスがフェンスの近くの、特にがんこに根をはった雑草を引きぬいているとき、前にも聞いたカッカッカッという、高級そうな靴の音が聞こえてきた。

ハイアシンスは、はっとして手を止めた。

「どうしたの？」そばにいたレイニーが、土をほりながらきいた。きれいな小石をさがしだして、自分のコレクションにくわえるつもりだった。

ハイアシンスが、くちびるの前で指を立ててみせると、レイニーは肩をすくめ、小石さがしをつづけた。ほかのみんなはどうしているかしら、と思って見まわすと、かなり遠くで作業をしていた。大声を出す気にはとてもなれない。

高級そうな靴の音につづいて、ドスン、ドスンというべつの足音もする。

フェンス越しに、ハクスリー氏の声が聞こえてきた。イーサのバイオリンで、高音の弦を強くはりすぎたときに出るような、キンキン声だった。「ごらんのとおり、ここは集合住宅を建てるのに、うってつけの土地です」

ハイアシンスは息をすいこみ、勇敢なもうひとりの自分、〈勇者ハイアシンス〉に変身すると、フェンスのそばに耳をよせた。

「たしかに、この広さなら、分譲マンションにちょうどいい。このあたりの建築規制もチェックしたが、すべて問題ない。うちの弁護士たちにも、もう話してある。七月十六日に契約を交わしたいといっているんだが、それでいいかね？」べつの人が、低い声でぶっきらぼうにいった。

ハイアシンスは、ふくれっつらをした。それって、「庭フェスティバル」の二日あとじゃないの！

三人目の声がした。今度の人は、『メアリー・ポピンズ』の映画（原作はP・L・トラバース作の児童文学）に出てくるお金持ちの銀行家みたいな話しかただ。「分譲マンションは今、人気ですからな。とびきり高級に仕上げれば、四百万か五百万ドル（約四〜五億円）で売れますよ。早期購入者には、内装変更のオプションをつけてやれば、さらにもうけが出るでしょう」

ハクスリー氏がせきばらいをした。「うちの事務所でくわしい話をしましょう」

三人の男の人たちの声と足音が遠ざかっていった。ハイアシンスは、三人の声が聞こえなくなるまで、動く気になれなかった。

レイニーは、手に持った小石を五センチの近さからまじまじと見つめていたけれど、ふいに、きいた。「あのおじさんたち、レイニーたちのお庭を売りたいの？　どうして？」

ハイアシンスはすっかりうろたえていて、話ができなかった。でもレイニーは、たった今耳にしたことを、とくとくとみんなに話しはじめた。

「おじさんが三人いたの。ひとりはハクスリーさんだよ。あのキンキン声でわかったんだ。ほかの二人は、見てない。だって、フェンスの向こう側にいたんだもん」レイニーはそれから、せいいっぱい声を低くして、つづけた。「おじさんたち、このくらい、低い声だった」

オリバーが口をはさんだ。「ねえ、肝心なところを話してくれない？」

「それからそのおじさんたちが三人とも、いったの。お庭の上に家を建てようって。それで、四百五十億ドル（約五兆円）で売ろうって！」

「うわあ！」ジェシーが声をあげ、オーランドがヒューッと口笛を吹いた。

ハイアシンスが泣きながら訂正した。「四百五十億ドルじゃなくて、四百万か五百万ドル。七月十六日に売るんだって」

ジェシーがいった。「売ることになってたんなら、トリプル・Jさんはわたしたちにこの土地を使わせてくれなかったはずだけど、使ってもいいって、いったよね」

ハイアシンスは涙声でいった。「ハクスリーさんがいったの、売るって。ジョージーさんとジートさんのお庭はどうなっちゃうの？」

オリバーは石を拾い、空き地の奥のツタにおおわれたフェンスに向かって投げた。「たしかめる方法は、ひとつしかない。トリプル・Jさんにきこう」

ジェシーが携帯を引っぱり出し、トリプル・Jさんに電話をかけた。「今、鳴らしてる……あ、留守電になった」ジェシーはしばらくだまって聞いたあと、携帯に向かって話した。

「トリプル・Jさん、こんにちは。たいへんなときにごめんなさい。実は、ついさっき、ハクスリーさんが教会の横の土地を売るって話をしているのを、聞いちゃったんです。本当なんでしょうか？　だって、トリプル・Jさんは、そこをみんなが使う庭にしてもいいって、いってくれましたよね？　だからわたしたち、もう、はじめちゃってて……とにかく、連絡をもらえませんか？」

ジェシーは電話を切り、きょうだいたちとオーランドを見つめた。

さあ、どうしよう？


その晩、夕食のあと、四人は二階へ上がり、ジェシーとイーサの部屋へ行った。トリプル・Jさんからの連絡は、まだ来ていない。

オリバーがいった。「ハーマンの家がある場所ならわかるよ。学校のすぐそば。たずねていって、ハクスリーさんを問いつめてやろうよ」オリバーは、はだか電球がひとつつるされたうす暗い部屋にハクスリーさんを連れこんで、ぽつんと置かれたいすにすわらせ、自分たち四人で尋問するようすを思いうかべた。

ハイアシンスがいった。「トリプル・J（ジェイ）さんは、わたしたちに何もいわないで、空き地を売ったりしないと思うけど、売っちゃうのかな？」

「でも、『みんなの庭』をつくるのはいい考えだって、いったんだよ。あとでこわされるってわかってたら、そんなことをいうかな？」と、ジェシー。

「そうだね。売っちゃうなんて、ありえない」と、オリバー。

四人はどうしたらいいかわからず、顔を見合わせた。

とうとう、ジェシーがいった。「よし、イーサの意見をきこう」

ジェシーは携帯（けいたい）を取り出し、電話をかけ、スピーカーをオンにした。イーサが出ると、何があったかくわしく話した。

イーサは最後（さいご）まで聞くと、いった。「ただの憶測（おくそく）じゃない？　だって、トリプル・J（ジェイ）さんがいないあいだに、ハクスリーさんが教会の土地を売るなんてこと、できる？　おかしいでしょ。わたしとしては、できるだけ早く、空き地をきれいにしちゃった方がいいと思う。そうすればジートさんとジョージーさんをいつでもむかえられるし、それに、よっぽど心がない人じゃなきゃ、きれいな庭をこわして建物（たてもの）を建（た）てようなんて思わないでしょ」

「そうだね、ありがとう、イーサ」と、ジェシー。

スピーカーから聞こえるイーサの声が大きくなった。「もう行かなきゃ。今夜はキャンプファイヤーがあるの。早く行かないと、マシュマロとチョコレートがなくなっちゃう！」

ジェシーは電話を切り、ほかの三人を見ると、いった。「すごくりっぱな庭にしよう。ジートさんとジョージーさんが喜んでくれて、だれもこわそうなんて思わないような庭にね。あと二週間だけど、何かいい方法はないかな？」

6月30日（土）
ジートさんが入院して5日目
庭フェスティバルまであと14日

18

次の朝、四人はまた空き地に向かった。土曜の朝の一四一丁目は、しずかだ。これだけしずかだと、ハーレムじゅうで自分たちだけが起きているような気分になれる。オリバーのお気に入りの時間だった。

四人は通りをゆっくり歩いて行った。「みんなの庭」に植えてみたい花を見かければ、指をさして立ち止まり、家の中から窓(まど)ガラスに鼻を押(お)しつけてしっぽをふっている犬がいれば、手をふった。

オリバーは新しい目標(もくひょう)ができて、やる気になっていた。だれもが喜(よろこ)ぶような、ハーレム一の庭をつくるんだ！　みごとに完成(かんせい)した庭のことばかり考えていたオリバーは、あたりに気を配ることもせず、南京錠(なんきんじょう)に手をのばしてしまった。

「やあ！」

四人がぱっとふり返ると、ハーマン・ハクスリーが自転車を押(お)しながら、道路を走ってわたってくるのが見えた。フランツはハーマンにあいさつをしようと、リードを引っぱった。

「なんか用？」オリバーがいった。

「これを、ハイアシンスにあげようと思って」ハーマンはフランツの頭をなでると、ぱんぱんにふくれた袋を前に突き出した。

「ハーマン、ありがとう！」ハイアシンスが袋に手をのばした。でも、オリバーが割って入った。

「何が入ってるか、わかったもんじゃないぞ」

「毛糸だよ」ハーマンがいった。

ハイアシンスがオリバーのかげからいった。「本当にありがとう！」

「待てよ。ハイアシンスが毛糸が好きだって、どうして知ってるんだ？」オリバーはあやしむような顔できいた。

ハイアシンスはオリバーの前に出て袋を受け取った。中をのぞいてみると、今まで見たことがないほど、色あざやかできれいな毛糸が何種類も入っていた。誕生日にお母さんとお父さんがくれたクレヨラ社の百二十色セットのクレヨンの中でも、めずらしいと思った色がそろっている。サンセット・オレンジに、アトミック・タンジェリン、サングロー、マウンテン・メドー、コーンフラワー、ワイルド・ブルー・ヨンダー、パープル・マウンテン・マジェスティ、ラズル・ダズル・ローズ、それにモーベラス（順に、夕焼けのような朱色、明るいオレンジ色、朝焼けのような赤みがかった黄色、山の草地のような濃い緑色、藤色がかったあわい青色、ややくすんだあわい青色、遠くに見える山々のようなあわい紫色、あざやかなバラ色、ややくすんだ濃いピンク色）……。

ハイアシンスはオリバーにいった。「わたしたち、いっしょに編みものをするの。えっと、木曜によ。編むのがすごく上手なの！」それからハーマンの方を向いた。「毛糸をありがとう、ハーマン！　色もこんなにたくさん！　ほんとに使っていいの？」

「待てよ」オリバーがさっきと同じことをいった。「……おまえたちって、友だちなの？」

ジェシーとレイニーは、三人を代わる代わる見て、話に耳をかたむけている。

ハイアシンスがハーマンを見つめると、ハーマンも見返した。

ハイアシンスはいった。「うん」

ハーマンもオリバーを見て、かすかにほほえんだ。「うん」

「ふーん。えっと、そろそろ……」オリバーはハーマンにいうと、時間をたしかめようとするように、腕時計を見るしぐさをした。といっても、腕時計はつけていなかった。「行かなくちゃ」

「でも……」と、ハイアシンスがいいかけ、レイニーも口を開いた。

「あれ？　だって今日も……」

オリバーは二人に最後までいわせなかった。「ほら、忘れたの？　今日はぼくたちみんなで教会に行って、サンドラさんの手伝いをする約束だろ？　な？」

ハーマンの笑顔が消えた。「あ、そう」

「毛糸、ありがとう、ハーマン！」ハイアシンスはオリバーに手をつかまれ、レイニーといっしょに教会の方へ引っぱられていった。

ハーマンが自転車で行ってしまうと、オリバーは立ち止まり、妹たちの手を放した。「よかった。いなくなった」そしてきびすを返し、空き地へもどった。

「ハーマンにうそをついたのね！　お庭をつくるのを手伝ってくれたかもしれないのに」ハイアシンスがさけびながら追いかけた。

「あいつが？　このあいだ、自転車でぼくをはねたやつだぞ！」と、オリバー。

「わざとじゃないもん！　わたしは好き、ハーマンのこと」ハイアシンスはいった。

オリバーは南京錠を見つけ、ダイヤルを回して番号を合わせた。「あいつのことをかばうなんて、信じられないよ。同じクラスじゃないから、あいつがほんとはどんなやつか、知らないんだ。家がどれだけ金持ちかって話しか、しないんだぞ。自慢屋の、やなやつさ」そうハイアシンスにいうと、扉を押し開けた。

ハイアシンスはもらった毛糸の袋を土の袋の上にそっと置き、いった。「でも、わたしにはやさしいの。今度会ったら、いっしょにお庭をつくろうって、誘ったらいいと思う」

「やりたがらないと思うけどね。あいつは、自分の手をどろでよごすのが、きらいなタイプだろ」オリバーはハイアシンスがうなずくのを待った。ところが、ハイアシンスはほおをふくらませ、何もいわずに空き地の奥へ歩いていくと、雑草を力まかせに引きぬきはじめた。

レイニーは、ジェシーに大事な仕事をまかされた。空き地の奥のすみにあったレンガを、入り口の方へ運ぶのだ。
レンガは重かったけれど、レイニーは力持ちだから、どうってことない。『オズの魔法使い』（ライマン・フランク・ボーム作の児童文学）に出てくる黄色いレンガの道みたいに、これで道を作るのもいいな、とレイニーは考えた。その道を行ったら、魔法使いのお城にたどりついて、お願いをなんでもかなえてもらえるかも……？

レイニーはレンガを拾い上げながら考えた――魔法使いに会えたら、何をお願いしよう？　空飛ぶ車？　オーケストラのキャンプへとんでいって、イーサを連れて帰れるように……。それとも、パガニーニのお友だちになってくれるうさぎを、お願いする？　そうだ、「もとどおりの呪文」でも、いいかも。お母さんがもとどおりに、ダブルチョコとピーカンナッツのクッキーを作ってくれるように……。

レイニーはレンガを入り口の近くまでゆっくり運び、積み重ねて置くと、また次のレンガを取りに行った。考えごとをしていたので、気づいたときにはもう、作業はほとんど終わっていた。残ったレンガは、あとひとつだ。

レイニーはそのレンガを手に取ると、自分にいいきかせた。これをあっちに置くまでに、頭の中で願いごとをいったら、きっとかなうの……。レンガを積んだところまで来ると、ぎゅっと目をつむり、心の中で強く願った。ジートさんが早くよくなりますように。レイニーといっしょに、このお庭に来て、のんびりできますように。となえ終わると、そのレンガを、フェンスの前に山と積んである土の袋のそばに置いた。

そこへ、ハイアシンスとフランツがやってきた。ハイアシンスは土の袋の上によじのぼってすわり、ため息をついた。

「どうしたの？」レイニーはきいた。レンガを運び終わったので、また、小石さがしができる。

「なんでもない」ハイアシンスは編みものを取り出した。フランツはぐったりしたように、地面に腹ばいになった。

「そっか。じゃあ、青い石、いっしょにさがして」レイニーはそういって、スコップで土をほりはじめた。前から青い石がほしかったのだ。

「青い石なんて、ここにはないと思うけど」ハイアシンスは、毛糸を指にまきつけながらいった。

「ううん、ある」と、レイニー。スコップの先が、何かかたいものにあたった。土をはらったら、石ではなさそうだとわかったけれど、レイニーはほりつづけた。頭の上の木の葉がそよぐ音が、まるで「早くほって、レイニー！　そこに宝物があるよ、レイニー！」といっているように聞こえた。けっこうたいへんだったけれど、ようやくほり出してみると、それは、小さな木箱だった。「見て！」レイニーはハイアシンスを呼んだ。

ハイアシンスがそばにやってきた。レイニーは箱を手に取って、まわりの土をはらい落とした。箱に金属の小さなとめ具がついているのを見つけ、開けてみようとした。

「何を見てるの？」オリバーとジェシーもやってきた。二人とも、腕や顔に土がついている。

レイニーがさけんだ。「宝物がうまってた！　でも、開かないの」

ジェシーが手をのばした。「貸して。やってみる」

レイニーから箱を受け取ると、ジェシーは、とめ具に爪をかけた。ひっかかりがはずれ、ふたが開くようになった。

「レイニーが開ける！」レイニーが箱を取り返した。

「気をつけて。危ないものが入ってるかも」と、ハイアシンスがいった。

レイニーがふたを開けると、中には折りたたんだぼろぼろの紙切れが入っていた。ふたの裏には文字がほってある。「ルシアナ」と読める。

「これって……」オリバーがいいかけたとき、ジェシーがさけんだ。

「まさか！」

「でも、もしかしたらほんとに……」ハイアシンスもいった。

みんなは木箱をまじまじと見た。

「ずいぶん前にうめたものみたいだね」ジェシーが箱をよく見て、いった。

レイニーが口を開いた。「ビーダマンさんがこないだ、レイニーとハイアシンスに、教えてくれたの。ルシアナさん、いろんなものをうめたり、かくしたりするのが、好きだった、って」

「待って。今、考えてるから」ジェシーは頭の中で計算しているみたいに、空を見上げた。「えーと、ここにはもともと、保育園があったんだよね。ルシアナさんが小さいころには、まだあったはず。でも、それだけで、この箱がビーダマンさんの娘のルシアナさんのものだってことにはならないけど」

　すると、オリバーがいった。「ビーダマンさんは、ぼくたちが教会の話をすると、いつもなんだか落ち着かなくなるよ。このあいだも、ぼくが地下室で教会の話をしたとき、あっという間にいなくなったよね」

「これ、ビーダマンさんにあげる」レイニーがいった。

「だめ！」ジェシーとオリバーとハイアシンスは、口をそろえた。

「ビーダマンさんのお嬢さんの、ルシアナさんのものじゃなかったら、どうするの？」と、ジェシー。

「むしろ、そうだったらどうするの？　その方がつらいかもしれないよ」と、オリバー。

「どちらにしても、悲しいことを思い出させてしまうから、だめ」ジェシーがそういって、話を終わらせた。

　しばらくのあいだ、風が「銀の女王さま」の葉っぱをゆらす音しか聞こえなかった。

　ルシアナさんは、集めた葉っぱで冠を作って、頭にのせたりしたのかな？「銀の女王さま」は、ルシアナさんのことを覚えているかしら……？　ハイアシンスはそんなことを考えながら、サワサワと音をたてている葉っぱをながめていた。まるで、葉っぱたちが、昔のことをこっそり教えてくれているような気がした。

とうとう、ハイアシンスは口を開いた。「ぜったい、ビーダマンさんのルシアナさんだと思う。それに、見て……」

ハイアシンスは箱に手をのばし、中のぼろぼろの茶色い紙切れを、どけてみせた。「これ、種よ。ルシアナさんも、わたしたちと同じくらい、ここをお庭にしたいのよ」

19

その日の午後、四人がお昼を食べに家にもどると、お父さんがソファで横になって痛む腰を休めながら、とあるコンピュータの天才についての本を読んでいた。四人は早く空き地にもどりたい一心で、大急ぎでお昼を食べた。土をまくのを手伝うと約束してくれた、オーランドとアンジーとベンジャミンが、空き地の前で待っているはずだ。

四人が靴をはくのを見て、お父さんが本を胸にふせ、きいた。「今度はどこに行くんだ？」

「ああ、えっと、遊び場とか」ジェシーがあいまいに答えた。

「また？　よかったら、ここでいっしょにボードゲームでもして、遊ばないか？」お父さんは、期待するような目でいった。

子どもたちは顔を見あわせた。

「うーんと、友だちとバスケをする約束なんだ。来シーズンにそなえて、練習しないといけないから」オリバーがいった。

お父さんはがっかりした顔で、「そうか。いってらっしゃい」といってため息をつき、本を持ち上げた。

「お父さん、大好き」レイニーがお父さんにキスをした。

「お母さんがいたら、『気をつけてね！』っていうだろうね」と、お父さん。

「いつも気をつけてるから、だいじょうぶ」オリバーがいった。


空き地につくと、オリバーがフェンスの扉を開け、みんなで中に入った。とたんに、バスがキキーッとブレーキをかける音も、救急車のサイレンの音も、ツタだらけの壁にすいこまれて聞こえなくなった。鳥が「いらっしゃい」とさえずり、木の葉が「こんにちは」とささめく。リスが二ひき、「銀の女王さま」の幹をかけのぼったと思うと、高い枝の上からみんなに向かっておしゃべりをはじめた。

レイニーとオリバーはまっすぐに土の袋のところへ行き、てっぺんにのぼった。

「気をつけて！」ジェシーが声をかけると、レイニーは上から手をふった。

二人は下にすべりおりようとした。オリバーは、はでに転げ落ちた。レイニーはあやうく顔から地面にぶつかって、せっかく新しく生えたばかりの前歯を折ってしまうところだったけれど、ジェシーがとんでいってだきとめた。

フェンスの扉をガタガタと軽くゆさぶる音がして、四人ははっとした。オリバーがかけより、強めのひそひそ声できいた。「合い言葉は？」

「何いってんの。そんなの、決めてないでしょ」声でアンジーだとわかったので、オリバーは扉を開けた。

アンジーにつづき、オーランドとベンジャミンも入ってきた。

「うわあ。すごくがんばったんだね。きれいさっぱり……なんにもない」と、アンジー。

「これが、動かしてほしいっていってた土？」オーランドがオリバーにきいた。

ベンジャミンは準備運動をするように首を左右にたおし、手をぶらぶらさせると、力持ちの原始人みたいにいった。「重いの、おれたち、運ぶ」

オーランドはベンジャミンを横目で見てから、バンダビーカー家の四人を見つめた。「どうやってやるの？」

そこで、ジェシーとオリバー、オーランド、ベンジャミンの四人で、列を作ることになった。オーランドがまず、土の袋をひとつ持ち上げ、ジェシーにわたす。ジェシーはそれをベンジャミンにわたし、ベンジャミンはオリバーにわたすのだ。

オーランドは袋をわたしたあと、走っていってオリバーの前まで行く。同じように、ほかの三人も、土の袋を次の人にわたすと、走って列の先頭へ行く。これをくり返すことで、土の袋を前へ前へと運び、空き地の奥へ持っていくことができる。

次にハイアシンスが、編みもの道具のポーチにいつも入れている手芸用はさみで袋を開ける。

そしてレイニーと二人で袋の底をつかんで引きずれば、土が地面にばらまかれるのだった。

土の袋の山はどんどん小さくなっていき、やがて、残すところあと六袋になった。そのうち三袋の土を、便器とバスタブに入れた。これもプランターとして使えばいい、と考えたからだ。最後の三袋は、「銀の女王さま」のとなりにほった穴に「永遠の春のティリア」を植えるのに使うと決めていた。オーランドが植木鉢からそっと苗木を持ち上げ、穴に引っ越しさせてやった。みんなは袋から出した園芸用土を、かたまりになった根のまわりにつめた。

ハイアシンスとレイニーが歓声をあげた。それから全員が、へなへなと地面にすわりこんだ。もう、腕に力が入らない。

みんなは四角く区切られた空を見上げ、土のいいにおいがする空気をすいこんだ。

わたしったら、ここにお化けが出るだなんて、どうして思ったんだろう……と、ハイアシンスは考えた。動くものの気配がすることはたしかだけれど、おそろしいというより、楽しい感じだ。鳥が羽ばたき、さえずっているし、リスもかけまわり、おしゃべりしている。どっしりと立つ「銀の女王さま」は、ここの守り役。みんなが扉を出入りするたびに、梢をゆらしてあいさつしてくれる。

ハイアシンスは空をじっと見つめ、自分は今、どのくらい遠くを見ているのだろうと、考えた。三十キロくらい？　もっと近い？　それとも遠い？　背中の下の地面はひんやりとしている。ハイアシンスはわれを忘れて、ただ、空の青さと、鳥のさえずりと、風にそよぐ葉っぱのさざめきを楽しんだ。この庭は生きてるんだ。今に、ルシアナさんの種も、仲間になる……。

　少しはなれたところで、オリバーが何か冗談をいい、まわりに笑い声が広がった。ハイアシンスは、その幸せにあふれた空気を胸いっぱいにすいこんだ。頭の中で、百ものトランペットが鳴らすファンファーレがひびきわたったような気分だった。


　ジェシーはすっきりした空き地を見わたしてみて、ずいぶんと広いことに気づいた。たった二週間でどうやって、花や野菜でいっぱいの庭に変えるというのだろう？　お金はどうすればいい？

　ジェシーはだんだん心配になってきた。そこへ、オーランドがやってきて、ジェシーの肩を軽くパンチした。「なあ。すごくいい感じだな、ここ」

「でしょ？」と、ジェシーはいい、まわりに集まってきたみんなに向かってつづけた。「土はこれでよしとして、苗や種は、どうしよう？」

　アンジーがいった。「うちのお父さんは、しょっちゅう観葉植物を買ってくるんだけど、ぜんぜん世話をしないんだ。だからいつもわたしが水やりをしたり、形を整えてやったりしてるんだよ。こっちに少し持ってきてもいいかどうか、きいてみる」

「家の中で育てる植物を、外に出してもだいじょうぶなの？」ハイアシンスがきいた。

「ものによるよ」と、オーランド。

ジェシーはこめかみを指でつつきながら、考えた。「ほったらかされてた観葉植物ばっかりっていうのは、どうなんだろう……なんか……この庭のテーマと合わない気がする」

オリバーがジェシーにいった。「テーマって？　庭は庭だろ、何か植わってさえいれば。どんな植物だろうと、だれも気にしないよ」

するとハイアシンスがいった。「ジートさんは、気にすると思う。ジョージーさんも。ジョージーさんがどれだけ植物を大事にしてるか、知ってるでしょ。光をたっぷりあびた方がいい植物と、そうでない植物があるのよ。それにジョージーさんは、植物によって、水やりを毎日したり、週に一回しかしなかったりしてる」

「なんだかやっかいなことになってきたな」オリバーが目をこすり、いった。

ジェシーがため息をついた。「でも、えり好みなんて、してられないか。手に入るものが使えるもの、だよね？　ヒバさんのお店の苗をぜんぶ買って、ニューヨーク植物園みたいなのをつくれちゃうほどの大金持ちじゃあるまいし、どれがいいとかわるいとか、いえないよ」

「ルシアナさんの種があるよ。いっぱい！」レイニーが口をはさんだ。

みんながだまりこんでいると、オーランドがふいに、口を開いた。「なあ、みんな。いい苗が手に入るところがあるんだけど」

ジェシーたちはオーランドに目をやり、はっと気づいた。そうか！　そうだった！

ジェシーは暗くなってきた空を見上げ、「明日やることは、これで決まった」といった。そして、フェンスの扉へ歩いていって、少しだけ開け、人通りがないのをたしかめてから、大きく開けて、みんなを外に出した。オリバーが南京錠をロックした。

四人とアンジーが、ベンジャミンとオーランドと別れ、帰ろうとしたとき、スマイリーさんがピザの箱をかかえ、角を曲がってきた。

「夕食を買ってきたよ、アンジー」と、スマイリーさん。

「ピザだ！」アンジーが声をあげた。

スマイリーさんはみんなを見てにっこりした。それから、歩道わきのあふれんばかりのゴミ箱に目をとめ、はみ出している土の空き袋に書いてある文字を指さし、いった。「これは、うちの裏庭に置いてある土と同じ袋だね」

みんなはだまりこんだ。やがて、アンジーが口を開いた。

「あのね、お父さん。それ、うちの裏庭にあった土の袋だよ」

スマイリーさんの顔色が変わった。それを見て、どうやらひどくまずいことをしてしまったらしい、とみんなが気づいた。

バンダビーカー家の四人は、ジェシーとイーサの部屋に集まって、一階でスマイリーさんがお父さんとお母さんになんといっているか、聞こうとしていた。

「どうなってはいない。いい傾向だね」と、オリバー。でも、だれも返事をしなかった。

ようやく、おりていらっしゃい、とお母さんが呼ぶ声がした。一階では、スマイリーさんがひどくむっつりした顔で玄関に立っていた。

先に何かいった方がいい、と思ったオリバーは、口を開いた。「これにはわけがあるんだ」

お母さんは眉をつり上げた。「スマイリーさんの土を八十四袋ぬすんでおいて、どんないいわけがあるっていうの？」

オリバーは息をのんだ。「ぬすんだ、だなんて、そんな」

「もらっていいか、きいたのか？」と、お父さん。

ジェシーとオリバー、ハイアシンスがだまっていたので、レイニーがいった。「ううん！」

「土の代金は払ったの？」お母さんが腕組みをし、きいた。

ふたたびレイニーが答えた。「ううん！　たぶん、払ってない」レイニーは、ほかの三人を見やった。「でしょ？」

オリバーはため息をついた。「払ってない。うん。そうか、そういうことか」

お父さんがいった。「残念ながら、土をお返しすることは、もうできない。アンジーの話だと、土はぜんぶ、公園にまいてしまったそうだね」

オリバーはつばをのんだ。厳密にいうと、まいたのは公園ではないけれど、アンジーがうそをついた、とわざわざいおうとは思わなかった。

お父さんはつづけた。「公園をきれいにしようと思ったのはいいことだが、その仕事は、公園の管理をしている人たちに、まかせておけばいいんだ。お心の広いスマイリーさんは、おまえたちがつぐなうのに、いい方法を考えてくださった。アンジーはスマイリーさんの仕事を手伝うことで、土の代金を返すことになったんだが、おまえたちも同じようにしたらどうか、とおっしゃるんだ」

「そうなの？」四人はきいた。

「スマイリーさんのところの資源ゴミの仕分けを、夏休みいっぱいやるんだ」と、お父さん。

夏休みいっぱいだって？　と、オリバーは思った。それはちょっときびしすぎないか？

お母さんがいった。「スマイリーさんは、ほんとうに、なんて広い心をお持ちなのかしら」

スマイリーさんは、いった。「資源ゴミは地下室にためてある。清掃業者が週に一度回収に来る木曜までに、仕分けしないといけない」

四人は覚悟を決め、うなずいた。

オリバーはせきばらいをし、せいいっぱい「いい笑顔」を作った。「わかりました、スマイリーさん。土をぜんぶ使ってしまって、本当にごめんなさい」

「明日の朝八時においで。アンジーが待っているよ」スマイリーさんは、にこりともせずに、いった。

7月1日（日）

ジートさんが入院して6日目
庭フェスティバルまであと13日

20

次の朝、オリバーたち四人が資源ゴミの仕分けをしにスマイリーさんのアパートへ行くと、入り口でアンジーが待っていた。

「こんなことになっちゃって、ごめんね。ぜんぶわたしがわるいんだって、お父さんにいったんだけど、ぜんぜん聞いてもらえなかったんだ。やりたくなかったら、みんなは帰ってもいいよ」

四人は首を横にふった。

「ぼくたちもわるかったから」と、オリバー。

ジェシーもいった。「やめといた方がいい気がしてたんだよね。直感はよく当たるっていう、科学的根拠があるんだよ。知ってた？」

「じゃあ、さっそくはじめよう。やることはたくさんあるから」アンジーはそういって、四人を地下室へ案内した。

山積みになったゴミの袋をまっ先に目にしたレイニーが、声をあげた。「うわあ！　ゴミがうちより、いっぱいあるのね！」ゴミは天井に届くくらい、どっさりあった。

アンジーは苦笑いをした。「ゴミじゃなくて、これがこれから仕分けをするリサイクル資源なの」

オリバーはうめいた。「アンジーのお父さんは、二、三袋って、いってなかったっけ？　ねえ、やっぱりぜんぶアンジーのせいだって、お父さんにいうのは、もう遅い？」

「遅い」アンジーが答え、ひとつ目の袋を開けた。くさいにおいが広がって、みんなが大きくあとずさりした。

「いやーん！」レイニーが鼻をつまんだ。

「これ、ひどい！　資源ゴミって、洗って出すものじゃなかったっけ？」ジェシーがいった。

「そう思うでしょ？　お父さんは、ゴミの出しかたの大きなポスターを清掃局からもらって、各階にはってるんだよ。でも、みんなやらないんだよね」

ジェシーはテイクアウト用の発泡スチロールの容器を引っぱり出した。中にはまだ食べものが入っていた。ジェシーは、はきそうな顔でいった。「人が信じられなくなりそう」

するとアンジーが、「発泡スチロールはリサイクルできないから、こっちに入れて」といって、そばにあるゴミ箱を引きよせた。

ジェシーはその中に容器を放りこんだ。「オエッ」

「はく？」と、レイニー。

「はくなら、こっちを向かないで。このスニーカー、気に入ってるんだ」オリバーがいった。

ジェシー、ハイアシンスとレイニーは、ひきつづきそのゴミ袋の中を調べた。オリバーとアンジーは、べつの袋にとりかかった。みんなはひと言もいわずに中身を取り出しては、ゴミはゴミ箱にすて、リサイクルできるけれどよごれているものは、あとで洗うためにどけておき、きれいな資源ゴミは、スマイリーさんが用意した仕分け用の箱に入れた。

じきに、最初の袋が空になったので、ジェシーたち三人は次の袋を開けた。

「わあ、見て！」レイニーが、取っ手がついた、液体塗料の大きなポリ容器をいくつか取り出した。

「よかった、それはきれいになってるね。あの大きな青い箱に入れて」ジェシーはほっとため息をつき、レイニーに指示した。

ところがレイニーは、ジェシーの言葉を聞いていなかった。「ねえ、これをこっち向きにすると、ブタさんみたい！　ほら、これがお鼻！」

ハイアシンスも、指さしながらいった。「ここところに、目を描いたら？　ここには口」

ジェシーはむっとし、「遊んでないで、はたらこうよ」というと、またべつの袋を開けた。くさった食べものは入っていなかったけれど、リサイクルできるものにまじって、落花生型の発泡クッション材がどっさり入っていた。

「うわ。それはより分けて、ゴミとしてすてなくちゃいけないんだけど、すっごくいらいらするんだ。静電気のせいで、なんにでもまとわりついちゃうんだよ」アンジーがいった。

「うへえ！」四人が同時にいった。

スマイリーさんが決めたばつはたしかに、あの土に手を出すんじゃなかった、とみんなを後悔させたのだった。


九時になると、アンジーはお父さんといっしょに、親戚のアーシュラおばさんに会いに出かけていった（「体がくさくなってないといいけど！」と、アンジーはいっていた）。バンダビーカー家の四人も、地下室から一階に上がり、外に出た。

スマイリーさんにきちんとことわって、もらったものがいくつかあった。タイヤを二本と、塗料の空のポリ容器がぜんぶと、ペンキ用のバケツをふたつ、古いスピーカーセットを一式、そして一メートル近い長さの板切れが一枚だ。どれもハイアシンスとレイニーが見つけたものだけれど、オリバーとジェシーは二人にたのまれて、運ぶのを手伝った。

「ああ、さわやかで、いい空気だ」オリバーは、運んできたタイヤをアパートの外壁に立てかけると、深呼吸をした。

「シャワーをあびたいな」ジェシーが、もう一本のタイヤと、塗料のポリ容器がぜんぶ入った袋を引きずってきて、オリバーに近より、きいた。「わたし、におう？」

「そりゃそうだよ。ぼくたちみんな、におうよ」オリバーはそういって、ジェシーからはなれた。

四人が家の前を通りかかったとき、声を聞きつけたフランツが、リビングから窓に顔をくっつけて、大声でほえた。よだれが窓ガラスを伝って落ちた。窓台にのって昼寝をしていたジョージ・ワシントンは、ぎょっとしてとびおき、あっという間に姿を消した。

「ああ、いい子ね！　うちの世界一のわんちゃん！」ハイアシンスが、外からガラスに手をあて、いった。

レイニーがいった。「あとでまたあびなくちゃいけないんだったら、今はシャワーはいい」頭には、落花生型の発泡クッション材がまだいくつかくっついている。

「ぼくも」と、オリバー。

ジェシーは自分のシャツのにおいをかいでみて、顔をしかめた。それでも、しぶしぶ賛成した。

「わかった。じゃ、行こう」

「待った！　ジョージーさんの苗を忘れてるよ！」オリバーがいった。

「そうだった！」と、ジェシーはいったあと、スマイリーさんの土を勝手に使ってたいへんなことになったのを思い出した。そこで、「まずきいてみよう」といって携帯を取り出し、ジョージーさんに電話をかけた。

「ジョージーさん、こんにちは」ジェシーは電話のスピーカーをオンにした。

「ジョージーさん、こんにちは！」レイニーとハイアシンス、オリバーも口をそろえた。

深みのあるあたたかな声が、スピーカーから聞こえてきた。「あらまあ、こんにちは」

「ジートさんはどう?」オリバーがきいた。

「少しずつ、よくなっているわ。今はうとうとしているの。起きてたら、声を聞かせてあげられたんだけれど」

レイニーがスピーカーに顔を近づけてさけんだ。「いつ帰ってくるの？　パガニーニが、会いたいって！」

「レイニーったら、声が大きすぎ」ジェシーがいった。

ジョージーさんの笑い声がひびいた。「ああ、やっぱりいいわねえ、あなたたちは。会いたくてしょうがないわ。でもいつ帰れるか、わからないの。すっかりよくなるには、まだまだかかりそうなのよ」

「ねえ、七月十三日まではぜったい退院できるように、ならない？」と、オリバーがきいた。

そのとたん、ジェシーにひじ鉄をくらった。「いたっ！」

「今、なんていったの？」ジョージーさんの声がする。

ジェシーは弟をにらみつけながら、いった。「オリバーが、ジートさんにタンパク質をたっぷりとらせてあげて、って。それはそうと、ジョージーさんが育ててる苗、あるでしょう？　ジョージーさんの代わりに、ずっと水やりをしてたんですけど、そろそろちゃんと植えた方がよさそうなんです。わたしたちがやってもいいですか？」

「あらいやだ、苗のことなんて、すっかり忘れていたわ！　ええ、どうぞ、好きなところに植えてちょうだい。窓台のプランターに植えるぶんさえ取っておいてくれるなら、残りは好きにしていいから。おまかせしていい？」

「もちろんです、ジョージーさん！　まかせてください！　では、また！」ジェシーはそういって、電話を切った。

四人はグータッチをして、喜びを分かちあった。ジェシーとオリバー、レイニーはさっそく、三階の苗を取ってこようと、階段をのぼりはじめた。

一方、ハイアシンスは、「フランツを連れてくるから、下で待ちあわせね。編みものも取ってくる」といって、家の中にかけこんだ。

ハイアシンスが家から出てきたとき、ちょうどオリバーも、ハイアシンスとレイニーがもらった資源ゴミをワゴンに積み終わっていた。ジェシーとレイニーは、あざやかな緑の茎や葉がのびた苗をたくさんのせたトレーを持って、階段をおりてきた。

レイニーが階段の最後の一段をとばしてとびおりるのを見たとたん、ジェシーがさけんだ。

「気をつけて！」レイニーのトレーが、ぐらぐらゆれた。

「気をつけてるもん！　赤ちゃんみたいに、大事にしてるよ！」レイニーはぷりぷりし、いい返した。

四人がそろうと、通りをゆっくりと進んだ。街路樹の根のせいで歩道のコンクリートが盛り上がっているところは、よけるようにした。

教会の入り口の階段にだれかが腰かけているのが見え、近づいていくうちに、ハーマン・ハクスリーだとわかった。編(あ)みものをしている。

「こんにちは、ハーマン！」ハイアシンスがいった。

「また来たのか？」と、オリバー。いいかたがきつくて、いつものオリバーじゃないみたい……と、ハイアシンスは思った。

ハーマンは何もいい返さず、ただ棒針(ぼうばり)を強くにぎりしめた。

でもハイアシンスは、だまっていなかった。勇気(ゆうき)をふるいたたせてオリバーに面と向かい、きっぱりといった。「いじわるはやめて」

オリバーは一瞬(いっしゅん)、はっとした顔をしたあと、ハイアシンスをにらみつけ、腕組(うでぐ)みをした。「いじわるなんかしてない。いじわるなのは、そいつだ」といって、ハーマンを指さした。

ハーマンはしばらくだまっていたけれど、やがてハイアシンスにいった。

「いいんだ。ぼくも、きみのお兄さんには、いやなやつだったかもしれないって、思うから」

ハイアシンスは、口をぽかんと開けた。「オリバーに、いじわるしてたの？」オリバーにいじわるをしようとする人がいるなんて、ハイアシンスには信(しん)じられなかった。

ハーマンは、編(あ)みものの袋(ふくろ)を自転車のハンドルにかけた。「もう行くよ」

「待って、ハーマン、行かないで！」ハイアシンスが声をかけた。でもハーマンはもう、自転車で走りだしていた。ものの数秒で角を曲がり、姿(すがた)を消した。

ハイアシンスはオリバーをにらんだ。「何をしたか、わかってる？」

「えっ?」オリバーはわけがわからず、ジェシーを見た。「ぼく、何かした?」

ジェシーはいった。「なんていうか……いじわるだったよね」

オリバーがいいわけするようにいった。「ジェシーだって、あいつがいやだろ! それに、あいつの父親がだれか、わかってるよね?」

ハイアシンスは首を横にふり、フェンスの扉の前へ行って、南京錠の番号を合わせた。「今度ハーマンに会ったら、お庭をつくるのを手伝ってって、いうからね」

オリバーはあきれたように目をぐるんと回した。「どうせ、手伝わないよ」

ハイアシンスはくるりとふり向き、オリバーをにらみつけた。「手伝う方に、百万ドルかけてもいい」

その日はずっと、ジョージーさんの苗を植えたり、ルシアナさんの種を土にまいたりしてすごした。種は庭のちょうどまん中にまきたい、とレイニーがいったので、空き地のはしからはしまで何歩あるかを歩いてはかって、まん中の位置を割り出すことになった。

オリバーとレイニーは、大きなフラフープを目安にしてレンガを円形にならべ、花壇を作った。そして、その中にルシアナさんの種をまいた。レイニーは、花壇へようこそ、という気持ちをこめて、種に歌をうたってやった。

ハイアシンスはその午後、ずっとしずかだった。夕食の時間になり、家に帰るときにも、だまっていた。オリバーにはわかっていた――ハイアシンスは、いじわるをいったぼくに、がっかりしてるんだ。

ハイアシンスにきらわれたくないオリバーにとって、こんなにつらいことはない。とてもたえられなくなったので、夕食を食べ終わるとすぐ、お母さんに、バスケットボールのコートへ行ってもいいかときいた。

「一時間だけよ」と、お母さん。

オリバーはスニーカーに足を突っこみ、自分のバスケットボールを手に取ると、何もいわずに家を出た。すると、二軒先のアパートのエントランス前の階段に、アンジーがすわっているのが目に入った。

「ねえ。コートへ行くの？」と、アンジー。

「うん」オリバーは答え、力まかせにドリブルをはじめた。

アンジーもオリバーといっしょに歩きだした。半ブロックほど行ったあたりで、アンジーがきいた。「今日の庭仕事はどうだった？」

「最悪だよ。ハーマンが近くに来てて、またいろいろ見せびらかして、いやな感じだった。アンジーは？　あとで来るんだと思ってたのに」

「今日はお父さんといっしょに、アーシュラおばさんのところに行ってたの。いったはずだよ。忘れた？」

オリバーは、気持ちを落ち着かせようと、深呼吸をした。「ジョージーさんの苗を植えたよ。見たい？」

「見たい見たい！」

空き地につくと、オリバーは、南京錠をかくすのに使っていたツタが、つるごと扉からはがされ、地面でしなびているのを見つけた。南京錠を取りつけていた部分のフェンスは、ゆがんでこわれているし、錠そのものはどこにも見あたらない。

「なんだこれ？　どうなってるの？」オリバーはさけんだ。

アンジーが小声でいった。「シーッ！　どろぼうかも。まだ中にいるかもしれないよ！」

「こんなとこに、どろぼうなんて入るか？　ぬすむものなんか、ひとつもないぞ」オリバーはいったけれど、できるだけ音をたてないようにして扉を開け、アンジーと二人で中をのぞきこんだ。

いつもは枝をゆらす木も、ツタの葉も、ぴくりとも動かない。鳥のさえずりも聞こえなかった。

オリバーは扉を大きく開いた。みんなでハーブの苗をていねいに植えたところに、何かある。

「あのピンクの旗みたいなのは、なんだ？」オリバーはそっちへ向かった。

アンジーが息をのんだ。「苗がかわいそうなことになってる！」

オリバーがかがんでよく見てみると、だいぶ踏まれたあとがあった。ためしに茎を何本か起こしてみたけれど、すぐに、ぐにゃりとたおれてしまった。

「待って。足あとを踏まないで。手がかりになるから」アンジーはしゃがんで足あとをじっくり見たあと、立ち上がってオリバーを見やった。「靴底に溝がない、高級な靴をはく人に心当たりはない？」

オリバーとアンジーは、家に走って帰り、ジェシーとハイアシンスとレイニーに見てきたことを話した。三人とも、すぐに空き地に行って、どれだけひどいことをされたか自分の目で見たいと思った。

でも、出かけたいとお母さんに話すと、もう遅いからだめだといわれてしまった。

「もう八時よ。こんな時間に、どこへ行くっていうの？」

この質問にはだれも答えられなかったから、アンジーは帰り、バンダビーカー家の四人はしょんぼりと二階にもどって、寝るしたくをした。

四人ともあまりよくねむれなかった。

レイニーは何度も目を覚ましては、ほかのきょうだいのところへ行き、今何時？　ときいた。

オリバーは、ねむくなるかなと思って、部屋の本棚の本の数を数えた。持っている本は、ぜんぶで二百六十一冊。なのに、数え終わったあとも、まだ目がさえていた。ジェシーはというと、暗記している元素の名前を、何度も何度も、周期表の順にとなえつづけた。ハイアシンスはフランツのそばにいられるように、床で寝袋に入った。みんな、いつまでも朝が来ないような気がした。

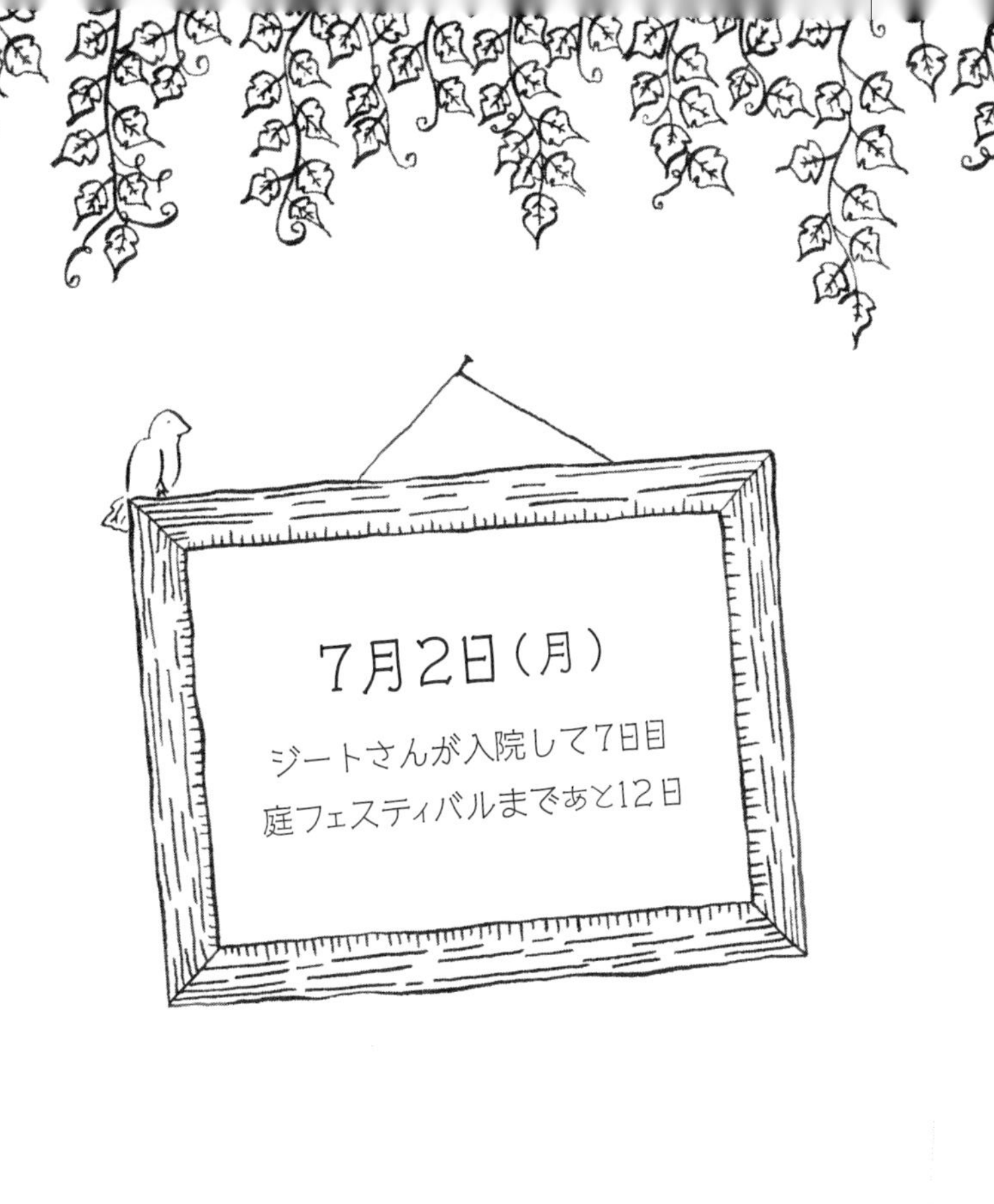
7月2日（月）
ジートさんが入院して7日目
庭フェスティバルまであと12日

21

朝八時五分前に、四人は家をとび出し、アンジーのアパートで一時間、資源ゴミの仕分けをした。

九時になると、アンジーがいった。「いっしょに空き地に行きたいのになあ」

オリバーはいった。「サマースクールをさぼったりしたら、アンジーのお父さんが怒っちゃうよ。ぼくたちに、このゴミの仕分けを来年までやれ、っていうんじゃないかな」

「しわけ、好き！」レイニーがいった。今日は卵パックをたくさん手に入れていた。種から苗を育てるための苗床にぴったりだと思ったらしい。

「午後に、ぜんぶ聞かせてよね」アンジーはみんなに約束させると、通りを走っていき、とちゅうでふり返ってさけんだ。「足あとをよく調べるの、忘れないでね！」

バンダビーカー家の四人は走って空き地へ行った。フェンスの扉を押し開けるとき、ハイアシンスは目をおおった。

「こわくて見られない！」

「うわあ、これはひどいね」ジェシーがいった。

そこらじゅう土がけちらされ、小さなピンクの旗（アメリカで土地の検分をするときに仮に立てるもの）がそこらじゅうに立っていた。苗はだいぶ踏み荒らされている。

オリバーがいった。「足あとを見てよ。ほら、これなんか、底が平らだろ？　ぼくが持ってる革靴とおんなじで、靴底に溝がないってことだ。それからこれ……どう見ても、工事現場の人がはく靴のあとだよね」その足あとには、長方形の溝が左右対称にびっしりとついていた。スニーカーの底のいろいろな形の溝とは、だいぶ感じがちがう。

ハイアシンスは、足あとのひとつに自分の足をあててみて、いった。「大きい足！」

ジェシーはこわい顔をしていた。「だれのしわざか、わかってる。トリプル・Jさんに電話しなくちゃ」ジェシーは携帯を取り出して電話をかけた。が、またしても応答はなく、ジェシーはもう一度、すぐに連絡をください、と留守電に残すしかなかった。

ジェシーはいった。「ぜったいなんかおかしなことになってる。トリプル・Jさんはどこにいるんだろう？　どうして電話に出てくれないの？」

「元凶のあいつにあたるしかないね。今すぐ」オリバーがいった。

ハイアシンスは、なぜみんなでハクスリー氏の家へ行かなくてはならないのか、まるでわからなかった。電話じゃだめなの？　そもそも、家にいないかもしれないのに！　けれどもオリバーは、直接会って話さなくちゃだめだ、といいはった。電話だと、かんたんにうそをつけるからだという。ハイアシンスは、もめごとが苦手だった。みんな仲がよく、おたがいにやさしくて、平和なのが好きだった。でもオリバーは使命感に燃えていて、真相がはっきりするまで突っ走る気でいるようだ。

　オリバーはハーマンの家に行ったことが一度もなかったけれど、どこにあるかはわかっていた。学校のすぐ近くだし、ハーマン本人がいつも、ハーレムで最新の高級マンションに住んでいると自慢していたから、だれもが知っていたのだ。

　ハイアシンスを最後尾に、四人は一四一丁目の通りを進んで、アダム・クレイトン・パウエル・ジュニア大通りを北に曲がり、一四四丁目まで行った。オリバーは、ぴかぴかがやく銀色のマンションの前で立ち止まった。どの階にも、全面ガラスの窓がある。

　オリバーは、みんながそろうと、いった。「あいつが住んでるのはここだけど、どの階かは知らない。呼び出すところに名前が書いてあるかも」そして、エントランスの前の操作パネルをのぞき、よく見えるように手でかげを作りながら、書いてある名前を読みはじめた。

「あのね、オリバー……」と、ハイアシンス。

「何？」

「何階に住んでるか、わかると思う」といって、ハイアシンスは上の方を指さした。

　各階にはベランダがあって、中でも五階が目立っていた。手すりが色とりどりの毛糸でおおわれているうえに、指編みで作ったらしい長いひも飾りが、同じ間隔でとめてあったのだ。まるで、虹色のセーターの山が爆発したみたいに、はなやかなベランダだ。

「うわあ、すごい。ハイアシンスのライバル出現、って感じだね」ジェシーがいった。

オリバーは操作パネルで「5」を見つけて押した。するとビーッと音がして、エントランスの扉のロックがはずれたので、扉を押し開け、姉妹たちの先に立って、階段を五階まで上がっていった。

ハイアシンスは、おくれてのろのろついていった。引き返して外の歩道で待っていちゃ、だめかな……。対決なんかに、関わりたくない。でも、おりてもいいかとジェシーにきく前に、五階の部屋の扉が開いてしまった。

ハーマンが顔を出し、びっくりしたようすでいった。「なんで？　食料品の配達だとばっかり……」

「えっ、食料品を、家に届けてもらってるの？」レイニーがきいた。

ハーマンは顔をしかめた。「お父さんはいそがしいから、店に買い物に行くひまがないんだ」

「いそがしいから、食べものを買うひまがないの？」レイニーは、わけがわからない、という顔をしている。

ハーマンはレイニーには答えず、いった。「なんの用？」

オリバーがけんか腰で話しはじめた。「おまえのお父さんに会いに来たんだよ。ぼくたちの庭に何をしたか、ききたいんだ」

「お父さんは仕事でいない。それに、庭なんかに入ったりはしてないと思うよ」

オリバーはいった。「いいや、ジョージーさんの苗を踏みつけてまわったんだ！　ジョージーさんが、種から育てたやつだぞ！　しかも、そこらじゅうにピンクの旗を立てちゃって！」

ハーマンが手を上げ、いった。「待って。お父さんは、おまえの家の裏庭に、旗を立てたのか？」

「ちがうよ、ぼくたちが教会のとなりの空き地につくってる庭のことだ」

「あそこで何かやってるなとは思ってたけど、そういうことか」と、ハーマン。

「で、おまえのお父さんがやったの？　やってないの？」オリバーがつめよった。

そのとき、ハイアシンスが二人のあいだに割りこみ、ハーマンを見つめた。「ねえ、見たい？そのお庭」

しばらくのあいだ、しんとなった。

それから、ハーマンがうれしそうににっこりした。

ハイアシンスは笑顔を返すと、ふり向いてオリバーにいった。「百万ドル、ちょうだいね」


教会までもどるのにはたいしてかからなかった。もう、かぎはかかっていないので、みんなはフェンスの扉を押して開け、中に入った。ピンクの旗は、まだそこらじゅうにあった。

オリバーは旗を指さしていった。「ほらね？　おまえのお父さんが開発業者に電話して、この土地を売るって話してるのを、聞いたんだ。そしたら今度は、ピンクの旗だらけだろ。ジョージーさんの苗は踏みつけられてるし。ぼくたちのおじさんが建築の仕事をしてるから、土地の検分をするときにはこういうピンクの旗を立てるって、ぼくは知ってるんだ。白い旗は、発掘予定地で、黄色はガス管がうまってるとこ、オレンジは通信線……」

「わかったから、説明はそのくらいでいいよ」と、ジェシー。

ハーマンは少しためらってから、口を開いた。「このあいだ、お父さんが夕食のとちゅうで、だれかと電話で話すのを聞いた。教会の横の土地がどうとかって話……」

「それ、ここのことだよ！」レイニーがさけんだ。

「……で、マンションの開発業者に売ろうっていってた」

「まん、しょんって、なあに？」レイニーがきいた。

「つまんない建物。わたしたちの完璧な庭をつぶして、建てるんだって」ジェシーが答えた。

ハーマンは髪をかき上げ、「ごめん」というと、歩いていって、ピンクの旗を一本引きぬいた。

「でも、そのとおりにはならないかも。土地の取り引きがだめになることなんて、しょっちゅうあるから」

心配性のハイアシンスは、自分のシャツのすそをつまんで引っぱりながら、きいた。「それって、ぬいちゃいけないんじゃない？」

ハーマンはもう一本ぬいた。「ここに建物が建ってもいいっていうの？」

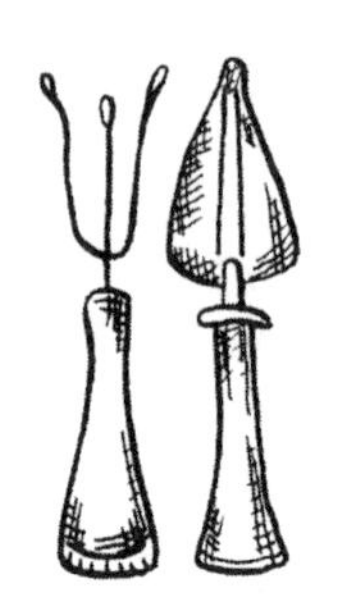

22

まもなく、きょうだい四人も、ハーマンと同じことをはじめた。苗は踏まないように気をつけた。やがて、地面にささっていたすべての旗をぬき終わった。レイニーはそれを集め、家に持って帰ることにした。かわいいから裏庭に飾りたくなったのだ。

オリバーがいった。「これ以上ここで何かをする意味って、あるのかな？　ぜんぶブルドーザーでつぶされちゃうかもしれないんだよね？」

みんなはオリバーを見て、空き地に目をやり、この場所がどんなふうになったらいいか、あれこれ想像していたことを思い出した。

ジェシーは、ジートさんとジョージーさんが緑に囲まれ、ベンチにすわって友だちや近所の人たちとおしゃべりをしているようすが、実際に目に見えるようだった。

オリバーは、自分がアンジーやジミー・Ｌと競って「銀の女王さま」をよじのぼり、青々と生いしげる葉のかげにかくれて遊ぶようすを想像した。

ハイアシンスは、日曜に教会を出たあと、ビーダマンさんとフランツといっしょに、「永遠の春のティリア」のそばにすわって、のんびりする自分の姿を思い描いた。

そしてレイニーは、パガニーニにやるハーブや野菜を、ここで育てられたらな、と思った。この広さなら、十羽以上のうさぎにやれるくらい、たくさんの野菜が育てられるはず！

同時に、これだけの苗や、ルシアナさんの種、それに、ハイアシンスを最初にこの空き地へとみちびいてくれた「銀の女王さま」が、この先どうなってしまうんだろうと思うと、空き地を見るのがつらかった。

みんなの夢と努力はすべて、どこにでもあるような分譲マンションに、打ちくだかれてしまうのだろうか？

ジェシーは弟と妹たちに、夜になったら集まってね、といった。これからも庭づくりをつづけるか、それともやめるかを決めるのだ。家につくと、オリバーは自分の部屋にこもって考えた。

たぶんこわされてしまうとわかっているのに、庭づくりをつづけるのは、むだなこと？

うん、むだだ、とオリバーは思った。だから、「やめる」に一票だ。

そんなことを考えていると、玄関のベルが鳴る音がした。一階まで扉を開けにいく気力はわかなかった。すると、扉が開く音につづいて、ジェシーの声と、オーランドの声が聞こえた。二人の話し声は、じきに遠のいた。

今こそ、ジェシーとイーサの部屋に、お菓子をさがしに行くチャンスだ！　なんとしてもお菓子を食べたい気分だった。オリバーはそっと廊下に出ると、だれにも気づかれずに、双子の部屋へ入った。

まずは、いつものかくし場所からだ。オリバーはジェシーのベッドのマットレスを持ち上げ、ベッドの下をのぞき、さらに、一枚だけはがれやすくなっている床板もめくってみた。お菓子はひとつも見つからなかった。オリバーがこの前、ジェシーがかくしていたジェリービーンズをくすねてしまったから、かくし場所を変えられたのかもしれない。

オリバーは、ジェシーのごちゃごちゃした机の上をあさったあと、引き出しを上から順に開けていった。三つ目の引き出しを引いたとき、ガサガサ、という、聞きなれた音がした。

見つけた！　ミニサイズの「スニッカーズ」の大袋だ！　まだ開いてもいない！

オリバーはそのチョコレートバーの袋を持ち上げた。まるごと持っていっちゃおうかな……と思ったそのとき、袋の下に手紙があるのに気づいた。いちばん上に「ペックス・ポンド・科学キャンプ」と書いてあり、その下にジェシーの名前と、「おめでとうございます！」の文字がある。

どういうことだ？　と、オリバーは思った。このキャンプは、ジェシーが一年前からずっと行きたがっていたのに、参加者に選ばれなかったはずのものだ。オリバーは手紙を引っぱり出し、机の前のいすにすわって読みはじめた。

ペックス・ポンド・科学キャンプ

ジェシー・バンダビーカーさん

　おめでとうございます！

あなたは今年の科学キャンプの参加者に選ばれました！

　50人の定員に対し、何百人ものかたからご応募をいただきました。その中であなたが選ばれましたのは、科学コンテストで発表された「吸熱および放熱反応」の研究がすばらしかったからです。

　キャンプの受講費用は、全額免除いたします。ただし、資金の制約により、宿泊費と食費、交通費については、負担していただくことになります。さらなる資金援助を希望される参加者には、個別の奨学金にご応募をお願いしております。

　8月に会えるのを楽しみにしています！

　同封した許可書に父母または後見人のかたのサインをもらい、宿泊費と食費の頭金の200ドルの小切手とともに、返送してください。残金の支払いは、5月1日を期限とします。

　もし、都合により参加できなくなった場合は、補欠者リストよりくり上げを行いますので、早めにお知らせください。

ペックス・ポンド・科学キャンプ責任者
ティーシャ・エルナンデス

オリバーは手をおろした。ジェシーは本当は、科学キャンプに入れることになってたんだ……頭がくらくらする。でも、どうして行かなかったんだろう？

オリバーは手紙を読み返してみた。すると、ある文が目にとまった――「宿泊費と食費、交通費については、負担していただくことになります」――ジェシーは、お父さんとお母さんがイーサをオーケストラのキャンプに行かせるためにお金を使っちゃったのを知ってたから、行かないことにしたのかな？　しかも、イーサやお父さんたちに気まずい思いをさせないよう、入れなかったって、うそをついたってこと？

すごいなあ、見返りを求めたり、あてにしたりもしないで、こんなふうに、だれかのために行動できるなんて……。オリバーは、ジェシーがどれだけ科学キャンプに行きたがっていたかを知っていた。何カ月も、その話ばかりしていたのだ。もしかしたら、とオリバーは思った。もしかしたら、損とか得とか考えずに、できることをせいいっぱいやる人がいるから、世の中はうまくいくのかもしれない。

オリバーはジェシーをさがしに、下へおりていった。おどろいたことに、みんなが地下室にいて、床にすわりこんでいた。

ハイアシンスとハーマンは編みものをしている。オーランドは、アーミーナイフを使い、取っ手がついたびんの形をしたポリ容器に切りこみを入れていた。どう見てもそれは、資源ゴミの仕分けをしたときにもらった、塗料のポリ容器だ。アンジーとレイニーは、同じ種類の容器に色をぬっていた。そしてジェシーは、自分の研究ノートに、矢印(やじるし)だらけの複雑(ふくざつ)な図を描(か)いていた。

オリバーは早口でいった。「庭づくりは、つづけよう。ジートさんとジョージーさん、近所のみんなのためにやらなくちゃ。あそこが庭になるのはすごくいいことだと思うから、しっかり守って、みんなに使ってもらおうよ。たとえ、あと十四日でこわされちゃうとしてもね」

みんながおたがいに目配せするのを見て、オリバーは強い口調でいった。「何？」

「オリバーのこと、待ってたの」ハイアシンスがいった。

オーランドもいった。「そうだよ。これをプランターにしたいんだけど、手伝(てつだ)ってくれないか？」

「ちょっと待って。みんな、計画を進める気なんだね？　こわされちゃうかもしれないのに？」と、オリバー。

「がんばろうね、オリバー。庭フェスティバルまでに、することはいっぱいあるんだから！」

ジェシーがいった。

7月9日（月）
ジートさんが入院して14日目
庭フェスティバルまであと5日

23

一週間がとぶようにすぎ、次の月曜までには、庭づくりがだいぶ進んでいた。

ハーマンが自転車のロックを寄付してくれた。厚さが十八ミリもある南京錠で、防犯能力は最高級だ。これでフェンスの扉をロックすれば、今度また土地の開発業者が来たとしても、中に入れないだろうから、植えたものを荒らされる心配もない。

レイニーは毎日、ルシアナさんの種を植えた花壇を確認したけれど、芽らしいものは出ていなかった。ハーマンがｉＰｏｄを持っていたので、もし音楽の力で芽が出やすくなるならと、それにビバルディ作曲の『四季』を入れ、花壇を囲むレンガの上に置いて曲を流した。

ハイアシンスとハーマンは、スマイリーさんのアパートの地下室で見つけた長い板きれにやすりをかけ、それをふたつのプラスチック製のバケツの上にのせて、ベンチを作った。板切れには虹色に編んだカバーを何重にもかぶせ、ジートさんやジョージーさんがすわったときに、おしりが痛くならないようにした。できあがったベンチは、「銀の女王さま」の木かげに運んだ。

アンジーは庭に来るたびに、お父さんが手入れをしなくなった観葉植物を少しずつ持ってきた。それは、ジョージーさんの苗といっしょに、入り口に近い庭の南西部分に植えた。オリバーが教会のそばに水道の栓があるのを見つけてからは、じょうろで水やりをする仕事も増えた。暑さで土がかわき、植物が枯れたらいけないからだ。

その週はずっと、作業をしながらいろいろなことを話したけれど、だれも口にしない話題がひとつあった――ジートさんのぐあいについてだ。ジートさんは、集中治療室から一般病棟にうつったらしい。でも、いつ家に帰るという話は、全く聞こえてこなかった。

庭フェスティバルは五日後の予定だった（イーサはあと四日で帰ってくる）。きょうだい四人とハーマンが庭で作業をしていると、オーランドがとびこんできて、「みんな、ついてきて」といった。オーランドは、一三八丁目の通りを東にどんどん歩いてマディソンアベニュー橋をわたり、みんなをハーレムからサウス・ブロンクスへ連れていった。

橋をわたってすぐのところに、フェンスに囲まれた場所があった。「ラ・フィンカ・デル・サー・コミュニティガーデン」と書かれた大きな看板が立っている。オーランドが入っていくと、中には人が五人いた。みんな、つばの広いぼうしをかぶり、苗がいっぱいのったトレーをテーブルにならべている。その人たちのうしろには、花壇や菜園箱がいくつもあり、花や野菜がよく育っているのが見てとれた。

「苗のセールよ！　トレーひとつがたったの十ドル！」女の人のひとりがいった。

ジェシーはトレーを見つめ、みんなをふり返った。「トレーひとつに、苗が四十八本ある」

女の人がいった。「苗の組みあわせも自由よ。カボチャに、トマトに、キュウリ、それと、ハーブや花もあるわ」

「わあ、お庭の天国……」と、レイニー。

「どうしてこんなに安いんですか？」けげんな顔でハーマンがきくと、女の人が答えた。

「ニューヨーク市の公園局から補助金をもらっているの。わたしたちはみんな、ボランティア。目標は、サウス・ブロンクスの住民全員が、園芸をするようになることよ」

「ハーレムは？　おうちはあっちなの」と、レイニー。

「もちろん、ハーレムでもしてくれたらうれしいわ。ニューヨーク全体を庭にしたいの！」女の人はいった。

べつの女の人が、「チェリートマトを食べてみて」といって、かごをさし出した。その人は、髪を何本もの細かい三つ編みにし、背中にたらしている。

みんなはいくつか取って口に放りこんだ。オリバーがひとつ、かんでみると、口の中で太陽がはじけた気がした。

「めちゃくちゃおいしいです」ジェシーがいった。

女の人たちは、バスケットボールの選手みたいに背が高い男の人を指さしていった。「この人がトマトおじさんよ」麦わらぼうしをかぶり、ベージュのトレーニングウェアを着たその人は、ぼうしに手をやり、にっこりとほほえんだ。

　バンダビーカー家の四人とハーマンとオーランドは相談をはじめた。

「お金はあと三十ドルくらい残ってるんだけど、ぜんぶ、これに使っちゃう?」ジェシーがいった。

　それがいい、と、全員がいった。その上、ハーマンとオーランドがそれぞれ、十ドルずつ足してくれたので、トレーふたつぶんの苗をさらに買えることになった。まずは、さまざまな花を取りあわせたトレーを三つ選んだ。紫とピンクのペチュニア、まん中が太陽みたいに黄色いデイジー、あざやかな緑の葉とうす紫の花のギボウシ、赤いゼラニウム、さまざまな色のインパチェンス。葉っぱが雪の結晶みたいな形をしたシロタエギクなどもあった。

　野菜の方は、なかなか決まらなかった。ジェシーとハイアシンスは、キュウリが苦手なので、「みんなの庭」に植えるのはいやだといった。でもオーランドは、キュウリからピクルスを作りたいんだ、といいはった。ハイアシンスは、ピクルスは大好きなので、それがキュウリみたいにおいしくないものからできているなんていわれても、信じられなかった。

　みんながキュウリのことであれこれいっているあいだに、レイニーはトレーをひとつぶん、パガニーニが好きそうな野菜の苗でいっぱいにしていた。レタス、サニーレタス、ケール、スイスチャード、バジル、セージ、そしてコリアンダー……。お金を払い、苗のトレーを五つ手に入れた六人は、くじで大当たりしたような気分だった。

「このお庭に、すみたい」レイニーがいった。

コミュニティガーデンの人たちは、レイニーにすっかり心をうばわれ、おまけとして三色のカラフルニンジンの種を何袋かくれた。バンダビーカー家の四人とオーランドとハーマンは、お礼をいうと、トレーをかかえ、また橋をわたって空き地にもどった。その午後は、二百四十本の苗をどこに植えるかさんざん話しあって、庭を四つの区域に分ける植えかたをやっと決めた。

「ラベンダーがなくて残念。あればビーダマンさんが喜んだのに」ジェシーがいった。

「ラベンダーは、ルシアナさんが大好きだった花なの」

ハイアシンスがハーマンに説明した。

「ふうん」と、ハーマン。

レイニーはいった。「ジョージーさんとジートさん、ここ見て、ぜったい喜ぶ。世界でいちばんすてきなお庭になるよ！」

夕食の時間になると、一家全員がキッチンのテーブルに集まった。お父さんは席につく前に、取っておいたエムアンドエムズの緑色のチョコを何粒か、レイニーにわたした。レイニーはそれを、スカートのポケットに大事にしまった。

それからきょうだい四人は、お母さんをじっと見つめ、今日のジートさんのようすを話してくれるのを待った。

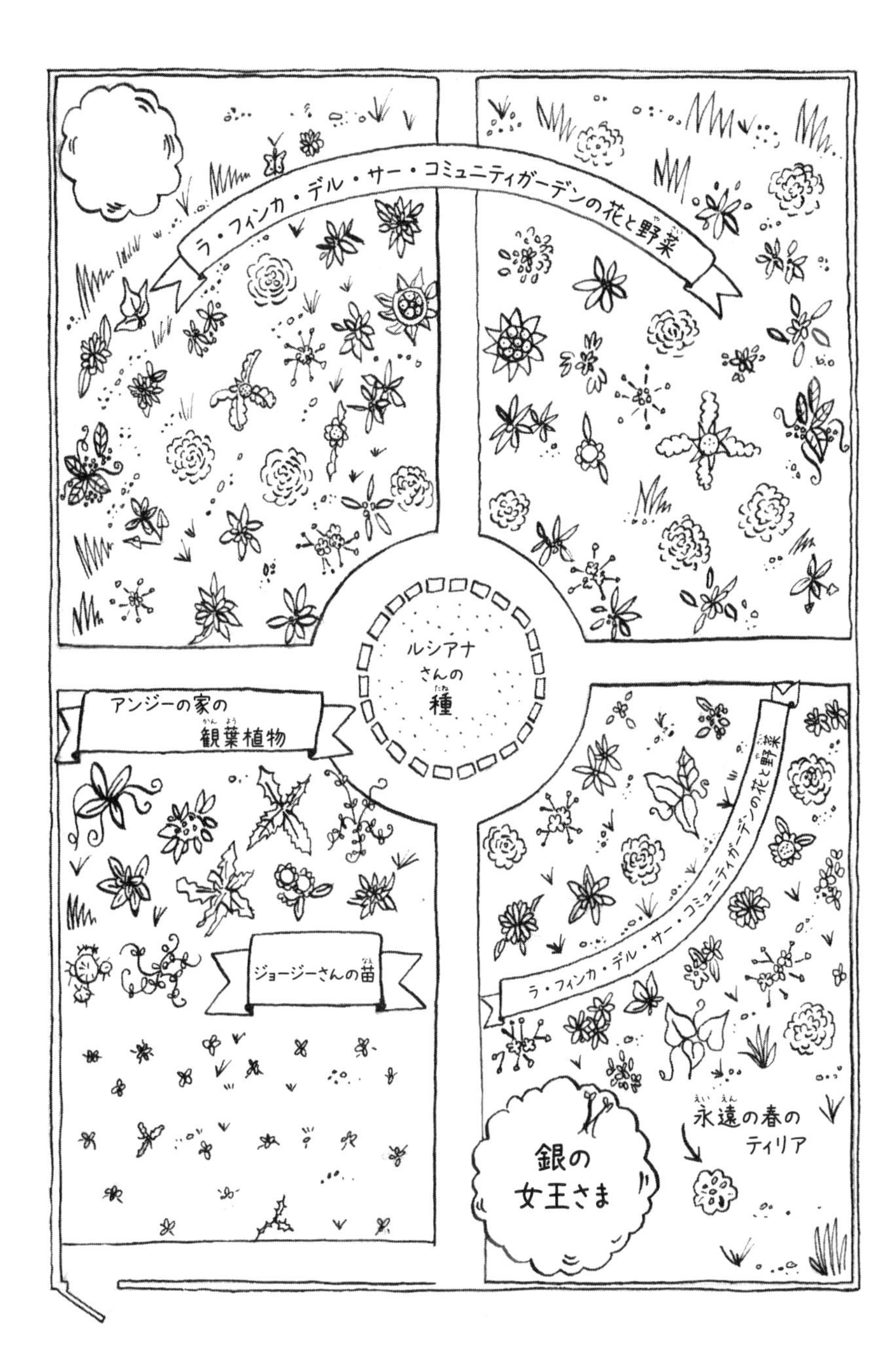
ラ・フィンカ・デル・サー・コミュニティガーデンの花と野菜
ルシアナさんの種
アンジーの家の観葉植物
ジョージーさんの苗
ラ・フィンカ・デル・サー・コミュニティガーデンの花と野菜
永遠の春のティリア
銀の女王さま

「ほとんど変化なし」お母さんはいうと、冷たいビーツのスープをみんなのボウルによそった。

オリバーが立ち上がり、ジートさんのぐあいを記録している黒板のところへ行って、「よくない日」の下にまた線を一本書きたそうとしたそのとき、レイニーが自分のスープのボウルを押しのけ、いすの上で立ち上がった。赤いスープがテーブルにとびちった。

「レイニー！」お母さんとお父さんが、同時に声をあげた。お母さんがつづけた。「ちゃんとすわりなさい！　おぎょうぎがわる……」

レイニーは腕組みをし、きっぱりといった。「明日、病院に行く！　ジートさんには、レイニーがついていてあげなくちゃ。だめっていっても、行くもん」レイニーはもう、あれもだめ、これもだめといわれることに、がまんできなくなっていたのだ。

ハイアシンスも自分のいすの上に立った。「わたしも行く！」

ジェシーも（いすの上ではないけれど）立ち上がり、妹たちと同じようにいった。「わたしも」

オリバーは黒板の前でこおりついたまま、お父さんとお母さんを見つめた。

お母さんとお父さんは、みんなを見上げたあと、顔を見あわせた。お母さんはいった。「いっておくけど、ジートさんはまだ、よくなっていないの。話もできないのよ」

「それでもいい！」レイニーがさけんだ。

お母さんはさらにいった。「やせちゃったし。腕には点滴の針がさしてあって、いろんな機械につながれているの」

「でも会いたいの。会いたくてたまらないの」ジェシーがいうと、ハイアシンスが力強くうなずいた。

お母さんとお父さんはだまったまま、しきりに目配せをしあった。いつまでもそうしているように見えたけれど、やっとお母さんがうなずき、いった。「いいわ。明日、みんなでお見舞いに行きましょう」

「やったー！」四人は大声をあげた。

これに気をよくしたレイニーが、調子に乗ってさらにいった。「それから、前みたいなふつうのごはんにして！　赤いスープは、もういや！　クッキーが食べたい！」

お母さんのレーザー光線みたいな視線をあびて、レイニーはあわてていすにすわりなおし、ボウルを引きよせた。ほかの三人も、同じようにいすにすわり、スープをせっせと口に運んだ。

ビーツのスープはおいしくなかったけれど、みんな笑顔になっていた。

7月10日（火）
ジートさんが入院して15日目
庭フェスティバルまであと4日

24

レイニーは朝、目が覚めるとすぐ、ベッドからとびおりた。今日は、ジートさんに会える！　パガニーニも連れていこう。ジートさんを元気づけられるのは、パガニーニだもの。

レイニーは、連れていく方法を考えた。

ペット用のキャリーバッグに、パガニーニを入れていくわけにはいかない。すぐに見つかってしまうだろう。

レイニーのリュックに入れるのも、よくない。なにしろ、空気穴がない。すでにいろんなものが入ってもいる——手指消毒液のミニボトルが二本と、ミニサイズのマシュマロの袋（おいしいおやつになるし、枕としても使える！）、友だちが描いてくれた絵、それに、レイニーが友だちのために描いたけれど、夏休み前にわたすのを忘れた絵、万が一のための吸入器。底の方には、ペーパークリップとヘアリボン、頭にハートの形の消しゴムがついた鉛筆の束も入っていた。

レイニーはクロゼットの中をさぐった。いちばん奥に、パズルやボードゲームが積んであり、その下に、ピクニックバスケットがあった。サイズがちょうどいいし、編み目に小さなすきまがたくさんあるので、パガニーニが息苦しくなることもないだろう。菜っ葉を少しと、うさぎ用のフードを入れてあげれば、気持ちよくすごせるはずだ。

パガニーニを連れていくことをだれにも話さない方がいいのは、わかっていた。止められるに決まっているからだ。セラピー用のペットだという証明書がないと、病院へは連れていけないらしい。証明書って、そんなに大事なの？

レイニーは口をぎゅっと結んで、階段をおりていった。パガニーニのことは、なんにもいわないんだから！

口をしっかり閉じていたおかげで、パガニーニの「パ」の字もいわないでいられたし、だれかにあやしまれることもなかった。しかも、オリバーは病院へ行かないらしい。ビーダマンさんと大事な話があって、ぜったいにあとまわしにできないのだという。オリバーはだれかがかくしごとをしていると、いち早くかぎつけてしまうので、この知らせはレイニーにはありがたかった。

そこで、お母さんが食べものをつめた容器に名前や日付を書いたシールをはったり、ジョージーさんの着がえをじょうぶなトートバッグに入れたりしているあいだに、レイニーは冷蔵庫から菜っ葉を少し取り出し、ひとつかみのうさぎ用のフードといっしょに、バスケットに入れた。

お母さんが「もうすぐ出かけるわよ」といった。レイニーはパガニーニをすばやくだき上げ、ピクニックバスケットに入れてふたを閉め、パガニーニがとび出さないように、とめ具をかけた。

それから何秒もたたないうちに、パガニーニが菜っ葉をモグモグ食べる音が、かすかに聞こえてきた。

お母さんは、先に立って家を出ると、ジェシーとハイアシンスとレイニーにいった。「ジートさんは話ができないんだから、あれこれきいちゃだめよ。わかった？　ただでさえ不安になっていらっしゃるジョージーさんが、よけいつらくなってしまうでしょ」

三人はまじめな顔でうなずいた。レイニーは心配になった。パガニーニに会っても、しゃべれないんだったら、ジートさんが喜んでるって、レイニーにわかるのかな……？

四人は一列になって一四一丁目の通りを進み、マルコム・X大通りに出ると、右に曲がった。やがて病院につき、ロビーをぞろぞろと歩いた。

ハイアシンスは編みもの道具のポーチを腰にさげていた。ジェシーは科学事典をわきにかかえている。「クォーク」について書いてあるページを、ジートさんに見せるつもりなのだ。レイニーはピクニックバスケットをゆらさないように運びながら、会う人みんなににっこり笑いかけた。すると、だれもが笑顔を返してくれた。

レイニーは、ずっと笑顔でいた。笑うのをやめたら、ピクニックバスケットの中にうさぎが入っているのが、見つかってしまいそうな気がしたからだ。はるばる病院まで連れてきて、あとほんの少しのところで追い返されるのだけは、いやだ！

でも、パガニーニを病院にこっそり連れこむのは、思っていたよりもかんたんだった。大人がついているので、子どもだからといって、入るのを止められたりしない。バスケットの中を見せるよう、いわれることもなかった。

お母さんはみんなをエレベーターに乗せ、五階のボタンを押した。この前と階がちがうのは、ジートさんが一週間前に、集中治療室を出たせいだ。

エレベーターの中は混んでいた。車いすに乗った男の人もいた。横にあるキャスターつきのコートかけみたいなものに、水か何かの袋がかかっていて、そこからのびたチューブが、男の人の鼻の穴にさしこまれている。看護師が二人、そばについていた。ひとりは車いすを、もうひとりはコートかけみたいなものを押す係のようだ。

奥には警備員の制服を着た男の人もいた。レイニーはバスケットをしっかりとかかえこんだ。エレベーターが混んでいて、よかった。パガニーニが出たがって中から押しているせいで、とめ具のひもがぴんとはるくらい、バスケットのふたが上がっていた。どうか警備員さんが気づきませんように……レイニーはそう思いながら、ふたを手で押さえた。もし、ここでパガニーニが外へ出てしまったら、ひどくまずいことになるのはまちがいない。

五階につき、お母さんのあとについて混んだエレベーターをおりたときには、ほっとした。ところが、エレベーターのドアがほぼ閉まりかけたときに、中でひとりの男の人がこういうのが聞こえた――「今、あの女の子のバスケットの中で、何か動かなかったか？」

ばれちゃった、とレイニーは思った。でも、お母さんの耳には入らなかったらしく、すたすたと通路を進んでいく。警備員がさがしに来たりしないうちに、早くジートさんのところへ行かないと！　ありがたいことに、病室はその通路にあった。お母さんが、開いているドアをノックした。ドアにはジートさんの名前が書かれた札がついている。

「コン、コン！」お母さんは、さらに声をかけた。

「どうぞ！」ジョージーさんの返事が聞こえた。

レイニーたち三人は、おなじみの声にほっとして、大きなため息をついた。病室をのぞくと、ベッドの横で、ジョージーさんが茶色いプラスチックのいすにすわっていた。すそが広がった色あざやかなロングワンピースを着ている。

レイニーはジョージーさんの横へ目をうつした。……いた！　ジートさんだ！　ジートさんはベッドの上で体を起こしていた。でも、かっこうがいつもとぜんぜんちがう。ボタンダウンのシャツにボウタイではなく、グレーの地に小さな青い水玉模様が入った病院のパジャマを着ているのだ。

とはいえ、ジートさんに会えて安心したので、レイニーはベッドの上にバスケットをポン、とのせると、自分もベッドに乗っかり、五センチくらいまで顔を近づけて、ジートさんの黒い目をのぞきこんだ。いつものように、バタースコッチキャンディーみたいなにおいがする。

ジートさんが右手でレイニーのほおをさわったので、レイニーもほおをよせてジートさんにキスをした。体を起こしたとき、ジートさんの目に涙がうかんでいるのに気づいた。まわりを見まわすと、ジョージーさんも泣いていた。お母さんも、ジェシーも、ハイアシンスもだ！

　こんなとき、みんなを笑顔にしてくれるのはだれか、レイニーにはわかっている。さっそく、ピクニックバスケットをひざにのせ、とめ具をはずした。バスケットからパガニーニがひょっこり顔を出した。レイニーはにっこりして、またみんなを見まわした。でも、変だ……パガニーニを見て、笑っている人がひとりもいない！　お母さんはぎょっとした顔をしている。ジョージーさんは、あっけにとられている。

　みんなただ、あんぐりと口を開けていると、ふいに、ジートさんが笑いだした。笑いつづけて、目からまた涙が出てきた。でも、それがうれしいときに出る涙だということは、レイニーにもわかった。ジートさんの楽しそうな笑い声を聞いて、がんばってパガニーニを病院まで連れてきて、本当によかった、と思った。


　パガニーニがピクニックバスケットからぴょん、ととび出して、ジートさんのひざに乗ると、ハイアシンスは思わず声をあげた。「うわあ！」

「あら、まあ……」お母さんは、病室の外のナースステーションの方を見やってから、病室のドアを閉めた。

　部屋じゅうにジートさんの笑い声がひびきわたった。「笑ったのは、ここに運ばれてきて以来、はじめてよ」ジョージーさんがいった。

ジートさんはほんとにごきげんみたい、とハイアシンスは思った。右の口のはしが大きくつり上がった笑顔になっているし、右手はパガニーニが大好きなやりかたで、耳のまわりをかいてやっている。レイニーはすっかり興奮して、ベッドの上ではねはじめた。

「レイニー、ぴょんぴょんしないの！」ジェシーがしかった。

レイニーは、とびはねるのをやめた。パガニーニがうしろ脚で立ち、ジートさんのあごをクンクンとかいだ。そこでレイニーは、ピクニックバスケットの中にほんの少し残っていたえさをかき集め、ジートさんの右手にのせた。パガニーニはすぐに食いついた。

お母さんがつかまえようと手をのばすと、パガニーニはぴょんとはね、ぎりぎり届かないところへ逃げた。お母さんはいった。「レイニー、パガニーニをバスケットにもどした方がいいと思うわ。病院に連れてきちゃいけないんだもの」

「でも、ジートさんは、パガニーニが大好きなんだよ、お母さん！　ほら、すっごく、うれしそうでしょ！」

ハイアシンスが見ていると、お母さんはパガニーニとジートさんを見てやさしい顔になり、のばした手をひっこめた。「そうね、少しのあいだなら……」

お母さんが最後までいい終わらないうちに、ドアが勢いよく開き、白衣を着た背の高い女の人が入ってきて、大声で話しはじめた。首には聴診器をかけている。「おはようございます、ジートさん！　今日の調子はいかが……なんてこと！　それ、うさぎ？」

通路からドスドスと足音も聞こえてきた。だれかが走ってくるようだ。

ハイアシンスがレイニーの方を見ると、レイニーは、パガニーニをピクニックバスケットの中へもどそうとしていた。でもパガニーニは、もどりたくなかったようだ。レイニーの手からとび出し、ジートさんの横にあったキャスターつきのテーブルに乗っかった。そこには、氷水が入った水さしと、いくつか重ねたプラスチックのコップがのせてあった。

お母さんはフットボールの選手みたいに腰を低くして身がまえ、パガニーニにタックルしようとした。ところが、パガニーニがとびうつったときの勢いでテーブルが動き、はなれてしまったため、あと少しのところでつかまえそこなった。

よろけたパガニーニは、バランスを取りもどそうとして、水さしにぶつかった。水さしが床に落ち、ふたが開いて、水と氷がとびちった。

「どうかしましたか？」制服を着た警備員がかけこんできた――と思ったら、氷水に足をすべらせ、宙に一秒ういたあと、リノリウムの床にドン、と背中を打ちつけた。

「いたーい！」レイニーがさけんだ。

「だいじょうぶですか？」ジョージーさんがベッド越しに警備員を見つめ、きいた。

「なんてこと！」医者は、さっきと同じ言葉を口走った。

ハイアシンスは、床から氷を少し拾うと、警備員のそばへ行った。「痛いところは、どこですか？」

「体……じゅう……」警備員はうめいた。

ハイアシンスは、氷をいくつか、その人のおでこにのせた。念のために、おなかの上にも。あわてたようすのパガニーニが、テーブルからベッドの上にもどってきたので、レイニーはすばやくピクニックバスケットに入らせた。それからレイニーは床にしゃがみ、さらに氷を拾い集めているハイアシンスを手伝った。ハイアシンスは、体を強く打った警備員さんをもっと冷やしてあげなくちゃ、と思っているようだ。

医者はふきげんそうな顔で、お母さんとジョージーさんに説明した。「うちの病院は、動物の持ちこみ厳禁なんですよ。この医療施設に入れるのは、セラピーアニマルの認定を受けた動物だけです。特別な訓練をじゅうぶん受けないと、与えられない資格です」

お母さんは小声で、「たいへんもうしわけありません」といった。でもジョージーさんは「そうなのね、教えてくれてありがとう」といった。

「氷は、やめてくれ」床で警備員がまたうめいた。レイニーはすぐに手を止めた。でもハイアシンスは、ちょうど片手いっぱいぶんの氷を集めたところで、使わないのももったいないと思ったので、その氷を警備員の首にかけた。首のけがは、命に関わることがあるのを、知っていたからだ。

ハイアシンスはふと心配になり、きいた。「寒いですか?」そして、ジートさんのベッドの足のあたりに置いてあった毛布を取って、警備員さんにかけてあげた。「だいじょうぶですよ。わたしたち、人を元気にするのが、すごく得意なんです」

「本当に、そのとおりだわ」ジョージーさんがいい、近くへ来てかがみこみ、ハイアシンスの肩をポンポンとたたいた。

「ほっといてくれないか」警備員がいった。

するとレイニーが、「そうだ、これできっと、元気になるよ！　パガニーニはみんなを元気にしてくれるの！　そうだよね、ジートさん？」といいながら、バスケットに手をのばした。

「だめ！」お母さんとジョージーさんとジェシーが同時にさけんだ。お母さんはレイニーからバスケットを引きはなすと、自分の足もとにおろした。

ジートさんが口の右はしをきゅっと上げ、右手をパタパタふって笑った。

「出口までお送りします」医者がこわい顔で、バンダビーカー一家にいった。

ジョージーさんはレイニーをだきよせた。「あなたたちが来てくれたこと、ジートさんにはとってもよかったと思うわ」

「大さわぎに、なっちゃったのに？」レイニーがささやいた。

「ええ、それだけのことはあったわ」ジョージーさんはささやき返した。

7月11日（水）
ジートさんが入院して16日目
庭フェスティバルまであと3日

です』……オードリー・ヘップバーンって女の人が、ぼくたちにこれをくれたみたいだよ」

ジェシーがオリバーの肩越しにのぞき、あきれたように目をぐるんと回した。「オードリー・ヘップバーンは、その言葉をいった人。ずっと前に亡くなった女優だよ！」

「そんなの、ぼくが知るわけないだろ？」オリバーがいい返した。

ジェシーがべつのカードを手に取り、いった。「こういうのもあるよ。『図書室に庭があれば、あとはもう、何もいらない』だって」

「それも、オードリー・ヘップバーンさんがいったの？」ハイアシンスがきいた。

ジェシーが答えるより先に、オーランドがいった。「マルクス・トゥッリウス・キケロ（古代ローマの政治家・弁論家・哲学者）だな」

ジェシーがカードのつづきを読み、いった。「当たり。なんで知ってるの？」

オーランドは肩をすくめた。

ハイアシンスは、バラの鉢植えにもカードがあるのを見つけた。ついていた土をはらい落とし、声に出して読むと、大声をあげた。

「わあ、これ、『秘密の花園』だって！」

「こっちにもある！」レイニーが小さな木についていたカードをつかんだ。「ねえ、読んで！」

オリバーが読んでやった。「『うつらうつらしながら、ずっと庭の夢をみています』だって。『リディアのガーデニング』（サラ・スチュワート文、デイビッド・スモール絵の絵本）っていう本からだよ」

ジェシーが考えながら、いった。「どうやら、ぜんぶ、同じ人からのプレゼントみたいだね。字がいっしょだもの」

オリバーがいった。「なぞのおくり主は、この庭がじきにつぶされちゃうかもしれないってことを、知ってると思う？」

ジェシーは胸をはった。「わたしたちには、強い味方だよ。庭が美しくなればなるほど、つぶされにくくなる。そうだよね？」

「でも、いったいどこに植えるっていうの？　もう、場所がないよ」オリバーがいうと、ジェシーはいい返した。

「だいじょうぶ。オーランドとわたしで、あのポリ容器から作ったプランターをフェンスにくくりつけるから、そこに、北東の区域に植えたやつをうつせばいい。そうしたら、空いたところに、バラとラベンダーを植えつけられるよ」

オリバーはため息をついた。「わかった。じゃあ、中に運ぼう」オリバーは、バラの大きな鉢植えを持ち上げようとした。でも重すぎて、むりだった。一方、オーランドは、べつのバラの鉢植えを軽々と持ち上げている。

ハイアシンスが、車の多い交差点で交通指導をする人みたいに、両手を上げて二人を止めた。

「待って！　カードをわたしにちょうだい」オーランドがバラの鉢植えをおろし、オリバーと二人で、ハイアシンスがカードをそっとはずすのを手伝った。ハイアシンスは、集めたカードをなくさないように、編みもの道具を入れたポーチにしまった。

そこへ、ハーマンがあらわれた。編みもの道具と毛糸がたっぷり入った大きな袋を持っている。

「どうしたんだ、この鉢植え？」ハーマンはきいた。

ハイアシンスはハーマンに、りっぱな鉢植えを得意げに見せた。ハイアシンスが思ったとおり、ハーマンは興奮したようすで、新たに仲間入りする花や木をながめた。ハーマンが鉢植えを空き地の中へ運びこむのを手伝いはじめたので、オーランドとジェシーは、色をつけたポリ容器のプランターをフェンスに取りつける作業にうつった。

ジェシーがふと気づくと、レイニーが、ルシアナさんの種を植えた花壇を、じっと見つめていた。前の晩に少し調べたことを、レイニーに話した方がいいかな？　種はふつう、とてもいい状態で取っておいても、二年から四年くらいでだめになるらしいのだ。ルシアナさんがあの箱をうめたのが四歳ごろだとしたら、少なくとも十八年はたっていることになる。でもレイニーは、その種が芽を出すのを、とても楽しみにしているようだ。自分がいってしまうことでレイニーをがっかりさせたくない――そう思ったジェシーは、今はだまっていることにした。

ハーマンとハイアシンスは、そのあとはずっと、せっせと編みものをした。庭フェスティバルまで、あと三日しかない。

水分補給のためにひと休みしたとき、ハイアシンスは、いろいろな言葉が書かれたカードを取り出し、うっとりとながめながら、ハーマンに話しかけた。「このカード、すごくいい。字がとってもきれい」手書きの文字は、うずまきをつけたおしゃれな飾り文字になっていた。百年くらい昔の人が、羽根ペンの先をインクつぼにひたしながら書いていたような、古めかしい味わいの字だ。

ハーマンは返事をしなかった。手も編み針も毛糸もかすんで見えるほどの速さで、フェンスの飾りを編んでいたのだった。

昼食後、また雑草取りをしたあとで、レイニーは空き地の中心にある円形の花壇の前にしゃがみ、はだかの土をじっと見た。ここにルシアナさんの種をまいてから、十日たつ。なのに、まだひとつも芽が出ていない。

「なんで出ないのかな？」といったら、オリバーはこう答えた。

「水やりが足りないんじゃない？」

一方、オーランドはいった。「それとも、水をやりすぎなのかも。どういうタイプの種かわかってないのが、こまるところだよな。もっと光があたるところがいいのかもしれないし、暗い方がいいのかも」

レイニーはため息をつき、また土を見つめた。ほんとにどうして出てこないの？　レイニーが

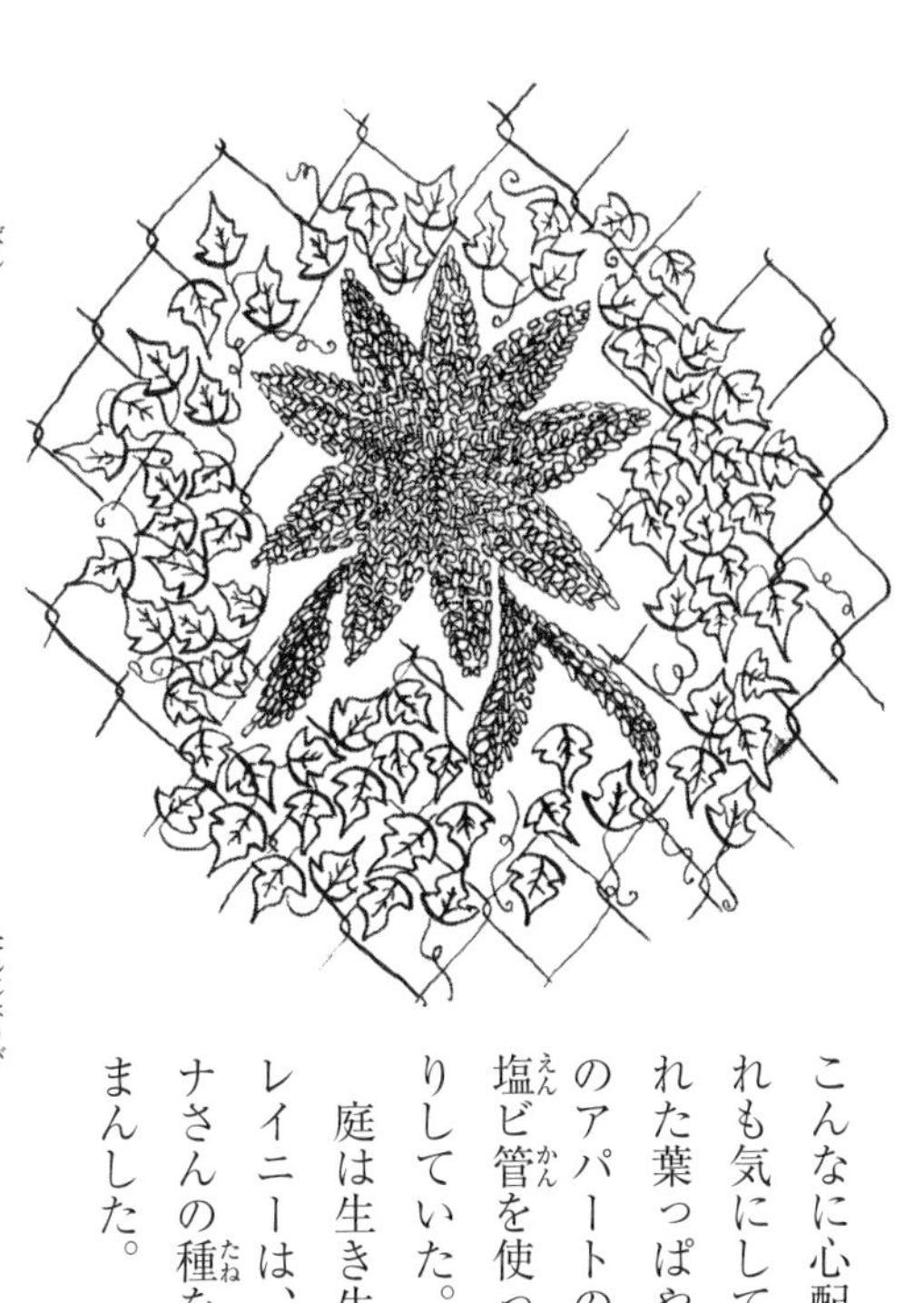

こんなに心配しているのに、きょうだいたちはだれも気にしていないようだ。雑草をぬいたり、枯れた葉っぱや花がらをつんだり、スマイリーさんのアパートの資源ゴミを整理したときに見つけた塩ビ管を使って、トマトを支えるケージを作ったりしていた。

庭は生き生きとした雰囲気になってきていた。レイニーは、早く芽を出さないかしらと、ルシアナさんの種を指でつつきたくなるのを、じっとがまんした。

その晩、夕食の前に、ハイアシンスは誕生日にビーダマンさんが買ってくれたラミネーターをコンセントにつないだ。

庭についての言葉が書かれたカードを、二枚のラミネートフィルムのあいだにていねいにはさみ、ラミネーターがじゅうぶんあたたまってから、中に通すと、フィルムどうしがしっかりくっついて出てきた。あとは、よぶんなところを切り落とし、四すみに穴を空けて、お気に入りのうす紫色のリボンを通せば、できあがりだ。

一階へおりていくと、ちょうど夕食の用意ができたところで、みんながテーブルに集まっていた。フォークを手に、さあ食べよう、というとき、お母さんの電話が鳴った。

「ジョージーさん?」お母さんは電話に出るなり、いった。それからしばらくの間のあと、ぱあっと明るい笑顔になり、子どもたちに目をやると、電話口にいった。「スピーカーに切りかえますね」そしてボタンをタップし、お父さんと子どもたちに向けて、携帯をかかげた。

ジートさんのゆたかなバリトンの声が、一階全体にひびきわたった。「やあ——みんな」

子どもたちは、はっとしておたがいに目を合わせると、いっせいにさけんだ。「ジートさん!」

「また——あいたい」と、ジートさん。

ジョージーさんの声も、スピーカーから聞こえてきた。「みんなが会いに来てくれたおかげで、元気をとりもどしたの。本当にありがとう」

「お礼なんていいから、早く帰ってきて!」ジェシーがいった。お母さんはスピーカーを切って携帯をまた耳にあて、ジョージーさんにあと二言三言いってから、電話を切った。

お母さんは、安心して喜んでいる子どもたちの顔を見て、いった。「お医者さんたちは、ジートさんが金曜には退院できるように、治療のプランを立ててくださってるんですって。作業療法士さんがおっしゃるには、リハビリも順調で、今週から支えなしに歩いたり、階段ののぼりおりをしたりしているそうよ」

「やったー!」レイニーが歓声をあげた。

「じゃあ、間にあうのね、わたしたちの……」ハイアシンスがいいかけた。

ジェシーがすぐにあとをひきとった。「……イーサが帰る日に！」ジェシーは、気をつけて、というように、ハイアシンスに向かって顔をしかめて見せた。

オリバーが少し間を置き、口を開いた。「病院では、本当に元気そうだったの？」

「うん、とっても！　パガニーニをなでたりしてた！」レイニーがいった。

「オリバーも来ればよかったのに」ジェシーがいった。

オリバーは、二週間前にジートさんがたおれたときのことを思った。熱い涙がこみ上げてきて、目をパチパチさせた。「ぐったりしてるジートさんを、見たくなかったんだ」

お母さんが立ち上がり、オリバーをぎゅうっとだきしめた。「もどってらしたら、盛大な『お帰りなさいパーティー』をしましょう。料理はお母さんにまかせて」

オリバーは眉をひそめてお母さんを見やった。「緑色のクッキーとかは、なしだよ？」

一瞬の間のあと、お母さんはいった。「お母さん、そんなにやりすぎてた？」

四人はうなずいた。

「わかった、じゃあ、おわびになんでも作ります。何が食べたい？」

「フライドチキン」と、ジェシー。

「ダブルチョコとピーカンナッツのクッキー」と、オリバー。

「マカロニチーズ」と、ハイアシンス。

「パン！　たっくさん」と、レイニー。

「了解(りょうかい)！」お母さんはにっこりした。

7月12日（木）
ジートさんが入院して17日目
庭フェスティバルまであと2日

26

木曜の朝、バンダビーカー家の四人は、うきうきした気分で庭へ向かった。ジートさんとジョージーさんはもうすぐ帰ってくるし、庭に植えたものは元気に育っている。この十一日間、開発業者が何かいってくるようなこともなかった。

通りのとちゅうで、フェンスの扉のそばに、だれかが立っているのが目に入った。背中がまるまっている感じから、ハーマン・ハクスリーだとわかった。

「フェンスに何かしているみたい」ハイアシンスが目をこらし、いった。

「あんな目立つことをしてたら、中に何かあるのかなって、あやしまれちゃうじゃないか」オリバーがいった。

ハーマンがふとこちらを向き、四人に気づいた。四人が近づいていくと、ニットのひざかけみたいなものをすばやくフェンスにかけ、その前に立ちはだかった。

ハイアシンスはハーマンをまじまじと見た。「何をしているの？」

ジェシーが、「ひざかけなんかかけたら、庭に目が行っちゃうと思わない?」といいながら、フェンスからはずそうと、ひざかけに手をのばした。ハーマンが止めようとしたけれど、ジェシーの方が十五センチも背(せ)が高かったので、頭越(あたまご)しにすばやくひざかけのはしをつかみ、一気に引きおろした。すると、看板(かんばん)があらわれた。

売却済(ばいきゃくずみ)

ハーマンは、がっくりとうなだれた。「ごめん。来たら、これがあったんだ。みんなに見せたくなかった」

オリバーは扉へかけより、ツタをかきわけた。最新式の自転車のロックがなくなっていて、代わりにひどくじょうぶそうな、りっぱな南京錠がかかっていた。電動ハンマーでも使わないと、こわせそうにない。地面には、金属の破片がちらばっていた。だれかが電動工具を使って、自転車のロックをこわしたにちがいない。

「信じられない！」ジェシーが息まいた。歩道に落ちていた小枝を拾うと、フェンスをつつき、中がひどいことになっていないか、のぞこうとした。でも、ツタがびっしりからまっていて見えない。ジェシーはいらいらし、フェンスをゆすった。

オリバーは、フェンスを乗り越えようとした。でも、フェンスをおおうくねくねとしたつるで足がすべってしまい、上がれなかった。

「のぼれたとしても、むだだよ」ジェシーがフェンスのてっぺんを指さした。そこには新品の有刺鉄線が、らせん状に取りつけられていた。

ハイアシンスがいった。「わたしたちのお庭が、ブルドーザーでつぶされちゃう。ルシアナさんの種が芽を出したかどうかも、たしかめられないまんま。ジートさんとジョージーさんが、『銀の女王さま』や、『永遠の春のティリア』の下にすわって、鳥がうたうのを聞くことも、できなくなっちゃった」

「あと、もうちょっとだったのに……」ジェシーが口ごもると、ハイアシンスがつづけた。「……これで、おしまい」

レイニーがツタの中にうもれるようにフェンスにもたれかかり、いった。「あーあ、ビーダマンさんのお友だちに、お庭を助けてって、お願いできたらなあ。古ーい建物を、守ってる人なんだって」

一瞬、しんとなったあと、ジェシーがきいた。「そんなこと、なんでレイニーが知ってるの？」

「ビーダマンさんが、電話で話してた」と、レイニー。

ジェシーは教会を見やった。「この教会は、この街で特に古い建物だよ。たしか、ジョージーさんが、いってた。昔は、〈地下鉄道〉（十九世紀にアメリカ南部の黒人奴隷を北へ逃がし、自由になる手助けをした地下組織）を通して逃げる人たちを、かくまうところだったたって」

ハーマンがいった。「なら、そのビーダマンって人に話しに行こうよ。何をぐずぐずしてるの？」

バンダビーカー家の四人は、こまった顔になった。ジェシーがわけを話した。「まだ、大人にはだれも、この庭のことをちゃんと話してないんだ。それに、ビーダマンさんは、ここに……大切な思い出があるはずなの。教会に保育園があったころに、お嬢さんのルシアナさんが通ってたんじゃないかって、思うから」

ハーマンは、だから何？　というように、両手を上げた。「だったらよけいに守りたいと思ってくれるんじゃない？」

ハイアシンスはきょうだい三人をちらりと見てから、ハーマンにいった。「ルシアナさんは、死んじゃったの。それで、ビーダマンさんは、もう六年も外に出てないの」

ハーマンは口をあんぐり開けてから、いったん閉じ、また開けた。「だけどさ、もう、その人にたよるしかないだろ。トリプル・Jさんは、まだ帰ってきてないんだよね？　連絡はあった？」

ジェシーは首を横にふった。「どうして急に連絡がとれなくなっちゃったんだろう。トリプル・Jさんがいいっていってないのに、教会の土地が売られるなんて、おかしいよね？　携帯には十回以上メッセージを残したよ」

「ハーマンのいうとおりだと思う。こうなったらもう、ビーダマンさんに、たよるしかない」オリバーはきびすを返し、家に向かって歩きだした。

「おまえがノックしなよ。いいだしっぺだろ」オリバーがハーマンにいった。

「いやだよ。ぼくは、一度も会ったことがないんだぞ」ハーマンが、みんなのうしろからいった。

ジェシーがいってみた。「ハイアシンスは？　ビーダマンさんのお気に入りなんだから」

ハイアシンスは首を横にふった。「レイニーは？　ノックするの、好きでしょ」

レイニーはくちびるをかんだ。「ルシアナさんのこと、レイニーはいいたくない。悲しい気持ちにしちゃうもん」

そのとき、部屋の中からビーダマンさんがさけぶ声がした。「何をごちゃごちゃいってるんだ？　さっさと入ればいいだろう！」

ジェシーはみんなを見まわし、扉を開けた。全員が一列になって入っていった。

「きみはだれだ？」ビーダマンさんは、いちばんうしろのハーマンを目にするなり、強い調子できいた。ハーマンは、扉の外に片足を残している。

「ハーマン・ハクスリーといって、ぼくの学校の友だちです」オリバーがいった。

ビーダマンさんはハーマンをじろじろ見て、まあよかろう、と思ったらしく、「入りなさい。取って食ったりしないから」と、低い声でいった。ハーマンは肩をすくめ、部屋に入ると、うしろ手に扉を閉めた。子ねこのプリンセス・キュートがソファからハーマンの足もとへとびおり、靴ひもを前足でちょんちょんとつついた。ハーマンはかがみ、ねこのひたいをなでた。

「さて、いったいどのようなご用ですかな？」ビーダマンさんが、わざとらしくていねいにきいた。

ジェシーはオリバーを、オリバーはハイアシンスをつついた。ハイアシンスはレイニーをつつこうとしたけれど、レイニーはビーダマンさんのキッチンテーブルの下にもぐりこんでいて、手が届かない。

しかたなく、ハイアシンスが口を開いた。「わたしたち、ちょっと、やってることがあるんです。この先の、教会の近くで」

「きみたちがこの数週間、どこに行方をくらましているか、わたしが知らないとでも思っているのかい？」ビーダマンさんは、おどろいたようすでいった。

そういえば、あの園芸用の手袋……。ハイアシンスは、ビーダマンさんをまじまじと見た。

「どうしてわかったんですか？」

「窓から通りを見ていたからね」と、ビーダマンさん。

みんなは一四一丁目の通りに面した窓へかけより、下を見てみた。たしかに、四階のこの高さからだと、通りの先までまる見えだ。

ジェシーがくるりとふり返った。「そういうことなら……。わたしたちは、ジートさんとジョージーさんのために、何か特別なことをしてあげたくて……」

ビーダマンさんは、その説明もいらない、というように、手をふった。「知っているよ。きみたちがあそこに花や園芸用品を運びこんでいるのを、見ていたから」

「いやじゃなかった？」ハイアシンスがきいた。

「わたしが？　なぜ？」

「だって、ルシアナさんが、あそこの保育園に行ってたんですよね」オリバーがいった。

「どうしてそれを知って……いや、そんなことはどうでもいい。わたしはちっともいやではないよ。とてもいいことじゃないか」

オリバーはほっとため息をついた。「ああ、よかった……実は、お願いしたいことがあるんです。ビーダマンさんのお友だちだっていう、建物を守る仕事をしてる人……その人に、連絡してもらえませんか？　どうしてかっていうと、今日いきなり、ぼくたちがつくってる庭の入り口に、『売却済』っていう看板がかかったんです。そこにマンションを建てるとかいう話も、聞きました。トリプル・Jさんはいないし、連絡もつかないから、あとはもう、ビーダマンさんのお友だちに助けてもらうしかない、って思って」

ビーダマンさんは、おどろいた顔をした。「教会が売られたのか？」

「いいえ、となりにある土地だけです」と、ジェシー。

ビーダマンさんは、頭をふった。「もう売れてしまったのなら、わたしの友人にはどうにもできないかもしれないな。建物ならともかく、土地では……」

「でも、土地も、建物の歴史の一部ですよね、ねえ？」と、オリバー。

「ジョージーさんがいってました。あそこは、〈地下鉄道〉のかくれ場所のひとつだったって」

ハイアシンスもいった。

ジェシーがいった。「きっとあそこは、歴史的に重要な、街の財産なんです」

最後に口を開いたのは、レイニーだ。「それに、ルシアナさんがそこに、これをうめてたの！」

レイニーはリュックのフロントポケットからルシアナさんの箱を取り出し、ビーダマンさんにさし出した。

みんながこおりついた。今ここでビーダマンさんにルシアナさんの箱を見せようなんて、だれも考えていなかったのだ。

「どうして、それを……ああ……あの子はこの箱を、すごく、気に入っていた」ビーダマンさんはとぎれとぎれにいった。それから、おそるおそる、箱に手をのばした。さわったらふっと消えてしまう幻であるかのように……。そして箱をそっと持ち上げ、とめ金をはずしてふたを開けると、中の文字を指でなぞった。「わたしが作ってやったものだ。いつも、母親が手入れをしていた庭の花の種を、これに入れていた。魔法の種だ、といってな」ビーダマンさんは箱を閉じた。そして、これを開けたことで一気によみがえった、たくさんの思い出をだきしめるように、両手で箱を包みこんだ。

「それじゃ……助けてもらえる？」レイニーがきいた。

「『みんなの庭』を救えるのは、ビーダマンさんだけなんです」と、ジェシー。

「お願いです」オリバーはそういうと、ビーダマンさんの電話を手に取り、さし出した。「お願いします！」

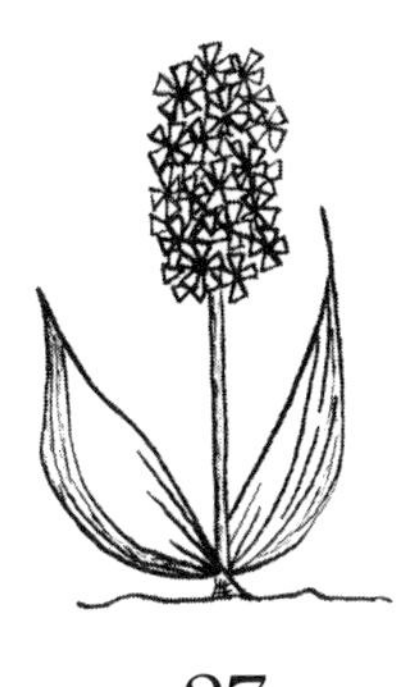

27

「まさかわたしが、こんなことをしているなんて」ビーダマンさんがいった。今しがた、ニューヨーク市の歴史的建造物保護委員会に勤めるリンさんという友人の女性との電話を切ったところだった。

リンさんによると、すぐに手つづきをはじめるには、ダウンタウン（マンハッタンのもっとも南にある地区）にある事務局へ行かなくてはならないらしい。

ビーダマンさん本人が、だ。

たくさんの書類に記入したり、サインしたりしたうえで、それを公証人のところへ持っていって、認証を受けなくてはならないという。しかも、もしすでに売却の話が進んでいるものを止めたい、というのなら、今週末までにすべての手つづきを終えないといけない。事務局は五時きっかりに閉まってしまうのに、今はもう、三時をまわっていた。

レイニーが引き出しの中をあさった。「この紫のネクタイをして。レイニー、紫が大好きなの」

「この六年、ネクタイなどしめたことがない」

「だいじょうぶ、きっとすてきです。フランツも紫がにあうんですよ」ハイアシンスがいった。

「じっとしててください。そんなに動いてちゃ、髪をとかせません」ジェシーがいった。

ビーダマンさんは、ジェシーの手をはらいのけた。「とかさなくていい。このままで平気だ」

オリバーがいった。「十年近く、自分で髪を切ってるんですよね。そのままじゃぼさぼさで、事務局の人たちがこわがっちゃいますよ」

ビーダマンさんはネクタイを首にかけ、すばやくからませたりくぐらせたりして、きちんとした結び目を作った。ハイアシンスは、結びかたを覚えようと、じっと見ていた。いつかフランツにも、ネクタイを結んであげたいと思ったからだ。したくがすむと、ビーダマンさんは両手を広げ、みんなをじろりと見た。「どうだ？」

「かっこいい！」レイニーが片足ずつぴょんぴょんとびはねながら、いった。

「これなら、オオカミ男にまちがえられたりしません」ハイアシンスが大まじめにいった。

「準備オーケーですか？」ジェシーがきいた。

「出発できる？」オリバーがきいた。

「もちろんでしょ！」レイニーがいい、ビーダマンさんの手を取った。みんなは階段をおりて二階のエントランスへ向かった。〈ブラウンストーン〉の階段は、うれしそうにきしんだ。

ジェシーがエントランスの扉を開けると、階段の下に道路が見えた。歩道や建物の外壁に、街路樹の木もれ日がさしている。タクシーがクラクションを鳴らし、郵便車を追いぬいた。

ビーダマンさんは戸口にじっと立ったまま、ひたいに手をかざして通りを見わたすと、レイニーの手をぎゅっとにぎった。

それからビーダマンさんは、六年ぶりに、〈ブラウンストーン〉の建物の外へ、足を踏み出した。

バンダビーカー家の四人は、ビーダマンさんを連れて地下鉄の駅へ向かった。ハーマンは、アダム・クレイトン・パウエル・ジュニア大通りまでついてきたあと、家に帰った。毎週木曜の四時半から、お母さんとビデオ通話をする約束があるのだ。

ハイアシンスはビーダマンさんのことが心配だった。長いこと家を出ていなかったのに、急に、遠い地下鉄の駅まで歩いていくはめになったのだ。夕方からのサマースクールの授業に向かう子どもや、キックボードに乗る子ども、郵便配達員、散歩中の犬などに、ぶつからないようにしないといけない。

ビーダマンさんの肌には強い日ざしが照りつけ、髪は、通りすぎる車がまきおこす風で、ブワッと逆立った。ハイアシンスは、車のクラクションの音やバスのブレーキの音がいつもより大きい気がして、ビーダマンさんの耳にはうるさすぎるんじゃないかしら、と思った。

五人は駅の入り口につき、地下へおりていった。

ハイアシンスが見ていると、ビーダマンさんはごそごそと財布の中をさぐって、だいぶ色あせたメトロカードを取り出した。それはもう、何年も前に期限切れになっていたので、ビーダマンさんのぶんは、ジェシーが自分のカードをもう一度、読み取り口に通して払ってあげた（ニューヨーク の地下鉄は料金が一律のため、乗車時に払うだけですむ）。それからビーダマンさんをぐいぐい引っぱって歩き、「3系統」の列車のドアが閉まる直前にとびのった。

始発駅がひとつ前だからか、車内はがらがらで、五人ならんですわれるところがすぐに見つかった。ビーダマンさんには、まん中にすわってもらい、レイニーとジェシー、ハイアシンスとオリバーが両わきを固めた。もしビーダマンさんが突然おりようとしても、止められるようにだ。ビーダマンさんはしきりにポケットをさぐっては、財布と携帯がちゃんとあることを確認し、歴史的建造物保護委員会への地下鉄での行きかたをたしかめた。だれとも目を合わせようとしない。

「きんちょう、してるの？」レイニーがきいた。

ビーダマンさんは、ひたいをハンカチでぬぐい、車内のにぎり棒をじっと見つめた。「ちっとも」

でも、チェックのハンカチをにぎりしめたビーダマンさんの手が、ぶるぶるふるえているのを見て、レイニーは話を変えた。「ね、キツネが犬の仲間だって、知ってた？」

ビーダマンさんは、ポケットをさぐって携帯を出し、またしても行きかたを確認したあと、いった。「キツネが犬の仲間……ああ、もちろん知っているよ」それから、どうかそっとしておいてほしい、というように、目をつぶった。

　みんながだまりこんだ。列車はガタゴト音をたてながら、ダウンタウンへ向かっていく。ハイアシンスはビーダマンさんの肩にもたれかかり、指編みをはじめた。ジェシーは携帯をいじっている。オリバーは、床をトントン踏みならしながら、車内広告をなめるように読んだ。レイニーは、となりにすわった知らない人に、かかとの高い靴をお母さんにおねだりしている話をしはじめた。

　止まる駅でおりていく人もいたけれど、乗ってくる人の方が多く、やがて、車内はさまざまな人でいっぱいになった。キラキラした紙吹雪が入った風船の束を持ち、パーティー用の服を着たグループもいた。

　ハイアシンスは、指に毛糸をまきつけながら考えた。ビーダマンさん、だいじょうぶかな……？

　ビーダマンさんのはじめての「お出かけ」は、家の裏庭か、数ブロック先のキャッスルマンズ・ベーカリーあたりになるだろうと思っていた。なのに……わたしたちがむちゃなお願いをしたせいで、建物から出ただけじゃなく、こんなふうに地下鉄に乗って、マンハッタンの南の方にまで行くはめになってしまった。

　ビーダマンさんは大きく息をすい、弱々しくはき出した。ダウンタウンまで無事にたどりつけるのかしら、と、ハイアシンスは思った。

地下鉄の旅はひどく長く感じられた。レイニーが「あと何駅？」と、オリバーにまたきくのを聞いて、これで何度目だっけ、とハイアシンスは思った。オリバーが、「あとほんの二駅だよ」と返事して、レイニーが歓声をあげたちょうどそのとき、列車がギギーッと音をたて、地下のトンネルの中で止まった。照明がちらつく。ビーダマンさんが目を開け、あたりを見まわした。ほかの乗客はため息をつき、腕時計を見やった。

オリバーが「何時？」と、ジェシーにたずねた。

ジェシーは腕時計を見た。「四時八分。事務局が閉まるまで、あと五十二分」

ビーダマンさんが、口をきゅっと引き結んだ。

ハイアシンスは、ビーダマンさんをはげまそうと思って、いった。「すぐにまた、動きますよね。よくあることだから」本当にそうなら、いいのだけれど……。

まもなく、くぐもった音声のアナウンスがあった。「ただいま『チェンバーズ通り』駅で警察の捜査が行われているため、ダウンタウンへ向かう急行列車は全線遅れております。ご不便をおかけして、もうしわけありません」

地下鉄がとちゅうで止まったとき、乗っている人たちがすることには、いくつかの段階があるようだ、とジェシーは見ていて思った。

最初の十五分はみんな、自分が何に遅れてしまうかを、近くにいる人にしゃべった。向かいの席にすわっていた、ぱりっとしたスーツを着た男の人は、四時半から会議があるんだ、と、となりの女の人に話していた。その女の人は、だっこひもの中の赤ちゃんを起こさないようにと、地下鉄が動いているときの振動をまねして、小さく体をゆらしている。

　止まる前からずっととなりの女の人とおしゃべりしていたレイニーは、「みんなの庭」について話しはじめた。建物を守る仕事をしている役所へ行かないと、庭がブルドーザーでつぶされてしまう、とも話した。女の人がくわしくきいてきたので、やがてオリバーも会話にくわわった。まわりの人たちは、耳をそばだてて聞いていた。

　やがて、ジェシーの耳に、こんな声がちらほらと聞こえてきて、話が車内に広がっているのがわかった。

「あの子たちの話を聞いたか？　自分たちの近所の庭に、マンションが建つのを止めようとしてるんだとさ。五時までに役所へ行かないといけないらしいぞ」スケートボードを持った男の人が、友だちに話していた。

　アナウンスがもう一度流れた。警察の捜査のために急行列車が全線遅れていて、不便をかけてもうしわけない、というものだ。ジェシーはまた腕時計を見た。三十分たっていた。そのころには、車内の人たちみんなが、こちらを気の毒そうな目で見ていた。さらにわるいことに、オリバーが、「これじゃ、間にあわないな」と、レイニーとハイアシンスにいったせいで、二人とも泣きだしてしまった。

五時になり、もう望みが持てなくなると、まわりの乗客たちが小声で口々に、なぐさめの言葉をかけてきた。でもジェシーは、庭よりもビーダマンさんのことが心配になっていた。地下鉄に乗ってまもなく、ひと言も発しなくなったし、手のふるえもかなり目立ってきている。もし、ぐあいがわるいのだったら、どうしてあげればいいだろう……？

どなたかお医者さまはいらっしゃいませんか、ときこうかと思ったちょうどそのとき、ガタン、と列車が動きだした。数分後、目的の駅につき、ドアが開いた。ビーダマンさんの手をハイアシンスがしっかりとにぎり、五人はそろってホームにおりた。

時刻は五時三十七分。

ジェシーはだまったまま、弟と妹たちとビーダマンさんを連れて階段を上がり、連絡通路を通って、ハーレムへもどる北行きの列車のホームにおりた。今から事務局へ行ったって、むだだ。もう、とっくに閉まっているはずだから。

ジェシーはここ数年、自分の家族をよく見てきたので、いずれはみんな立ち直れるだろうと、わかっていた――いつになるかは、わからないけれど。もしかしたら、「みんなの庭」を教会のとなりにつくるという夢は、かなわない運命だったのかもしれない。もしかしたら、べつの場所が見つかるかもしれない。バンダビーカー家のみんなの手入れを待っている、ほったらかしにされた空き地が……。

このままでは終われないことは、たしかだった。

　その晩、四人は屋上へ上がった。空はくもっていて、暗かった。みんなで手すり壁によりかかり、通りや建物が縦横にならんだハーレムの街を見わたした。

「ビーダマンさん、だいじょうぶだといいな」ハイアシンスがいった。地下鉄でハーレムへもどってきたとき、ビーダマンさんはつかれきったようすで、全くしゃべらなかった。〈ブラウンストーン〉の建物につくと、階段の手すりにつかまりながら、五分もかかって四階まで上がった。それから、四人にあいさつもせずに、部屋の扉を閉めたのだった。

　オリバーがいった。「もう一生、外へ出ないんじゃないかな。ぼくたちがだめにしちゃったんだ」

「だめにしたわけじゃ、ないと思うけど……少し、急がせちゃったかも」と、ジェシー。

「しばらくひとりにしてあげようね」レイニーが、両親がよくいっているとおりにいった。

「植えたものはどうなってるのかな。『銀の女王さま』も、『永遠の春のティリア』も、きっとさみしがってる」ハイアシンスがいい、庭の中が見えないかしらと、教会の方に顔を向けた。でも、あいだの建物がじゃまになって、見えない。

「もしかしたら、工事がはじまる前に、中に入れてもらえるかも。どこかに植えかえをさせてもらえるかもよ」ジェシーがいった。

「かもね。でも、どこに？」と、オリバー。

「とりあえず、うちの裏庭かな？」ジェシーはいってみた。

「うーん……」オリバーは、裏庭のようすを思いうかべた。広さが教会の空き地の十分の一くらいしかないし、すでにいろいろな木や花が植わっている。「ジョージーさんとジートさんにとって、最高の庭だと思ったのにな」

「わたしたちにとっても、最高だったよ」と、ジェシー。

「『銀の女王さま』も、こっちにうつせる？」レイニーがきいた。

オリバーが答えた。「むりだよ、大きすぎる。たぶん、切りたおされちゃうな」

ハイアシンスは、胸がズキンと痛んだ。何十年ものあいだ、一四一丁目の通りを見守ってきた「銀の女王さま」が、切りたおされるなんて！

ハイアシンスが深呼吸をしたとき、ちょうど、タイルばりの屋上の床に、雨がパラパラとふってきた。「お庭にさよならをいう前に、一回だけでいいから、ジートさんとジョージーさんが、『銀の女王さま』の下にすわれますように」

ほかの三人もだまってうなずいた。目にうかんだその景色を胸にしまうと、非常階段をおり、こっそりと部屋にもどった。

7月13日（金）
ジートさんが入院して18日目
庭フェスティバルまであと1日

28

イーサ：ビーダマンさんは演奏会に来てくれるの？
ジェシー：ううん。
イーサ：うそ、来ないの？？？　もう一回、きいてみて。ルシアナさんが大好きだった曲をやるのよ。
ジェシー：わかった、きいてみる。でも、もしだめでも、がっかりしないでね。
イーサ：レイニーが気持ちわるくなったときのためのバケツは、用意した？
ジェシー：うん。
イーサ：みんなの予備の着がえは？
ジェシー：だいじょうぶ。
イーサ：だって、前にあったわよね……
ジェシー：覚えてる！　忘れたいのに。
イーサ：わかった！　あと少しで会えるわね。またうちのベッドで寝るのが楽しみ。ここのベッドは、マットレスがへたってて、でこぼこなんだもの。
ジェシー：じゃあね。

イーサ：はーい♥

ジェシーはイーサのベッドに目をやった。数週間前についたチョコレートのしみが、今も残っている。イーサのベッドは、いつもはきちんと整えてあるのに、今はカバーがしわくちゃになっていた。レイニーとハイアシンスが、イーサがいないのをさみしがって、何度ももぐりこんだせいだ。

それに、散らかし屋のジェシーが放っておいたものが、イーサのベッドや机の方にもじわじわと広がっていた。今では科学の本や、お菓子の空き袋、よごれた服が部屋全体にちらばっている。でも、イーサのことだから、家に帰ったことがうれしくて、怒る気にならないでいてくれるかも。

ジョージーさんとジートさんがようやく家に帰ってきたのは、午前中の、雨がザーザーふっているときだった。

お母さんとお父さんは、二人が帰ってきても大さわぎしてはだめ、と子どもたちに釘をさしていた。それなのに、ジョージーさんとジートさんがタクシーからおりてくると、お母さんもお父さんも、自分たちのいったことを忘れて、傘を手にとび出していき、あれこれ世話を焼いたり、質問ぜめにしたりした。その上、お母さんが泣きだして、ジートさんのシャツを涙でぬらしたので、ジェシーはお母さんにどいてもらい、自分がジートさんに手を貸した。

オリバーはジョージーさんの手を取った。ハイアシンスとレイニーは、ジートさんたちの荷物を持ってエントランスの階段を上がった。

三階の二人の部屋は、念入りに何度も掃除してあり、冷蔵庫や食品庫には、体にいい食品をたっぷり数週間ぶん入れてあった。

ジートさんとジョージーさんが部屋に入って落ち着いたのを見届けると、一家は下におり、イーサの演奏会に出かけるしたくをした。フェリス・レイクまでは、四時間かかる。車での長旅は、うれしいものではなかったけれど、イーサに会うのはすごく楽しみだった。これでようやく、〈ブラウンストーン〉の住人が、もとどおり全員そろうのだ。

ジェシーは、図書館で見かけて思わず借りた、マリア・メーリアンという自然科学者（植物や昆虫の絵を詳細に描いたことで知られる）の伝記と、ノート、レイニーが気持ちわるくなったときのためのペパーミントキャンディー、そしていつものように車内でみんながうたいだしたら耳をふさぐために、ヘッドホンをバッグに入れた。

それから一階にかけおり、レインコートと傘をひっつかむと、家の前の歩道にいたみんなと合流した。遠出に使う車を運転してくるお父さんを、縁石のそばに立って待っているとき、お母さんがオリバーの服を見て、きつい調子できいた。

「おばあちゃんからいただいたあのスラックスと、ボタンダウンのいいシャツを、どうして着ていないの？」

ジェシーがちらりと見ると、オリバーはもじもじしている。「あ、あれは……えっと、売っちゃった」
お母さんは大声をあげた。「よそゆきの服を、売っちゃった？　なんでまた、そんなことを？」
ジェシーはもう、いたたまれなくなって、いった。「ちょっと上に行って、あと一回だけビーダマンさんに、やっぱり行かないかって、きいてくる」そして傘を閉じ、四階までの階段を四十四段、一気にかけ上がると、扉をドンドンたたいた。

返事がない。ジェシーはもう一度たたいた。「ビーダマンさん！　これからイーサの演奏会に出かけます。いっしょに行きませんか？」

一分ほど待ったあと、ジェシーは階段をかけおりて、傘をさした。

「返事なし」ジェシーはみんなに告げた。内心、むりもない、と思っていた。

次に、ハイアシンスも四階へききに行ったけれど、すぐにもどってきた。「出てこないの。たぶん、ひとりになりたいんだと思う」

レイニーも、最後にもう一回ききに行ってみたい、と思った。自分のリュックの中をさぐり、緑のエムアンドエムズのチョコだけを集めた大事なびんを取り出すと、「レイニーが行く！」と明るくいった。チョコが少しでも欠けたらいやなので、びんを大きくゆすらないように気をつけている。

ジェシーとオリバーとハイアシンスは、レイニーを見て思った。レイニーが呼べば、ビーダマンさんももしかしたら、出てきてくれるかもしれない。

お母さんは携帯の渋滞情報をにらみながら、「早く来て！」といっていた。目の前にいるわけではないけれど、お父さんにいっているのかな、と子どもたちは思った。

ぼってりしたピンク色の長靴をはいたレイニーは、フラミンゴになったつもりで、片足でぴょんぴょんと階段をのぼっていった。

ジェシーたちは口々に、「手すりにつかまって！」「気をつけろよ！」「ふつうに上がってよ、ねえ！」とさけんだけれど、レイニーは聞こえないのか、そのままぴょんぴょん上がっていくと、エントランスの扉を押して中に入った。レイニーは、前の二人とちがって、なかなかもどってこなかった。

レイニーがやっと外に出てきたとき、ジョージーさんが三階の窓を開け、「演奏を録るのを、忘れないでね！　お願いよ！」と、声をかけてきた。同時に、お父さんがワゴン車に乗ってきて、歩道のわきに停車し、クラクションを軽く鳴らした。みんながひそかに願っていたような、いいにおいがするちゃんとしたレンタカーではなかった。ワイパーがきしんだ音をたて、フロントガラスの雨を猛スピードではらっている。

オリバーは車を見て、「オエッ、オエッ」といいはじめ、ジェシーはお母さんを何度もつつき、「ほんとにあれに乗っていくわけじゃないよね、ねえ？」ときいた。ハイアシンスは、窓からこっちを見ているフランツに、しきりに手をふっていた。

みんながほかのことに気をとられていたので、もどってきたレイニーがエムアンドエムズのびんを持っていないことに、だれも気づかなかった。

バンダビーカー家には車がなかったので、街の外へ出かける用事があるときは、レンタカーを使うか、近所の人から借りることにしている。今回、お父さんが乗ってきたのがスマイリーさんのワゴン車だとわかって、みんながっかりしたのには、わけがあった。

「においはもう、だいじょうぶかもしれないわよ」お母さんが期待するようにいった。

でもお父さんは、車から出るなり、今まで息を止めていたみたいに、はげしくあえいだ。そして、外の空気をたっぷりすいこんでから、みんなのぞっとした顔に目をやって、いった。「さあ、行こうか？」

オリバーは、「ぼくは、乗らない。だって、だれかさんが、あれをしちゃうに決まってるだろ？」ときっぱりといい、うしろにいるレイニーを、肩越しに親指でさした。

お母さんはため息をつき、ワゴン車に向かって歩きだした。「みんな、行くわよ。今すぐ出発すれば、渋滞に巻きこまれなくてすむかも。イーサが待ってるわよ」

「においは、前よりは、ましだから」お父さんがはげました。

スマイリーさんがしょっちゅう釣りに行っていることを考えたら、それはありえないな……。

ジェシーはお父さんをにらんだ。「気休めなんか、聞きたくない」

お父さんはいいわけした。「しかたなかったんだ。金曜は、レンタカー代がうそみたいに高いんだよ」

「高くても、そっちがよかった」オリバーはぶつぶついい、鼻をつまんで中に入ると、窓という窓を少しずつ開けてからベルトをしめた。

全開できる窓のそばにレイニーをすわらせ、お父さんは車のエンジンをかけた。だれも車内でレインコートを脱がなかった。長い道中、ずっと雨がふりこむことになるからだ。

お父さんがアクセルを踏んだ。

ジェシーはずっと、「みんなの庭」のことを考えていた。植えたものは今、どうなっているんだろう？　雨がふって、喜んでいるだろうか？　ジェシーは自分がほんの数週間のあいだに、これほどあの庭と植物を大事に思うようになったことが、ふしぎでたまらなかった。鳥たちは、わたしたちのおしゃべりや歌声が聞こえなくなって、さみしがってるんじゃないかな？　木の実をさがしてあちこちをほってまわっていた、やっかいもののリスでさえ、また見たい気がする。

自分が園芸を好きになるなんて、思ってもいなかったのに、たった二週間、庭づくりをしただけで、種と土から生まれる奇跡に、わくわくするようになっていた。あのおだやかで落ち着ける場所に、もう、入れないなんて……。

木もれ日がちらちらとみんなの顔を照らす感じ、好きだったな。日ごとに少しずつ成長する植物を見守ったり、いずれトマトやズッキーニが実る花のつぼみを観察したりする楽しみも、なくなってしまったし、中に入るたびに木々や草花がうれしそうにゆれていた、あのようすがもう見られないのも、さみしい。

うしなってしまったもののことを考えて、ジェシーは心が沈んだ。ワゴン車が教会の横を通りすぎるときには、「みんなの庭」のフェンスから顔をそむけ、二度と入れない場所を見なくてすむようにした。


金曜の道路の渋滞と、レイニーの車酔いという、ふたつの大きな問題は、思ったほどひどくなかった。レイニーはペパーミントキャンディーを二十三こなめ、もどしてしまったのは二回だけだった。よくなかったのは、キャンディーで糖分をとりすぎて、いつもよりやたらと元気がよくなったことくらいだった。

雨はずっとふりつづいていた。「ぬれないけど魚くさいのをがまんする」のと、「ぬれるけどさわやかな空気がすえる」のと、どちらがいいかを考えて、全員が「さわやかな空気」の方を選んだので、窓は少し開けたままにされた。

到着したのは、イーサの演奏会がはじまる十分前だった。みんな、雨で服がしめっていた。お母さんとお父さんがペーパータオルで車内のぬれたところをふいているあいだに、オリバーはお父さんの携帯を操作し、ジートさんとジョージーさんに演奏会のライブ映像を送れるよう、設定した。

みんなでコンサートホールに入って席についたとき、ちょうど、黒いロングドレス姿のイーサがステージにあらわれた。ハイアシンスは、すぐにはイーサだと気づかなかった。イーサがつやつやの髪をいつものポニーテールではなく、長い三つ編みにして、王冠のように頭の上にまきつけていたからだ。

イーサは第二バイオリンのトップ奏者の席にすわった。堂々として、自信に満ちあふれている。その姿を見て、バンダビーカー家の全員が、イーサはステージでバイオリンを弾くために生まれてきたにちがいない、と思った。

演奏はすばらしかった（オリバーは、むだに長いのでは？　とちょっと思ったけれど）。一家はまっ先にスタンディングオベーションをした。拍手しすぎて、手が痛くなったくらいだ。

オーケストラのメンバー全員がようやくステージを去ると、一家はホールを出て、りっぱなロビーを歩きまわった。天井にはぴかぴか光るシャンデリアが下がり、床には赤いカーペットがしきつめられていた。

レイニーが大階段の手すりの下をくぐって遊んでいると、黒いドレスを着たイーサが、楽器と荷物を持って出てきた。家族全員がわっとかけより、まるまる三週間会えなかったぶんのハグとキスの雨をイーサにふらせたあと、オリバーがイーサのかっこうを見て、いった。

「着かえた方がいいと思うよ」

イーサはきいた。「どうして？　わたしはこのままでいいけど。ショートパンツは荷物の底にうもれてるから、引っぱり出したくないの」

「オリバーのいうとおり。いちばんいいドレスが魚くさくなるのは、いやでしょ？」ジェシーがいった。

「でも、なんで魚……」イーサはいいかけてから、気づいたようだ。「うわ、そういうこと？」

「そう」と、オリバー。

「お帰りなさい！」ハイアシンスがいい、駐車場に止めてある魚くさいワゴン車の方へと歩きだした。

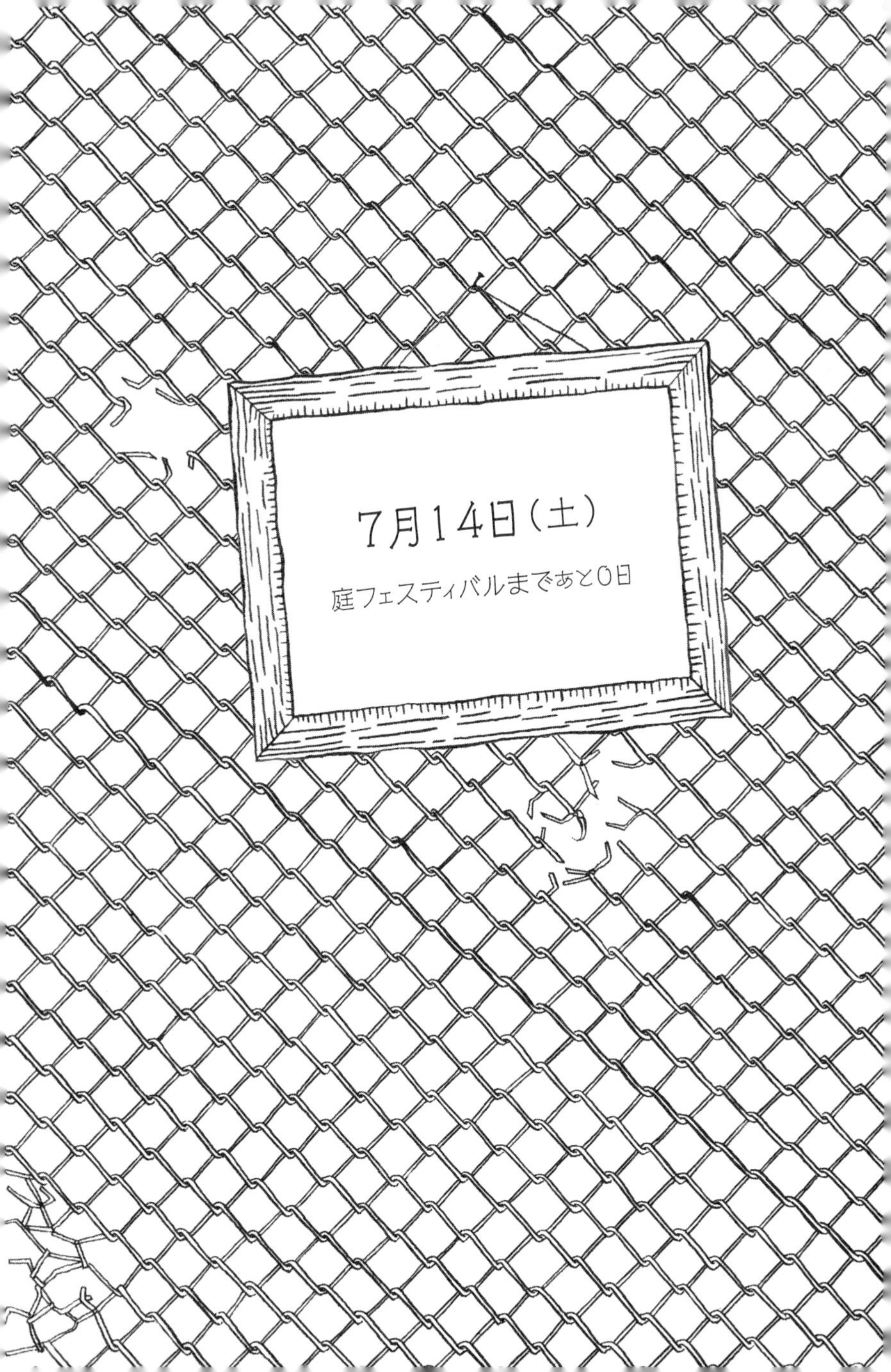
7月14日(土)
庭フェスティバルまであと0日

29

　雨はその日のうちにやみ、翌朝の空は真っ青だった。空気もさわやかだ。バンダビーカーの一家が住む〈ブラウンストーン〉では、窓という窓が開け放たれ、すずしい風が通りぬけていた。

　二階の双子の部屋で、イーサが起き上がり、ベッドの横のざらざらしたレンガの壁をなでた。建物はまるで喜んでいるかのように、ギイ、と音をたてた。ジェシーはぐしゃぐしゃのシーツにくるまって、腕で目をおおい、口を開けたまま、まだねむっていた。

　となりの部屋では、オリバーが寝言をいいながら、夢の中でバスケットボールのコートを走っていた。よし、みごとなレイアップを決めるぞ、と思って、ふと横を見ると、黒と白の審判のシャツを着たビーダマンさんがならんで走り、ホイッスルを吹いていた。オリバーはゴールの方に集中しようとしたけれど、ビーダマンさんはホイッスルを吹くのをやめない。なんてしつこいんだ！

　はっと目を覚ましたとき、オリバーの頭にねこのジョージ・ワシントンが鼻先をすりよせていて、すぐ耳もとではレイニーが、おもちゃのカズーをさかんにプープー吹き鳴らしていた。オリバーが目をぎゅっと閉じると、レイニーはカズーをオリバーのおなかの上に置き、片目のまぶたをめくってのぞきこんだ。「オリーお兄ちゃん、だあいすき」

　そのとなりの部屋では、ハイアシンスが二段ベッドの上の段で、夢も見ずにねむりこんでいた。でもフランツは、ご主人さまが目覚めたらすぐに行動を起こせるように、女王の護衛みたいにしゃんとした姿勢ですわり、じっと待っている。

　二階にあるもうひとつの部屋では、お母さんとお父さんがぐっすりとねむっていた。三十分後に、五人の子どもたちがやって来て、二人のベッドに乗っかってぴょんぴょんはねるまでは、全く目を覚まさなかった。

　ひとつ上の階では、ベッドで体を起こしたジートさんに、ジョージーさんがボウタイをつけてあげていた。つけ終わると、ジョージーさんは、ジートさんのおでこにキスをした。ジートさんはジョージーさんの手をにぎると、もう片方の手をサイドテーブルにのせ、深呼吸をしてから立ち上がった。そして、二人でそろり、そろりと歩いて、朝のコーヒーを飲みにキッチンへ行った。

　最上階では、ビーダマンさんがプリンセス・キュートのボウルにキャットフードを入れていた。プリンセス・キュートは、アイロンをかけたばかりのスーツのスラックスに、頭をこすりつけている。ビーダマンさんは片手を窓枠にかけて、外をながめた。そよ風がほおにあたる。ポケットからハンカチを出し、ひたいをぬぐったビーダマンさんは、目をつぶり、今日も一日がんばらなければ、と思った。

ジェシーは、イーサがバイオリンをつま弾く音で、目が覚めた。またこの音で目を覚ませるんだ、と思って、本当にうれしくなった。天井からジョージーさんの軽い足音と、床板がきしむ音が聞こえるのも、楽しい。

はじめに思い描いた計画では、今日が、自分たちでつくった「秘密の花園」で盛大なお帰りなさいパーティーをする日だった。それはかなわなかったけれど、これでもじゅうぶん幸せだ、とジェシーは思った。

イーサはジェシーが目を覚ましたことに気づくと、にっこりした。

ジェシーはいった。「イーサにも『みんなの庭』を見せてあげたかったな。きっと気に入ったはずだよ」

「今から行ってみない？」イーサが提案した。

「でももう、中には入れないよ」

「外側だけでも、見てみたいの。それからキャッスルマンズ・ベーカリーへ行って、朝食を食べればいいでしょ」

ジェシーは眉をつり上げた。「なんだ、ベンジャミンに会いたいのか！」

7月14日（土）

イーサは顔を真っ赤にした。「チーズクロワッサンが食べたいの。で、来るの、来ないの、どっち？」

結局、お母さんとお父さんもふくめ、家族全員がキャッスルマンズ・ベーカリーのパンを食べに行きたい気分だとわかった。そこでみんながパジャマから着かえ、玄関を出て一四一丁目の通りを歩きだした。

さわぎに最初に気づいたのは、ハイアシンスだった。空き地の前に、人が集まっている。ハイアシンスがオリバーに指でさして教えると、オリバーはジェシーとイーサに、イーサはレイニーに伝えた。近づくうち、集まった人の中にハクスリー氏とハーマンが見えてきた。そのとなりには、はちきれそうなスーツケースを持ったトリプル・Jさんが立っている。

「トリプル・Jさん！」レイニーが声をあげ、走りだした。

「レイニーじょうちゃん！」トリプル・Jさんはレイニーをだき上げ、ぐるぐる回った。

「どこに行ってたんですか？」ジェシーがさけんだ。

「携帯に山ほどメッセージを残したんですよ！」オリバーも声をはりあげた。

「そのおじさんが、ここの土地を売ろうとしてるって、知ってました？」ハイアシンスがハクスリー氏を指さし、つけくわえた。

トリプル・Jさんはジェシーたちの顔を順に見ながら、答えた。「兄の世話をしに、サウス・カロライナ州へ行っていたんだ。兄が階段から落ちて、足の骨を折ったものでね。で、こまったことに、空港についてすぐ、携帯がポケットから落ちてこわれてしまって、新しいのを買おうとしたら、電話会社の人にパスワードをきかれたけれど、そんなものを決めたことさえ、覚えていないしまつで。しかたなく、新しい電話番号で買い直したんだが、そのせいで、前の番号のメッセージは、ぜんぶなくしてしまった、というわけだ。そして……」トリプル・Jさんは、ハイアシンスの方を見て、いった。「土地のことについては、どういうことなのか、今から聞こうとしているところだ」

ハクスリー氏は、いらいらしたようすでいった。「屋根の修理とボイラーの交換の費用をどうにかしたい、とのお話でしたよね。ちょうどうまい商談が舞いこんだので、これを断る手はないと思ったんですよ。お電話をさしあげましたが、一向につながらないようでしたので、この状況で最良と思われる決断をさせていただきました。この教会がぼろぼろにくずれ落ちてしまう前に、なるべく早く手を打たなければならないことは、お話しするまでもないかと」

トリプル・Jさんは首を横にふり、いった。「わたしがもどってくるまで、お待ちになるべきでした。留守にしたのは、ほんの二週間ですよ」

ハクスリー氏はフン、と鼻を鳴らした。「土地の開発業者がどんな連中か、ご存じでしょう。魅力的な提案を受けたら、すぐに応じないと」

ジェシーたち五人は、信じるものか、という目で、ハクスリー氏をにらんだ。

オリバーがいってやった。「そんなにいい物件なんだったら、しばらく待っていた方が、値段が上がるんじゃないですか?」

ジェシーもいった。「需要と供給の法則っていうんですよね（商品の価格は、需要が供給を上まわると上がり、逆だと下がるという法則）、経済学の基本原理で」

「ちょっと待ってくれ。いったいなんの話だ?」お父さんが、めんくらったようすでいった。

ハクスリー氏はお父さんには見向きもせず、いった。「教会の出納係であるわたしには、契約に必要なあらゆる書類にサインする権限がある。もう決まったことだ」

それまでずっとだまっていたハーマンが、首を横にふった。「お父さん、ほかに方法があるはずだよね?」

「これはおまえには関係ないことだ」ハクスリー氏がきびしい口調でいった。バンダビーカー家の子どもたちは、思わず、ハーマンの近くに身をよせた。

ジェシーがいった。「扉の向こうは見てみましたか、ハクスリーさん? 中に何があるか、何をこわそうとしているか、見たんですか?」

「待って、何の中に何があるって?」話についていけないお母さんが、きいた。

すると、ハイアシンスがいった。「この中に、『永遠の春のティリア』がいるの! 『銀の女王さま』もよ。百歳は超えてるはずなの。中に取り残されて、きっとこわがってると思う」

「この近所の人たちみんなで食べられるくらい、野菜がたくさんとれたかもしれないんだ」オリバーもいった。

「すごくがんばって、つくったんだ。せめて一度、見てみてよ」と、ハーマン。

トリプル・Jさんがいった。「きみたちがここを使っているというのも、はじめて聞いたな。どうやって中に入ったんだ？」

お父さんはきょろきょろしながらいった。「見たいな。なんのことか、わからないが」

ハクスリー氏が強くいい返した。「だれも何も見なくてけっこう。土地はもう、売れたんだ。もうどうにもならない。契約違反で教会がうったえられてもいいというのなら、べつだが」

子どもたちは息をのんだ。教会がうったえられる？　本当に？　みんなが言葉をうしなっていると、一四一丁目の通りを風が吹きぬけ、フェンスのツタの葉がこすれあってザザーッと音をたてた。スタジアムの歓声が、一気に怒号に変わったときみたいな音だ。

そのとき、うしろから声がした。「おかしな話ですね。この土地の歴史的意義をきちんと調査せずに、お売りになったなんて」

みんなは、はっとし、ゆっくりとふり向いた。葉っぱが風でさざめく中、太陽を背に受けて堂々と立っていたのは、ビーダマンさんだった。

ハクスリーさんが低い声でいった。「どなたか知りませんが……」

ビーダマンさんは、力強い声ではっきりといった。「アーサー・ビーダマンともうします。三十年ほど前から、六年前までは、ここの教会員でした。わたしと妻は、友人や家族に見守られ、ここの祭壇で結婚を誓ったんです。娘のルシアナが生まれ、やがて娘は、そこの入り口で、階段ののぼりかたを覚えました」ビーダマンさんは、教会の扉の前にある幅広の階段を指さした。

「娘は教会の保育園で、はじめての友だちを作り、まさにあなたが何かを建てようとしている、保育園の遊び場だったこの土地で、遊んでいたんです」

ハクスリー氏は、フン、と鼻を鳴らした。「まさか、そんなことのために、教会の土地を売る契約を破れっていうんじゃありませんよね？　お嬢さんが……」

ビーダマンさんはつづけていった。「娘が遊んでいたこの土地は、かつてアダム・クレイトン・パウエル・ジュニアが訪れた場所でもあります。ハーレムで牧師として福音を説き、一九四四年には、ここで選挙運動をして下院議員になった、かのアダム・クレイトン・パウエル・ジュニアのことです」

「大通りの名前は、その人からついたのね！」レイニーが興奮して声をあげた。

「最後にもうひとつ。代々ハーレムでくらしてきた住民の多くや、高名な研究者のかたがたによると、この土地はまさに、〈地下鉄道〉の秘密拠点があったところなのです。奴隷の身分からのがれるために北へ向かう人々を、ここでかくまっていました」

「そ、そんな、証拠が、どこにある？」ハクスリー氏は口ごもった。

「ここに」ビーダマンさんは、古ぼけた書類かばんの中から、本と分厚い書類ばさみを何冊も取り出した。「近くの図書館に手を貸してもらいました。司書のかたがたは、必要ならもっとたくさん資料を出せるとうけあってくれています。ニューヨーク市の歴史的建造物保護委員会で働く、リンというわたしの友人は、ハーレムの重要な区画を保存することに力を注いでいて、すみやかに書類を用意し、裁判所にもうしたてをしてくれました。おかげで、この土地の売却に対し、停止命令が出ました。もうじきそちらにも、通知が届くはずです。友人はその土地に庭がつくられたことを非常に喜んでおり、公式な書類が整ったら、この土地の由来をしるした銘板を作ることを考えているそうです」

ビーダマンさんは、息をつくためにいったん言葉をきった。それから、バンダビーカー家の子どもたちを見やった。みんな、おどろきのあまり、口をあんぐりと開けている。

ビーダマンさんはつづけた。「もちろん、ここまでするには、たくさんの助けをもらいました。人生を生き直すことを教えてくれた友人たちには、感謝してもしきれません」

ビーダマンさんは腰をかがめ、かばんの中にひとつ残っていたものを取り出した。エムアンドエムズの緑のチョコだけが入ったびんだ。ビーダマンさんは、それをレイニーに返して、いった。

「幸運のお守りを、こんなにたくさんありがとう。ふた粒もらっただけで、しっかり効果があったよ」

30

ハクスリー氏は怒った顔で携帯を耳にあて、強引にハーマンを引っぱりながら、すさまじい勢いで去っていった。バンダビーカー家のみんなは、二人が角を曲がって姿を消すのを見送ると、またビーダマンさんの方を向いた。

「来てくれたんだ！」レイニーがいい、ビーダマンさんの腰にだきついた。

「ビーダマンさんすごい！　かっこよかったです！」ジェシーもさけんだ。

ハイアシンスがきいた。「だいじょうぶですか？　だって……」

ビーダマンさんはせきばらいをした。「長い時間、地下鉄の中で足止めをくらっても生きていられたのなら、もう一度出かけることもできるだろうと思って、きのう、家を出てみたんだ」

「お願いだから、だれかちゃんと説明してくれない？」と、お母さんがいったのと同時に、お父さんもいった。「もうたくさんだ。どういうことか聞かせてくれるまでは、だれも一歩も動くんじゃないぞ」

ビーダマンさんは、お手上げだというように、片手をあげた。「わたしにきかないでくれ。中を見てもいないのだから」

お父さんはじれったそうに歯を食いしばった。「『中』って、なんの？」

レイニーがフェンスを指さして、お父さんとお母さんに教えてあげた。「この中。オリーお兄ちゃんが、かぎをこじ開けたの」

「今、なんて？」お母さんとお父さんがさけんだ。

ジェシーがすばやくいった。「見せてあげたいんだけど、ハクスリーさんがもどってきて開けてくれるとは思えないな。ロックを取りかえられちゃったから、今は入れないの」

お母さんは携帯を操作し、耳にあてた。

「アーサー？　もし、近くにいたら、すぐに来てくれないかしら？　工事用のボルトカッターも、持ってきてほしいの」


ハクスリー氏か土地開発業者が万が一もどってきた場合にそなえて、トリプル・Jさんとビーダマンさんは、フェンスの前で見はりをすることにした。

そのあいだにバンダビーカー一家は、ジートさんとジョージーさんを呼びに、家へ走った。歩行器をそろそろと押すジートさんといっしょに、フェンスの前へもどるまでには、だいぶ時間がかかったけれど、ついたときにちょうど、アーサーおじさんとハリガンおばさんが、黒い小型トラックに乗ってあらわれた。アーサーおじさんは建築の仕事をしているので、バンダビーカー家は、特別な工具が必要になるといつも、おじさんにたのんでいた。

「工事用のボルトカッターがいるって？」アーサーおじさんが運転席の窓からさけんだ。

一家は歓声をあげた。ジートさんとジョージーさんは、ここまで連れてこられたわけがさっぱりわからなかったけれど、みんなに合わせてほほえんだ。

アーサーおじさんは、停車してもいい場所に車をすべりこませると、ボルトカッターを手に、トラックからとびおりた。つづいて、ハリガンおばさんもおりてきた。真っ赤なサマードレスを着ていて、髪は人魚のしっぽみたいな水色にそめてある。

オリバーたちが南京錠の場所を教えると、アーサーおじさんは何もきかずに、カウントダウンをはじめた。

「三！」

「二！」きょうだい五人がさけんだ。

すると、「待って！」と、声がした。

みんながふり返ると、ハーマン、オーランド、ベンジャミン、アンジーの四人が、歩道を走ってくるところだった。

「ベニー！」イーサが声をあげた。

ベンジャミンが到着すると、二人はもじもじしながらうれしそうにハグをした。ハーマンはひざに手をあて、ゼイゼイあえぎながら、いった。「ごめん……なさい。お父さんの、こと」

レイニーがハーマンにだきついた。ハイアシンスは、「来てくれて、ありがとう」といった。

オリバーがげんこでハーマンの肩をつつき、「おまえ、けっこういいやつだよな」というと、ハーマンは、ぱっと明るい表情になった。

「じゃ、やるか？」アーサーおじさんがきいた。

「はい！」全員がいった。

おじさんがボルトカッターにぐっと力を入れると、南京錠がフェンスからはずれて落ちた。みんなは扉を押し開け、中に足を踏み入れた。


目の前に広がる景色を見て、ジョージーさんは息をのみ、ジートさんは口をぽかんと開けた。ジェシーたちは二人をゆっくりと奥へ案内し、好きなだけ庭をながめてもらった。

「本当につくったのね。うそみたい」ジョージーさんがつぶやいた。

ふいに、レイニーが大きな声をあげ、庭の中央を指さした。レンガで囲んだ円形の花壇で、花がたくさん咲いていたのだ。

「あの箱の種！　咲いたんだ！」レイニーは花壇へとんでいった。

ビーダマンさんも、ひどくおどろいたように目を見開き、あとをついていった。花壇の前で立ち止まり、花にそっと手をのばした。明るい黄色の花で、茶色の花心がこんもりと盛り上がっている。ルドベキアだ。

ほかのみんなも、花壇のまわりに集まってきた。

レイニーがみんなに説明した。「ルシアナさんの箱に入ってた種を植えたの。もう古いから咲かないよって、ジェシーが……。でも、ちがってた！　だって……ほらね！」

だれもが認めるしかなかった。とてもありえないようなことだけれど、こうして花が咲いているのだから。

「あの種を調べてみなくちゃね」ジェシーがオーランドにいった。

「雨がよかったのかな？」と、オーランド。二人はいったん空を見上げたあと、かがんで花をじっと観察した。

お母さんとお父さんは、何がなんだかわからないという顔で、「これ、ぜんぶあなたたちが植えたの？」「こんなことって、あるか？」などといいながら、中を歩きまわった。そのあいだにジェシーとオーランドは、北東の区域にあるラベンダーの植えこみのあたりで、こそこそと何かをはじめた。

ジートさんとジョージーさん、ビーダマンさんは、教会の壁に面した西側のフェンスにかかったリサイクル品のプランターや、編みものでおおわれたベンチ、「永遠の春のティリア」と「銀の女王さま」、あちこちにほどこされたゲリラ編みや、菜園をひとつひとつながめては、「おお」

「まあ」と口々に声をあげた。

やがて、ジェシーがオリバーの方を見て、オッケーだよ、というように親指を立てた。

オリバーはラベンダーの植えこみの前から、声をはりあげた。「ジートさん、ジョージーさん、ビーダマンさん、こっちに来て！　見てほしいものがあります！」

ジートさんとジョージーさんは、すぐにそちらへ向かった。でもビーダマンさんは、もう胸がいっぱいだ、というように、頭をふるばかりだ。

そこで、レイニーがビーダマンさんの手をにぎり、ラベンダーの植えこみへと引っぱっていった。植えこみの前には、プラスチックの資源ゴミを再利用し、ウッドチャック（リス科のマーモットの一種）に見立てて色をぬったプランターが置いてあった。

ハイアシンスが、王さまや女王さまをむかえるように、腕を大きく横に開き、いった。「『ラベンダーの迷路』に、ようこそ！」

ビーダマンさん、ジョージーさん、ジートさんが植えこみの中を通る小道に足を踏み入れると、音楽が鳴りひびいた。ヨハン・シュトラウス二世の『南国のバラ』というワルツだ。イーサのオーケストラの演奏会を録音したもので、ジェシーとオーランドがついさっきダウンロードし、ワイヤレスのスピーカーから流れるようにしたのだった。

オリバーがビーダマンさんにいった。「ハイアシンスから聞きましたよ、ルシアナさんが、植物に音楽を聞かせるとよく育つといってた、って。ルシアナさんは、ラベンダーが好きだったんですよね」

「だが……」ビーダマンさんは声をつまらせた。

「わたしたち、イーサの演奏会を録音して……」ジェシーがいい、オーランドがつづけた。

「古いスピーカーから流れるようにしたんです。スマイリーさんのアパートの資源ゴミから、もらって」

ジェシーがつづけた。「人感センサーもつけたんです。レイニーが作ったヤギのプランターの中……」

「ウッドチャックだよ！」と、レイニー。

「……その中に取りつけて、だれかが『ラベンダーの迷路』に入ったら、ルシアナさんが好きな曲が流れるようにしました」ジェシーは説明を終えた。

ビーダマンさんは何もいわずに、うるんだ目をかがやかせ、ジェシーとオーランドの肩に手を置いた。レイニーがビーダマンさんに、またたきついた。それから、いっしょに「ラベンダーの迷路」を四回通った。

みんなが「ラベンダーの迷路」やほかの植物を見て、感嘆の声をあげていたとき、オリバーはフェンスのゲリラ編みを直していたハーマンに近づき、声をかけた。

「これで『みんなの庭』は救われたな」

ハーマンはうなずいた。

二人は、ビーダマンさんたちが「ラベンダーの迷路」から音楽が流れるしくみにおどろくようすを、しばらくながめていた。オリバーがふといった。

「あんなにたくさんのラベンダーをくれたのは、だれなんだろう?」

すると、ハーマンがにっと笑った。その顔を見た瞬間、オリバーはひらめいた。「ねえ、扉の前にラベンダーやバラを置いたのって、もしかしておまえ?」

ハーマンは肩をすくめ、また毛糸で編んだ花をいじりはじめた。「ああ、だから何?」

「でも、すごく高かっただろ! 値段をネットで調べたことがあるから、知ってるよ。あれだけ買ったら、おまえのあの自転車と同じくらい……」オリバーはそこまでいって、はっとした。扉の方を見やると、いつもフェンスに立てかけてあったハーマンの自転車が、見あたらない。見なれていたものがそこになくて、ひどく物足りないような、変な感じがした。「……そういうことか」と、オリバー。

「いいんだ。そうしたいと思ったから」ハーマンがいった。

オリバーは少し考えて、いった。「そうだな、ぼくも、自分の自転車を買うお金を、ため直さなくちゃいけないんだ。持ってたぶんは……えーっと、ほかのことに、使っちゃったから。いっしょにおこづかいをかせごうよ。トイレ掃除とか、やれるよな?」

「いっしょに同じ自転車を買うならね」ハーマンはいい、にっこり笑った。

「決まり」オリバーが手をさし出すと、ハーマンも笑顔で手をのばし、握手した。

ジェシーとオーランドとイーサは、ラベンダーの迷路のそばで、ほかのみんながセンサーでオーケストラの音楽がはじまるのを楽しむようすをながめていた。ジェシーがふと目を上げると、大きな銀カエデの太い枝に、風船がひっかかっていた。

「あの風船、どうしたんだろう？」ジェシーはオーランドとイーサにきいた。

二人はわからないというように肩をすくめ、木に向かって歩きだしたジェシーについてきた。ジェシーはイーサにいった。「ここ、最初はゴミだらけで、片づけるのがたいへんだったんだよ。特大のゴミの収集箱が、いっぱいになりそうなくらい。だから、これからはここを、ゴミひとつない場所にしておくぞって、決めてるんだ」

ジェシーは木の前まで来て、風船のひもの先に封筒がついているのに気づいた。封筒には、ジェシーの名前が書いてあるようだ。ジェシーはイーサとオーランドの方を見た。

「何、これ？」

オーランドとイーサは、ちらりと目を合わせた。そこへ、オリバーとビーダマンさん、ほかのみんなも集まってきた。

レイニーが笑顔でぴょんぴょんはねながら、かん高い声でさけんだ。「それ、なにかなあ？なんだろなあ？」

「読んでみて！」イーサがいった。

ジェシーは眉を上げてみんなを見てから、封筒を取って開け、手紙を読みあげた。「『ジェシー・バンダビーカーさんへ。第二十二回科学キャンプにご参加になるとのこと、たいへんうれしく思っています。持ちもののリストと、今回のキャンプで学習する科学理論の概要を同封しました。キャンプは最終的に特別プロジェクトを……』」ジェシーは読むのをいったんやめ、顔を上げた。「でも……何……どうして……わたし……どういうこと？」

みんなが笑いだした。レイニーはもう、こらえきれなくなって、うたいはじめた。「科学キャンプに、行くの！　ジェシーは、科学キャンプに、行くの！」

「キャンプのこと、どうしてわかったの？」ジェシーがイーサにきいた。

イーサはにっこりし、オリバーを指さした。「オリバーのアイディアよ」ジェシーには信じられなかった。

「ほんとに？」と、ジェシー。

「たいしたことじゃないよ」オリバーは、ジャンプして木の枝につかまり、体をゆらしながらいった。「ジェシーが合格してたって手紙を見つけて……」

ジェシーが眉をひそめたので、オリバーはすばやく説明をつづけた。「あ、で、ビーダマンさんといっしょに電話して、今からでももうしこめないか、きいてみたんだ。そしたら、ちょうどひとりキャンセルが出たっていうから、ぼくたちみんなで食費と宿泊費のぶんのお金を出しあって、参加できるようにしたってわけ」
「キャンプに行けるってはじめにわかったときに、わたしたちに教えてほしかった」イーサは
ジェシーにいった。
ジェシーは肩をすくめた。「どうしても行きたいわけじゃなかったから」
すると、ビーダマンさんがジェシーの手から手紙を取り上げ、いった。「では、きみは行きた
くないそうだと、伝えればいいのかね？」
ジェシーはひったくるようにして手紙を取り返すと、しわをのばした。「ぜったい行く！」

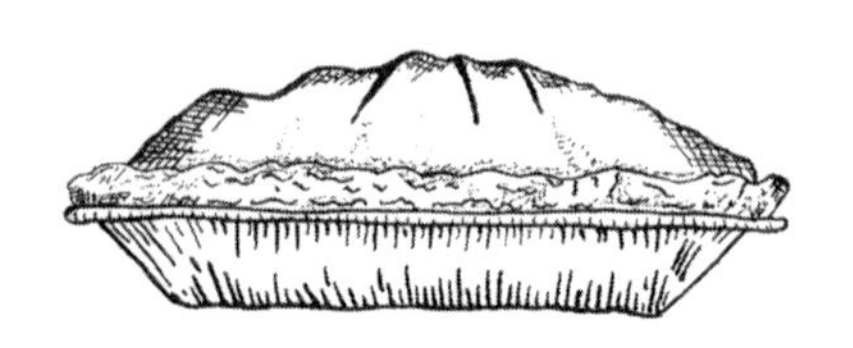

エピローグ

三カ月後——。

「このカボチャがいちばん大きいでしょ」

「こんなにたくさんのズッキーニを、どうしようか?」

「お母さん、パイのコンテストに優勝すると思う?」

バンダビーカー一家はもちろん、一四一丁目の通りに住む人が全員集まったのかというくらい、「みんなの庭」はにぎわっていた。

イーサとベンジャミンは、ずらりとならんだパイを見くらべていた（お母さんはパイを十台出していて、だれが見てもほかの出品者のことが気の毒になるくらい、すばらしい出来だった）。

レイニーは、ジートさんとジョージーさんにたのんで、カボチャコンテストのカボチャをひとつひとつ審査してもらっていた。どうせ、レイニーが「銀の女王さま」と「永遠の春のティリア」のあいだに植えて育てた巨大なカボチャが、一番に決まっていたのだけれど。

ジェシーとオーランドは、「アップルボビングゲーム」をやっていた。水にうかんだリンゴを、手を使わずに口にくわえるというゲームで、ちっとも成功できていないのに、ヒイヒイ笑っていた（ビーダマンさんに、「衛生的に問題があるのではないかね？」ときかれたのだった）。

ハイアシンスとハーマン、郵便配達のジョーンズさんは、「永遠の春のティリア」に、毛糸で編んだ小さなカボチャやク

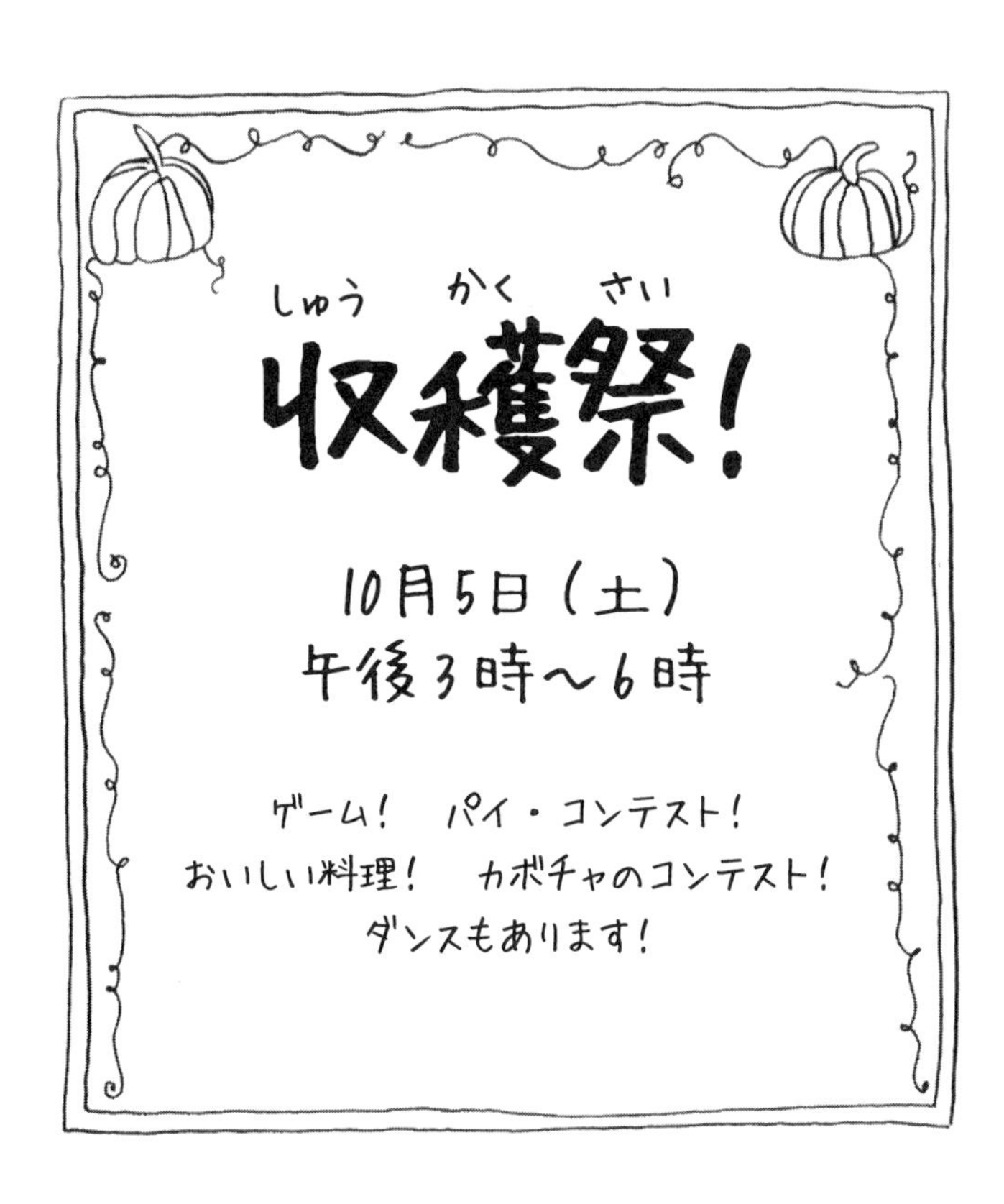

モの飾りをつけていた。

お母さんとハリガンおばさんは、料理をならべたテーブルで、お代わりに応じたり、人の流れを考えて、料理の配置を変えたりしている。

オリバー、アンジー、ジミー・Lは、アップルサイダーを紙コップで売っていた。ビーダマンさんは、その売上金で春球根を買えば、初霜が来る前に植えられるぞ、といった。

ジェシーとオーランドは二カ月前から、「ラベンダーの迷路」で流す音楽を少し変えていた。イーサとビーダマンさんをのぞいた全員が、『南国のバラ』だけをくり返し何度も聞かされるのにあきてしまったので、いろいろなクラシック音楽をとりまぜるようにしたのだ。

でも今日、かかっている音楽は、クラシックではない。アーサーおじさんが、スピーカーを自分の携帯とつないで、ポップミュージックを流していた。音楽に合わせ、たくさんの人が、中央の花壇のまわりの草地で踊っている。「みんなの庭」のシンボルともいえるその花壇では、今もルシアナさんの花が咲いていた。

いよいよ、きょうだい五人が一週間前から練習してきた収穫祭のあいさつを、みんなに聞いてもらう時間が来た。アーサーおじさんが音楽を切り、イーサはバイオリンを取り出して、ジグというしゃれた感じの軽快な曲を弾きはじめた。オーケストラのキャンプでできた友だちに、教えてもらったのだ。

お母さんのパイが人気だったのと同じように、イーサの演奏は、たちまちみんなをひきつけた。

イーサが最後の音を華々しく弾ききると、ハイアシンスとハーマンが、ジートさんとジョージーさんのところへ歩いていき、毛糸の手作りのネックレスを首にかけてあげた。

ジェシーが口を開く。「みなさん、『みんなの庭』のはじめての収穫祭におこしいただき、ありがとうございます」

オリバーがつづけた。「さて、今日、この庭を……」

「……わたしたちのすばらしいご近所さんであり……」と、イーサ。

「……庭づくりをはじめるきっかけをくださったかたがたに、ささげたいと思います」と、ジェシー。

それからしばらく間があった。みんながおたがいをちらちらと見て、眉をつり上げた。オリバーが強くささやく。「レイニー、行け!」

パイをぬすもうとしているリスに目をうばわれていたレイニーは、その声でぱっと立ち上がり、折りたたみいすにすわっているジートさんとジョージーさんにかけよった。そして、二人にひもを一本ずつわたした。どちらのひもも、何か大きなものをおおっているシーツにつながっている。

「引っぱるの、手伝ってほしかったら、教えてね」レイニーはいった。

ジートさんはレイニーに、ひもをいっしょに持ってほしい、としぐさで伝え、ハイアシンスはジョージーさんに、手伝います、といった。四人そろって一、二の、三、で、シーツを引っぱった。たまたまそばにいたフランツがシーツをかぶってしまい、キャン、と鳴いて、ぐるぐる走り

まわった。オリバーがひもを踏んで、シーツをはずしてやった。

看板があらわれると、大きな歓声があがった。たくさんの人がジートさんとジョージーさんのそばへやってきて、順番にハグをした。ほかの人たちは、リスにパイを取られてなるものかと、急いで走っていった。アーサーおじさんはまた音楽を流した。バンダビーカー家のきょうだい五人は、しばらくは、しの方によって庭全体をながめ、家族や友だちの楽しそうなようすを見守った。この夏、自分たちでこれだけのことを成しとげたんだ……。

ジェシーは、四人といっしょに看板を見ながら、いった。「人が集まってこそ、『みんなの庭』だよね」

「いい言葉」イーサがうなずいた。

オリバーはいぶかしげにきいた。「それ、だれがいったの？　例のオードリー・ヘップバーンって人じゃないよね？」

「ちがうよ。わたしが思いついたの」と、ジェシー。

「それ、カードに書いて、そこに結びつけたら？」ハイアシンスがフェンスを指さした。この三カ月のあいだにご近所の人たちがくれた言葉のカードが、たくさん結びつけてある。

「そうしようかな」ジェシーは答えた。

そして、本当にそのとおりにした。結局、ほかの四人も、それぞれが心にうかんだ言葉を、カードに書いたのだった。

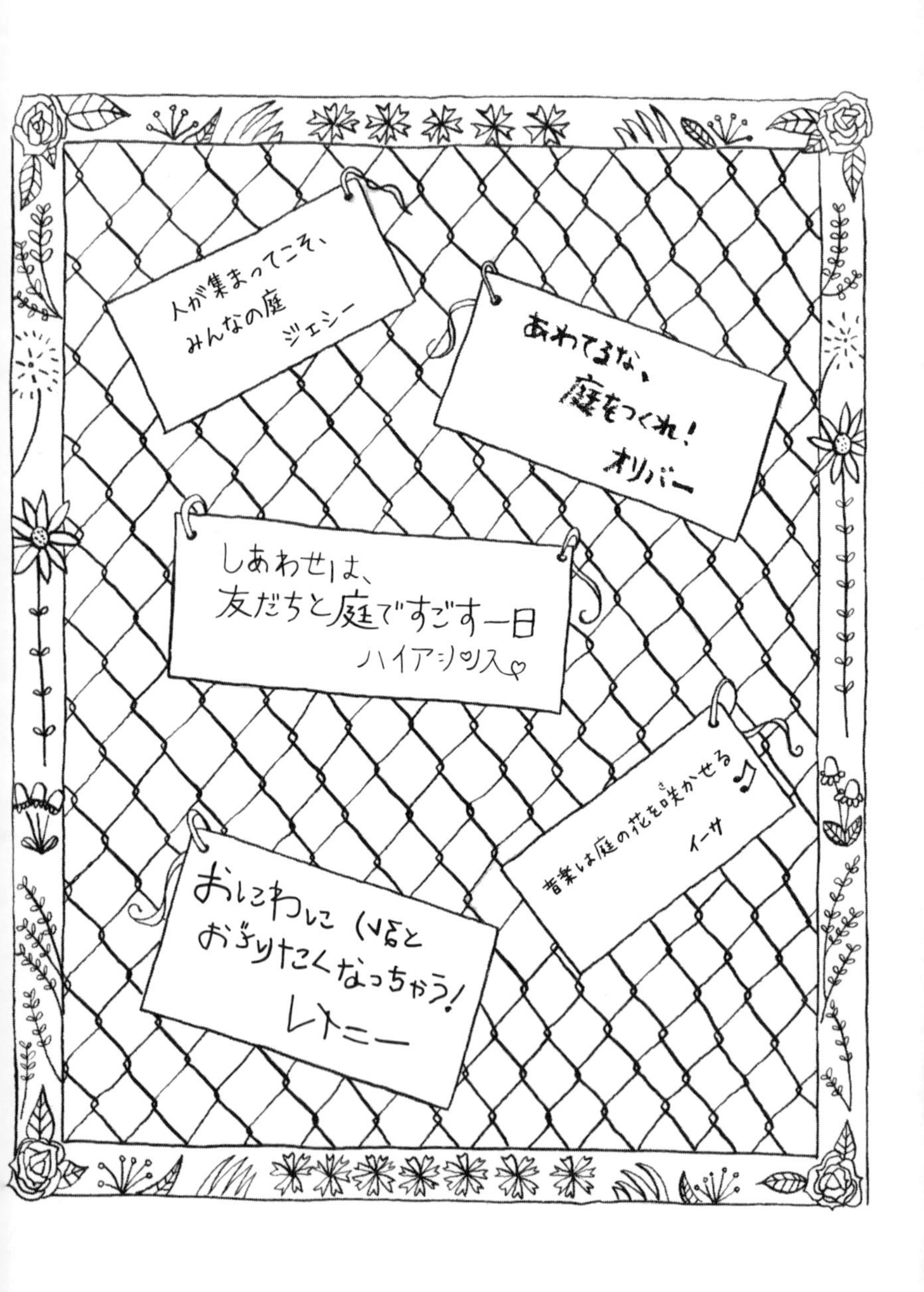
人が集まってこそ、
みんなの庭
ジェシー
あわてるな、
庭をつくれ！
オリバー
しあわせは、
友だちと庭ですごす一日
ハイアシンス♡
音楽は庭の花を咲かせる♪
イーサ
おにわに くると
おどりたくなっちゃう！
レイニー

たホリー・フレデリックさんには、収穫したての新鮮な野菜をどっさりおくりたい気持ちです。

司書、教師、書店員、読者のみなさま。バンダビーカー一家をあなたの世界にむかえいれてくださり、広めてくださって、ありがとうございます。わたしにとって、これ以上にうれしいことはありません！

作家には物書きの友人が必要なものですが、さいわいわたしにはそのような友人が大勢います。わたしの執筆活動の心の友ジャニス・ニムラは、いつでもはげましてくれ、ランチとチョコレートをごちそうしてくれます。中学年向けの読み物の書評仲間であるローラ・ショーバンさん、ケイシー・ライオルさん、ティマンダ・ワーツさん、マーガレット・ディロウェイさんには、完成前の原稿を読んでもらい、貴重なご意見をいただきました。ありがとうございます。子どもの本を書く人たちのオンライン・コミュニティ『キッドリット』のみなさんは、本当にすばらしいです。とりわけ、リンダ・スー・パークさんとリンダ・アーバンさんとジェニファー・チャンブリス・バートマンさん、わたしと同じ2017年にデビューした、すばらしい作家のみなさんほか、この本を応援し、最高の助言をくれたかたがたに、どれだけ感謝していることか。

特にお礼をいいたいのは、わたしの大切な友人、ローレン・ハートさんです。すべての原稿に目を通してくれ、日々、愛に満ちたはげましの言葉をかけてくれます。エミリー・ラビンさん、ケイティー・グレーブズエイブさん、デズリー・ウェルシングさん、マイケル・グレーザーとキャスリーン・グレーザーも、いつも何かと助けてくれて、ありがとうございます。

タウンスクールとタウンスクール・ブッククラブ、本の総合情報サイト『ブック・ライオット』、ニューヨーク・ソサエティ図書館、ニューヨーク公共図書館、ブック・セラー書店、ルーシー・モーゼス・スクールと、わたしが住むハーレムの近所のみなさんには、着想のヒントをいただけただけでなく、とてもはげまされました。感謝しています。

最後に、子どもの本を書くことは、わたしにとって夢のような仕事です。これが続けられているのは、ひとえに愛情あふれる家族の支えのおかげです。ダン、ケイラとリナ。あなたたちが、わたしの原動力です。

カリーナ・ヤン・グレーザー

謝辞

本ができあがるのは、魔法のようなものです。この魔法を起こしてくれたホートン・ミフリン・ハーコート社の児童書部門のみなさんに、深く感謝しています。

まずは、担当編集者のアン・ライダーさん。バンダビーカー一家をわたしと同じくらい愛してくださって、うれしいかぎりです。洞察力とやさしさにあふれたアンさんの支えがあったおかげで、本当に楽しく書くことができました。タラ・シャナハンさんは、わたしが知るかぎり、最高の広報担当者です（しかも、時間をきっちり守るかたです！）。タラさんが行くなら、アメリカじゅうをまわる本の宣伝の旅にいつでもお供します。本を美しくデザインしてくださったリサ・ベガさん、そしてバンダビーカー一家の本が、教師や司書のかたがたの手にわたるように尽力してくださったリサ・ディサロさんとアマンダ・アセベドさんにも感謝の気持ちをささげます。アリア・アルメイダさんほか、ホートン・ミフリン・ハーコート社の営業担当者としてはるか遠くまで出かけ、書店に配本してくださったみなさまにも、この場を借りて御礼もうしあげます。特に、キャット・オンダーさん、メアリー・ウィルコックスさん、カレン・ウォルシュさん、リリー・ケッシンジャーさん、メアリー・マグリッソさん、ローレン・スペロさん、キャンディス・フィンさん、エリザベス・アジャマンさん、クリスティン・ブロデュアさんには、わたしとこの本を支えていただいたことに、心より感謝しています。ていねいに校閲をしてくださったコリーン・フェリンガムさんとアリックス・レッドモンドさんにも、たくさんの感謝を。

そして今回もすばらしいカバー絵を描いてくださったカール・ジェイムズ・マウントフォードさんと、バンダビーカー一家がくらす地域を、とてもかわいらしく魅力的な地図にしてくださったジェニファー・サーメスさんには、思い切りハグをしてさしあげたいです。

エージェントのカーティス・ブラウン社には、本ができるまでのあらゆる段階において、熱のこもったはげましをたくさんいただきました。担当のジンジャー・クラークさんがいらっしゃらなかったら、どうしたらいいかわかりません。この本の中にウォンバット（のぬいぐるみ）を登場させたのは、ジンジャーさんのためです。テス・キャレロさんには、愛らしい子犬でいっぱいのかごを、カーティス・ブラウン社でバンダビーカー一家の物語を最初に読み、認めてくださっ

訳者あとがき

家族や仲よしの友だちが、急にぐあいがわるくなってしまったら、とても心配になりますね。病気を治すのはお医者さんにお願いするしかないけれど、ただ回復をいのっているだけではもどかしくて、その人のために、何かできることはないかな、少しでも助けになれないかな、と考えたことはないでしょうか？

バンダビーカー一家の物語の二作目であるこの本では、仲のいい五人きょうだいの大好きなご近所さんが入院してしまいます。きょうだいたちは、その夫婦が前から願っていたとおりに、街のみんなが楽しめる庭をつくることにするのですが、場所の確保から資金集め、道具や苗の調達と、課題はいっぱい。しかも、ご近所さんが元気になって帰ってこられるのかも、わからないのです……。

さて、一作目よりも先に、たまたまこの本を手に取ってくださった方のために、バンダビーカー一家とそのご近所さんについて、かんたんにご紹介しましょう。

バンダビーカー一家は、お父さんとお母さん、五人のきょうだいと犬、うさぎ、ねこからなる大家族です。アメリカの大都市ニューヨークのハーレム地区で、百年以上前に建てられ、〈ブラウンストーン〉という呼び名で親しまれる味わいのある建物のひとつの、一階と二階部分を借りて住んでいます。

子どもたちの最年長は、もうじき十三歳になるイーサとジェシー。見た目がにていない双子です。イーサはバイオリンが得意で、この物語では、オーケストラのキャンプに行っています。ジェシーは科学が大好きです。その三つ下のオリバーは、バスケットボールと本が好きな、きょうだいでたったひとりの男の子。さらに三つ下のハイアシンスは、手芸が大好きで、この本では編みものに夢中になっています。そして最年少で五歳のレイニーは、行動力にあふれた天真爛漫な女の子。五人とも、実に個性的です。

パソコン修理の仕事のかたわら、一家が住む建物の管理人もしているお父さんは、じょうだん好きで明るい人です。お母さんは菓子職人で、自宅のキッチンでお菓子を作っています。

同じ建物の三階には、一家と親しいジートさんとジョージーさんの夫婦、最上階の四階には、大家のビーダマンさんが住んでいます。ビーダマンさんは、以前は大学で美術史を教えていましたが、ある悲しいできごとがあってから、六年以上、部屋から一歩も出ていませんでした。そのいきさつについては、ぜひ、一作目の『引っ越しなんてしたくない！』を読んでみてください。

ところで、バンダビーカー一家の子どもたちがつくろうとする「みんなの庭」は、一般的には「コミュニティガーデン」と呼ばれるものです。公園などはふつう、国や地方自治体が管理しますが、コミュニティガーデンは、地域の住民たちが中心となって空き地に手を入れ、自主的に花壇をつくったり、野菜を育てたりします。地域の環境がよくなり、住民たちが交流しやすくなるというよさがあるだけではありません。新鮮な野菜を育てて食べることは、健康にもいいのです。ニューヨークでは、一九七〇年代に初めてつくられ、どんどん数がふえていきました。りっぱな庭になっていたのに更地にもどされ、アパートや公共施設が建てられることもありましたが、現在、市の支援を受けたコミュニティガーデンが、五百五十ほどあるといいます。物語の中に出てくる「ラ・フィンカ・デル・サー・コミュニティガーデン」は、実際にあるもののひとつです。

日本でもあちこちの地域でコミュニティガーデンがつくられはじめているようです。家の近くにあったら、楽しそうですね。

作者のカリーナ・ヤン・グレーザーは、中国からアメリカに移住した両親のもと、カリフォルニアで生まれ、大学のころからずっとニューヨークで暮らしています。家族向けの保護施設で読み書きを教えるなどの仕事を経て、現在は『ブック・ライオット』という、本の総合情報サイトでコラムを書きながら、執筆活動をしています。まるでバンダビーカー家のように、犬、ねこ

（しかも二ひき）、うさぎと同居しているとか。

バンダビーカー一家のシリーズ二作目となるこの物語は、アメリカの『ニューヨーク・タイムズ』紙のベストセラーリストに載っただけでなく、市最古の図書館であるニューヨーク・ソサエティ図書館が選ぶニューヨーク市図書賞（二〇一八～一九年）を受賞したり、権威ある児童 教育の機関、バンクストリート教育大学の選定図書（中学年向け読み物部門、二〇一九年）に指定されたりしています。

一作目同様、ときには失敗もしながら（ペットを病院へこっそり連れて行こうとするのだけは、まねをしないでくださいね）、きょうだいそれぞれが奮闘するようすを、お楽しみいただけますように！

すばやくていねいなお返事をくださった作者のカリーナ・ヤン・グレーザーさんと、バンダビーカー家の五人きょうだいの活躍をいっしょに楽しんだ編集の田代翠さん、ありがとうございました！

二〇二〇年六月

田中　薫子

【訳者】
田中薫子（たなかかおるこ）
慶應義塾大学理工学部物理学科、武蔵野美術大学造形学部通信教育課程油絵学科日本画コース卒。訳書に「大魔法使いクレストマンシー」シリーズ、『マライアおばさん』『時の町の伝説』『花の魔法、白のドラゴン』『賢女ひきいる魔法の旅は』『アーヤと魔女』『ネコ博士が語る　科学のふしぎ』『バンダビーカー家は五人きょうだい　引っ越しなんてしたくない！』（以上、徳間書店）などがある。

p.233に登場する絵本の言葉は、下記の日本語訳を引用させていただきました。
サラ・スチュワート文／デイビッド・スモール絵／福本由美子訳『リディアのガーデニング』1999年、アスラン書房

バンダビーカー家は五人きょうだい
【庭づくりはひみつ！】
The Vanderbeekers and the Hidden Garden
カリーナ・ヤン・グレーザー　作・絵
田中薫子訳　Translation © 2020 Kaoruko Tanaka
312p, 19cm, NDC933

庭づくりはひみつ！
2020年6月30日　初版発行

訳者：田中薫子
装丁：百足屋ユウコ（ムシカゴグラフィクス）
描き文字：いわまされおな（ムシカゴグラフィクス）
フォーマット：前田浩志・横濱順美

発行人：小宮英行
発行所：株式会社　徳間書店
〒141-8202　東京都品川区上大崎3-1-1　目黒セントラルスクエア
Tel.(03)5403-4347(児童書編集)　(049)293-5521(販売)　振替00140-0-44392番
印刷：日経印刷株式会社
製本：大日本印刷株式会社
Published by TOKUMA SHOTEN PUBLISHING CO., LTD., Tokyo, Japan.　Printed in Japan

徳間書店の子どもの本のホームページ　https://www.tokuma.jp/kodomonohon/

ISBN978-4-19-865113-8

徳間書店のダイアナ・ウィン・ジョーンズの本

アーヤと魔女

田中薫子　訳　佐竹美保　絵

魔女の家に引きとられたアーヤは、こきつかわれるだけの毎日に、うんざり。黒ネコのトーマスにたすけてもらい、魔女に立ちむかうための呪文を作ることにした……。カラーのさし絵がたっぷり入った、楽しい物語。

ぼろイスのボス

野口絵美　訳　佐竹美保　絵

趣味の悪いぼろぼろのひじかけイスに、魔法の液をこぼしてしまったら、さあたいへん!　イスが人間に変身して、家族みんなに、いろいろさしずしはじめた……。カラーのさし絵がたっぷり入った、楽しい物語。

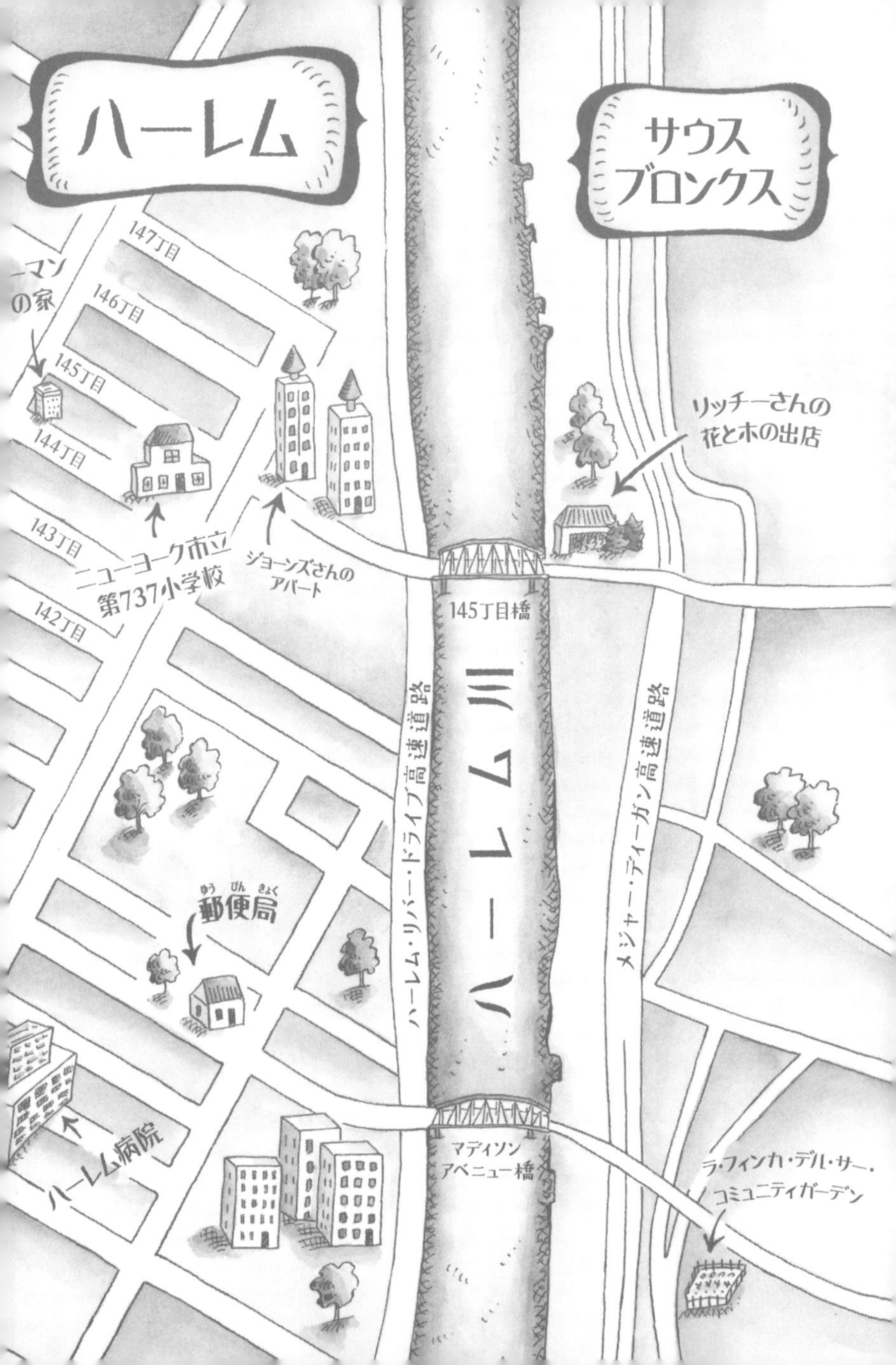

ハーレム
サウスブロンクス
147丁目
146丁目
145丁目
144丁目
143丁目
142丁目
ーマンの家
ニューヨーク市立第737小学校
ジョーンズさんのアパート
リッチーさんの花と木の出店
145丁目橋
ハーレム川
ハーレム・リバー・ドライブ高速道路
メジャー・ディーガン高速道路
郵便局
ハーレム病院
マディソンアベニュー橋
ラ・フィンカ・デル・サー・コミュニティガーデン